天才醫女有點黑 3 完

荔枝拿鐵 著

風文創 1150

目錄

第五十一章

原來，朱熙等人剛去胡相府裡查帳的那天，雲公公就親自去了趟溫泉山莊，私下找到了周瑜，說承乾帝要召見她。

因為承乾帝交代此事要保密，所以雲公公此次過來是用了長公主的名義，而周瑜是認得雲公公的，因此知道後也沒有告訴鄭家人，免得他們跟著擔心。只謊稱要去京都長公主府上住幾天，幫她調養，就跟著雲公公進了宮。

其實當時周瑜心裡也是有些惶恐的，並不知道承乾帝為何要突然召見她，但仗著真遇到危機也有空間做底牌，就跟著去了。

不過臨走前為了以防萬一，她還是在空間裡給她哥留了張紙條，只不過沒想到周瑾最近這段時間也忙得夠嗆，根本就沒有進過空間。

那時周瑜懷著惶恐的心進了宮，結果承乾帝也沒說召見她過來什麼事，就直接讓她替了身邊小太監的差事，給他當起端茶倒水的宮女來。

若非是皇帝，周瑜就得直接開懟。但鑒於承乾帝是這個世界最大的Boss，周瑜惹不起，只能忍著氣，決定先看看再說，就小心翼翼的接過工作，幹了起來。

要說周瑜別的不行，自我開導的能力還是很強的，因此很容易就適應了新工作，整日端茶倒水的忙個不停。她也不管承乾帝是不是帝王，就只把他當成一個難伺候的怪老頭病人，每日十分耐心的應對承乾帝的各種刁難。

也不知是不是周瑜的好脾氣打動了承乾帝，七日後，承乾帝終於在忙完手頭工作的間隙，跟她談了談。

「要是讓妳做熙兒的側妃，妳怎麼想？」承乾帝開門見山地問道。

周瑜其實是有些預感，承乾帝這次召她過來，可能是跟朱熙有關，但她沒想到承乾帝會這麼直接。

別說給你孫子當側妃，正妃我也不幹！

雖然心裡這樣想，但她沒敢這麼說，只能找藉口道：「民女年紀尚小，有個道士說我不宜早婚。」

「那你們可以先訂婚。」

「民女才疏學淺，恐怕配不上五皇孫。」

「沒事，朕的五孫子也不怎麼樣，你們倆半斤八兩，到時候誰也不用笑話誰。」

「……民女出身低微，規矩也不行，怕是不適合嫁進皇家。」

「朕看妳這幾天做得不挺好嗎？規矩不會以後可以學。」

「民女發過誓，絕不為妾！」

「那朕就給妳個正妃當！」

周瑜一噎，登時說不出話，又看承乾帝面上帶笑，頓時發現自己上了當。

「民女……」

「行了，妳也別民女了。」

承乾帝的耐心終於告罄，他算是看出來了，這丫頭還真像他孫子說的那樣，看不上他孫子，也看不上他們皇家！心中就難免有氣，於是直接板起臉。

「朕讓妳當朕的孫媳婦是給妳臉面，既然妳這麼為難，那朕就給妳三條路讓妳選。要麼妳就當熙兒的親王妃，要麼你們一家子就繼續回遼東去，要麼妳就直接去庵堂，一輩子別嫁了！」

承乾帝本以為即便周瑜是個傻子，也會選第一條，但沒想到，周瑜想了會兒，回道：「民女選第二條！」

承乾帝大怒道：「妳這丫頭！竟然寧願妳的家人跟著妳繼續去遼東吃苦，也不願當朕的孫兒媳婦？真是豈有此理！朕的孫兒到底哪點不好讓妳這般嫌棄，還是妳心中已經有了旁人，才看不上朕的孫子?!」

三條路是你讓我選的，選完你又出爾反爾不滿意？

於是周瑜也怒了。「陛下，三條路不是您讓民女選的嗎？怎麼民女選完您又生氣？難道就因為民女選的跟您想的不一樣嗎？實話跟您說吧，朱熙這人我覺得也沒什麼不好的，民女心裡也沒什麼旁人，可民女就是覺得這麼被人逼著往前走特別沒勁，也不想參與到皇家的勾心鬥角裡，陛下若是非得逼迫民女嫁給朱熙，那民女寧願跟全家人回遼東去，或者直接一輩子不嫁了。」

反正在這古代嫁人也沒什麼好的，她又不是養活不了自己，幹麼去忍受那些三妻四妾、規矩倫理啊？

經過這幾天的觀察，承乾帝其實對周瑜這丫頭還挺滿意的，不管他如何對她吹鬍子瞪眼的嚇唬，這丫頭都一副波瀾不驚的笑模樣，一點都不膽怯，有時還敢在他怒斥的時候勸上幾句。

承乾帝覺得作為一位親王妃，就該有如此膽色。而且這丫頭還極聰明，雖然以前並沒做過這些端茶磨墨的事，但接手後還沒一個時辰就上了手，做得有板有眼，就連雲公公見了都誇這丫頭學東西學得快。

所以這會兒在承乾帝心裡，其實已經是認可這個孫媳婦的，甚至很是喜歡。但沒想到周瑜反而對嫁給他孫子這麼反對，可聽了這番話，又實在不太明白周瑜為何不願，乾脆直接問了。

「瑜丫頭，朕聽妳話裡意思，對熙兒好像並不嫌棄啊？那為何要如此排斥做這個親王妃呢？既然妳連去庵堂或遼東都不怕，為何卻怕嫁給朕的孫子？」

承乾帝見威逼不行，又轉為利誘。

「妳自己想想，除了那些規矩外，嫁給朕的孫子還有什麼不好的？熙兒要樣貌有樣貌、要銀子有銀子，還那般喜歡妳，到時候妳進了門，還不是樣樣都聽妳的？至於那些規矩，人活在這世上哪有隨心所欲的？朕身為皇帝，不也不能想幹麼就幹麼嗎？以妳的聰慧，那些規矩應該也難不倒妳吧？何況，就算妳不嫁入皇家嫁給別人，難道就能逃過那些規矩？」

利誘罷，承乾帝又勸道：「至於妳說的一輩子不嫁人，那也不是由妳說了就能算的，除非妳出家為尼。要不然按大燕律，女子二十五還未婚配，可是要由官媒給強制安排的，到時候給妳派個麻子臉妳就得嫁個麻子臉，讓妳嫁個羅鍋妳就得嫁個羅鍋。妳想想，這哪有嫁給熙兒好呢？」

這大燕竟然還有這破規矩？她怎麼不知道？這麼說……她不嫁人竟然還不行？

那要真這樣，她還真沒什麼可選的了。

要麼出家？但她討厭光頭，就算帶髮修行也不成，因為她愛吃肉……

要麼帶著一家遁走，去別的地方生活或者躲進空間裡？但那又注定要背井離鄉，周瑜覺得那對她娘他們太不公平。

要麼就是隨便找個人嫁了……那與其隨便找個人，還不如找朱熙，起碼看著養眼，兩人還談得來。

以後，若是他想有三妻四妾，或者不再喜歡她了，那大不了她再和他和離；和離不行的話，她就找處莊子搬進去，和他分居。反正她有錢，不怕！

周瑜越想越覺得這麼辦挺好的，於是就乾脆同意了承乾帝給她和朱熙賜婚的事。

承乾二十一年八月初六，今上給五皇孫朱熙與周家女兒賜婚的消息，再一次在京都引起了轟動，只因為大家都不知道，這個能被今上親自看中並聘為孫媳婦的周家女兒到底是何方神聖？

有好事的將京都的大中小家族都翻了個遍，也沒能將這個周家女兒給翻出來。

直到長公主作為媒人帶著五皇孫去送訂親禮時，京都眾人才發現，原來那周家竟然只是城西再普通不過的一戶人家，家裡的宅子竟然只有三間，後來一問，竟然還是租的。

這破落戶家的女兒，到底為何讓聖上執意為自己的嫡孫求娶呢？眾人百思不解！

不過百姓們的八卦之魂若是燃起來，那一個個真是都跟現代的福爾摩斯似的。

很快，就有人查出來，這周家跟已經被今上賜死的周閣老家是同族不說，還曾跟周閣老家的子孫們一塊兒流放過。

那周閣老雖還未被平反，但他家原先的宅子已經被聖上歸還給他的子孫們，這件事大家都是知道的，周閣老的長孫也已經被承乾帝親自調到翰林院任了編修。

大家覺得，莫非這是周家要起來了？聖上要重新重用周家的意思？但就算要重用周家，也不用搭上自己的孫子啊！那可是五皇孫，曾經的太子嫡子，今上的孫子裡血統最高貴的皇孫，沒有之一的那種！

若是太子殿下沒有薨逝，這位皇孫很可能就是下下一任的君主，就算太子薨逝了，他的血統也注定他依舊是眾多皇孫裡最高貴的那個，即使到了如今只剩個名頭，但也不是一個破落戶配得起的。就算周閣老沒死，還在閣老之位，那也得是他的嫡孫女才能將將配得上這位置。

可那周家姑娘跟周閣老家都已經是出了五服的遠親，為什麼聖上卻還是親自為這位皇孫選了這破落戶家的女孩為正妃呢？還出動了長公主親自作大媒，這也不像厭棄了五皇孫的意思啊！

而且那訂親禮也是一樣比一樣華貴。其中有一件琉璃炕屏，就是作為聘禮都顯得貴重了，竟然被五皇孫就那麼使人搬著，給那丫頭當訂婚八禮中的一件。

其餘八禮也都是精緻得不能再精緻的物品，瞧那臂釧釵環，上面的一顆寶石就足夠小戶之家過一輩子的了。

那些東西一看就是先太子妃留給五皇孫的，市面上想買都買不到的珍品，就這麼都給了那周家丫頭做訂親禮，看樣子五皇孫對這門婚事也甚是滿意啊！

眾人再次百思不解，不明白為何這周家丫頭會這般幸運。就算她長得再傾國傾城，能迷倒五皇孫，但當今聖上多麼睿智的人，又怎麼可能讓自己孫子娶個狐狸精呢？

何況有人蹲守了半天後發現，那周家丫頭長得也就那樣，好看是挺好看，但真沒到傾國傾城的地步。真論起來，甚至還沒有一旁的她娘好看！

後來還是有好事的，為此展開了深入調查，才發現原來這周家姑娘曾經於五皇孫有大恩，她曾經救過五皇孫的命！

這下大家終於恍然大悟，紛紛感嘆起承乾帝不愧是千古一帝，他帶領下的皇族也不愧是他們大燕百姓的典範。就因為周家女兒救過五皇孫，承乾帝竟許之與皇妃之位，還不是側妃，而是正妃。如此道德高尚的帝王，如此待百姓以誠的皇族，又讓他們怎麼能不擁護呢？

因此，京都的百姓們，對承乾帝和朱氏皇族的好印象都空前高漲，對朱氏王朝也更加擁護起來。而承乾帝不費吹灰之力就給自己家打了個免費廣告，莫名得了民心，自然是高興得很。

但同時，周家小院的周瑾卻險些咬碎一口銀牙。

娘的！明明是五皇孫上趕著娶他妹，現在搞得他們家挾恩以報一樣？

周瑾本來就不滿意他妹嫁給朱熙，這麼一鬧，對皇族和承乾帝就更加不滿起來，頓時氣得連飯都吃不下去了。

倒是一旁的周璃聽聞此言，狠扒了兩碗飯，還勸他哥。「哥，這般言論還是因為我們周家男兒站得不夠高，才讓大姊受此侮辱。我們不應該生氣，應該更加發憤圖強才是。」

說完又朝著周瑜保證道：「大姊，妳放心，弟弟今年一定考個功名回來，好給妳撐腰！」

說完周璃就撂下碗筷跑去讀書了。

周瑾聽了小弟的言論，深受鼓舞，也撂下筷子回了軍營。

不行！在他妹出嫁前，他也得混出個人樣來，起碼得混個指揮使出來才行！

鄭氏見兩個兒子如此，頓時也吃不下了。不行，她也得找白嫂子商量商量，阿瑜的嫁妝還需要添置些什麼，有哪些得先置辦起來。

他們家現在雖說不缺銀子，但她可聽說，那些世家大族都是從閨女一出生就開始攢嫁妝的。她家阿瑜已經晚了一步，不能再耽擱了，她可不想她家阿瑜出嫁時再被笑話。

因此，她也撂下筷子匆匆走了。

於是，剛還滿滿的飯桌上，只留下周瑜和她小妹周瓔兩個面面相覷。

周瓔回過神來，小臉上頓時寫滿苦惱。

哎呀！兩位兄長和她娘都為了大姊如此拚命，那她是不是也得為大姊做點什麼啊？可她除了畫畫也不會別的啊……對了！她聽說京都貴族圈極流行圍屏，要不她就給大姊畫全套的圍屏出來，到時候找刺繡大家繡了，送給大姊做嫁妝？對，就這麼幹！

小周瓔心裡想著，也坐不住了，跟周瑜說了句，也連忙走了。

只留下周瑜守著一桌子還沒怎麼吃的菜，不知所措。

眾位，她對嫁妝名聲這些真不怎麼在意的，別人願意說就讓他們說去吧。你們真不用為了我這麼拚啊！一家人一起好好吃飯不好嗎？

京都鍾粹宮裡，朱熙待在庫房已經快一天了，他將裡面的好東西挑挑揀揀的拿出來，看著堆滿自己屋子裡的古玩字畫、珍珠翡翠還是不滿意。

他收拾了一番，就又去了承乾帝的寢宮。

承乾帝前段時間因為聽了周瑜的醫學科普，知道自己肝火旺盛，最忌熬夜，因此這些時日睡得都早了些，這會兒已經躺下了。

他正愜意的享受著一個年輕妃嬪用她柔若無骨的小手給自己按頭頂，結果就聽見通報說五皇孫來了，頓時老臉一紅，嚇得從床上直接蹦了起來，用被子將那年輕妃嬪給捂住了。

回過神後一想，朱熙再不懂事也不可能直闖他的寢宮，這才不好意思的又將那妃嬪給刨出來。

然後，承乾帝才在那妃嬪的服侍下披了件衣裳，稍稍整了整衣衫，沒好氣的出了寢宮。出去一看，見孫子果然老老實實的在偏殿等著，心裡這才滿意了些，但還是佯裝黑臉喝道：「大半夜的你不睡覺，又跑來做什麼？」

「皇祖父，孫兒今兒看來看去，覺得那鍾粹宮還是過於狹小，要不您老在宮外賜孫子一座宅子吧，到時候孫子就將阿瑜娶到那兒。」

朱熙見了承乾帝，馬上請求道。今兒他怎麼想怎麼覺得住在那鍾粹宮裡不痛快，那裡可還住著太子妃和他二哥呢！等明年他二哥再成了親，那一個宮殿住著三家子人，擠不說，到時他的阿瑜嫁過來不得受太子妃這個後婆婆的氣啊？

所以朱熙就想著讓他祖父在宮外賜他一座大宅子，若是沒現成的，他自己出錢買也行，只要承乾帝能應允他住到宮外去就好。

「不行！」承乾帝沒等他說完就打斷了他。「我們大燕的皇子、皇孫們在沒有就藩前都是住在宮裡的，也都是成親後兩年才會就藩，朕怎能為了你一個就破了此例？再說，除了朕的寢宮，就數你們的鍾粹宮最大了，你還嫌小？是想氣死你十二叔幾個嗎？」

其實按理說，先太子薨逝後，太子妃一行就應該搬出鍾粹宮，給未來的皇儲騰地方的。但承乾帝一想到大兒子薨了，自己這個做爹的就立刻趕走他的老婆、孩子，就覺得十分不忍，再加上這幾年他一直也沒找到好的儲君人選，所以就一直沒讓他們搬。

想著等他再立太子前，將兩個孫子先安頓好，都封了親王打發到藩地去。到時候再讓太子妃跟著他二孫子直接去屬地就藩，也省得在京都身分上尷尬，跟以後的皇后相處時，大家都彆扭。

而且，承乾帝一直不讓太子妃幾個搬走，還有些私心，就是想著萬一自己的幾個兒子中實在挑不出好的，那太子所出的這兩個孫子也在他的考慮範圍內。

傳位給長子嫡孫其實並不違背他開國時就立的立嫡立長的規矩，也因此，這幾年他才會將兩個孫子一直養在身邊親自教養。

「可是祖父，那阿瑜嫁進來豈不要受氣？」朱熙見他祖父不應，才終於氣哼哼的將自己的真實顧慮說了出來。

承乾帝一邊欣慰於孫子對自己的坦誠，一邊又深恨這小子為了媳婦就什麼都不顧的性子，簡直太媳婦迷！

於是就朝朱熙教訓道：「太子妃再怎麼說也是你的庶母，你媳婦進了門好歹也要做做為人子媳的樣子才行啊！你這麼直接搬到宮外去，讓旁人怎麼看你媳婦兒？到時候大家見了不會笑話你，只會笑話你媳婦不懂事。」

見面前的朱熙還是一副油鹽不進的模樣，承乾帝氣得直接給了他一腳，罵道：「你擔心個屁啊！就憑你媳婦那副連老子都不怕的性子，她會受太子妃的氣？到時候還沒準兒誰氣誰呢！你小子趕緊哪兒來的回哪兒去！再打攪老子睡覺，小心朕將賜婚的旨意收回來，將你的阿瑜嫁了旁人！」

朱熙聽了，這才老實了，乖乖的離開。

而承乾帝也氣哼哼的回去繼續睡他的覺了。

真是的！這個臭小子！為了個丫頭這麼折騰他，不知道他不宜晚睡啊？

第五十二章

朱熙正式與周瑜訂親，喜形於色的同時，就想著將這好消息告訴他已故的父王、母妃一聲。於是這天就接了周瑜一起，打算去城中的感恩寺給他父王、母妃還有大哥，都作場祈福的法事。

周瑾這天正好休沐，又好久沒見沐青霓了，就藉著朱熙兩人要去感恩寺的由頭，約了沐青霓一起同去山上轉轉。

沐青霓聽了欣然應允，這天獨人獨馬的就來了。周瑾一見便棄了準備好的馬車騎上馬，兩人一人一乘，就在周瑜兩人的馬車前面騎馬飛奔而去，一會兒就不見了蹤影。

不過周瑜一點也不羨慕他們縱馬馳騁的樣子，因為此時她坐的馬車裡被朱熙佈置得實在太愜意了，鋪著軟軟的墊子、靠著軟綿綿的靠枕，旁邊的小桌子上還擺著她愛吃的各色乾果。而固定在馬車上的茶壺裡沏著溫溫的茶，馬車旁的小架子上還放著幾本話本和幾件魯班鎖、九連環之類的玩具。

就這待遇，誰去騎馬啊？還揚塵呢！周瑜在心裡腹誹道。

「嘿嘿，阿瑜，我給妳準備的這些喜不喜歡？」朱熙一邊給周瑜剝著榛子，一邊溫聲問道，說完又加了句。「妳放心，這些都是這些年我自己做買賣掙的錢置辦的，沒有只花母妃留給我的銀子。」
一副深怕周瑜說他廢柴敗家子的樣子。
周瑜立刻被他給逗笑了。
當年自己的一句廢柴是給這人留下了多大的心理陰影啊？
周瑜是個坦然性子，既然答應了婚事，本也不厭棄他，早就調整好心態用對男朋友的心情瞧他，此時又見他一副求誇獎的表情，頓時心軟得一塌糊塗，忍不住也溫聲哄道：「謝謝你啊！我很喜歡！」
朱熙聽了就興奮得不行，忍不住湊過來小聲道：「阿瑜，這馬車座椅是我按著你們那處屋子裡那個軟軟的座椅仿製的，雖然沒有你們那個屋子裡的好，但是不是也很舒服？」
什麼啊？他們哪處屋子？
周瑜聽完直納悶，又見朱熙朝她一副神秘兮兮、妳懂的表情，才突然反應過來。
原來是說他們露營車空間裡的沙發啊！
想著這人反正已經去過他們空間了，周瑜一時興起，就決定再帶他進去看看。
當即就掀開馬車車簾往外看了看，見路上早沒了她哥和沐青霓的身影，想來是去前面等著他們了。
而前面的葉青正專心的趕著馬車，沒有朱熙的召喚是不敢進馬車來的，前面的路又還很長，他們進去空間不會太久，應該沒什麼問題。

於是周瑜就從袖子裡掏了根牙籤出來，扔到馬車的角落裡，然後拉著朱熙的手，輕喊了聲露營車沙發後，就將朱熙給帶進了空間裡。

朱熙一晃眼坐在沙發上，不禁眨了眨眼。

原來曾經的一幕真不是他作夢啊！

事隔三年多他又一次被阿瑜帶到了這地方，這幾年他光自己瞎琢磨，也不敢問，就怕阿瑜一個不高興又會變不見了。

這會兒，看著周瑜一臉甜笑的臉，朱熙心裡才稍稍安穩了些，忍不住拉著她的手，小心翼翼的問：「阿瑜，瑾哥曾經說你們是身負異能的人，來這世界是想平淡過日子的。那如果有一天妳跟我吵架，或者有一天妳在這地方待夠了，妳會走嗎？能不能別走啊？妳若是生我的氣，怎麼打我、罵我都行，但能不能不要變不見？我……我真的好怕再也找不到妳，我、我知道我有很多毛病，但我是真的喜歡妳，想一輩子陪著妳。」

朱熙現在依然鬧不清周瑜兄妹倆到底是什麼人，但他卻知道，只要阿瑜想走，他根本就攔不住。這幾年他一直惶恐有一天阿瑜也會離開他，就如同他父母和大哥那樣，即使這會兒他已經跟周瑜訂親，但這份惶恐依然在。

因此說著說著，朱熙眼眶就紅了。

在他心裡，眼前的這個屋子比他們的皇宮都好，那阿瑜以前住過的地方也一定很好，他實在怕有一天阿瑜厭煩了這裡，丟下他自己回去。

周瑜沒想到自己帶人進來空間是想哄他高興，結果竟然將他嚇得哭了起來。唉！真不知道這貨在擔心什麼？別說自己現在不能穿回去，就算能穿回去她也不穿啊！眼前的朱熙不比喪屍好看啊，她穿回去難道要自己找虐嗎？

不過這話她才不會直說，見他哭得一雙杏眼水汪汪，就拍了拍他的肩膀，安慰道：「你放心吧，除非有生命危險，要不然我們是不會離開這裡的。」

朱熙聞言才長長鬆了一口氣，壓抑在心底的愁緒頓時就散了。剛想說點什麼，就又聽周瑜道：「不過，若是你待我不好，我可能就會離開你，自己過小日子。」

因為時間緊迫，朱熙又幾乎將時間全花在哭泣上，所以兩人的空間之行也只是在沙發上坐了坐就又回來了。

朱熙因為有了周瑜的保證，心裡踏實了很多。當然，他自動忽略了周瑜後面的話，因為在他看來，他是不可能待他的阿瑜不好的。

而這會兒，他正在想方設法讓周瑜同意，就算有一天她非走不可，也要帶著他一塊兒走時，葉青的聲音傳了過來。

「主子，到山腳了！」

朱熙聽了只得悻悻的住了嘴。

今兒看來是不行了，等有機會再繼續求阿瑜吧……反正他已經決定了，以後阿瑜去哪兒他就去哪兒，免得被落下了。

沒想到周瑜被他扶著下馬車時，卻突然在他耳邊說了句。
「好！只要你願意跟著，我就帶著你！」
朱熙的心頓時就像長了翅膀一樣，飛了起來，連帶著腳步都輕盈許多。
兩人下了馬車後，周瑾二人已經在山腳等待他們多時了。見兩人終於到了，留下葉青看著馬車和馬後，四人就說笑著朝山上走去。因為朱熙身邊有周瑾和沐青霓跟著，葉青對主子的安全問題很放心，因此就在山腳邊寺裡停放馬車的地方安心等待。
朱熙幾個很快就走到了半山腰的感恩寺。知道五皇孫要來，寺裡一早就清了客，等他們到時，住持無念禪師已經帶著寺裡眾弟子等在寺門口了。
四人中只有朱熙是認得無念禪師的，因此他先上前一步行了個佛禮。
「無念禪師，許久未見，這幾年您一向可好？」
「阿彌陀佛！」無念禪師高聲念了句佛號，才笑道：「勞五殿下掛念了，貧僧一向都好。幾年未見，五殿下越發超逸了。」
又朝周瑾幾個道：「寺內一應祈福用具都已準備妥當，眾位施主裡面請。」
眾人聽了，就都朝他行了一禮，邁步朝寺裡走去。
感恩寺不愧為百年古寺，周瑜幾人一路行來，就見寺裡古樹環抱、綠草如茵，面前的殿宇更是恢宏闊達。遠處的山巒起伏，寺內的鐘聲低回悠長，使人身臨其中，也跟著靜下心來。

幾人在無念禪師的引導下給先太子、太子妃、大皇孫的牌位都一一上了香。因為朱熙還要給自己的父母兄長作祈福法事，周瑾就和沐青霓一起去寺裡的後山閒逛，周瑜則留下陪著朱熙。

兩個時辰後，等法事作完，沐青霓兩個也閒逛回來了，眾人才又在無念禪師的陪同下往殿外走去。

朱熙邊走邊笑著問道：「無念禪師，怎麼這半天都不見一禪幾個？本皇孫還給他們幾個帶了禮物呢！怎麼？本皇孫幾年不來，他們都害羞了不成？」

「阿彌陀佛！五殿下，一禪幾人四年前都已因病往生，去往極樂世界了……」無念禪師聽了就悲憫的道。

「什麼？都死了？」朱熙大驚，一禪幾個是當年他常來感恩寺時跟他玩得極好的幾個小和尚，沒想到這才幾年不見，竟然都死了。

「怎麼回事？他們怎麼可能都死了？」朱熙又問道。

「唉！罪過，罪過啊！」無念禪師嘆道：「當年京都曾流行過一場極嚴重的風寒，一禪幾人在一次跟著師兄化緣回來後就齊齊染了病，儘管無為師兄全力救治，最後也……唉！想來是佛祖慈悲，接了幾人去做童子了。」

無為禪師是感恩寺醫術極高的一位老和尚，朱熙是知道的，沒想到就連他也沒能救得了幾人。朱熙聽了就狠狠唏噓一番，想起當年跟幾個小和尚一起玩鬧的日子，又忍不住掉淚，嘆了句世事無常。

「敢問禪師他們幾個的牌位可在，我想去給他們上炷香。」朱熙問道。

「阿彌陀佛，貧僧這就帶殿下過去。」無念禪師聽了立刻就點頭應允道。

於是幾人又跟著無念禪師去了一旁的偏殿，給朱熙的幾個幼時玩伴上了香，才跟無念禪師告別，往寺外走去。

下山的路上，朱熙就忍不住跟周瑜幾個感嘆，當年要不是那幾個小和尚告訴他後山通往城外的小路，他也就不可能逃出京都，更不會遇到周瑜等人了。

要真那樣，他跟阿瑜的緣分也就沒了。這次過來，他本來還想介紹阿瑜給幾人認識，沒想到世事這般無常，他的四個幼時玩伴竟然都死了……

但聽朱熙感嘆完，卻只有周瑜應和他兩句，沐青霓和周瑾卻都沒說話。

「怎麼了？」看著兩人略顯嚴肅的表情，朱熙忍不住問道。

「這事似乎有些不對勁！」周瑾皺眉道：「剛我見那幾個小和尚的牌位雖然表面有些老舊的痕跡，但內裡的木材卻是新的，就像是為了應付你才特意新做出來的……」

「啊？怎會如此？」朱熙納悶道：「難道他們一開始沒有給一禪幾個立牌位，怕我怪罪？可我們大燕的規矩，孩童未成年之前身故的，就算不立牌位也是可以的。我又不是不知道這點，又怎麼會怪罪他們呢？」

「怪就怪在這兒了。」關於這點周瑾也想不通。「明明可以解釋幾句就過去的事，為何要如此大費周章？」

「也許是他們怕你脾氣不好會怪罪他們？聽見你要來，不敢跟你說沒立牌位，才匆匆做了牌位應付你？」周瑜思索道。

「哼！沒想到這群和尚也如此心口不一，所謂出家人不打誑語，他們都是信佛的，難道跟我好好解釋比他們犯了戒、受神佛懲戒還可怕？」朱熙有些不舒服道：「明明我每次來這兒都脾氣甚好，還時不時給他們寺裡的小和尚送些糕點之類的，要不一禪幾個怎麼可能跟我那麼好？我哪有他們想的那麼可怕啊！反而是他們，還自詡為什麼前朝古寺，結果幾個小和尚都照顧不好，我離開的時候明明一禪幾個還活蹦亂跳的，我走後才幾個月，他們竟然都感染風寒死了？看來這佛門祥瑞之地也不怎麼樣啊！我看我以後還是繼續在宮裡給父王、母妃祈福好了，這地方不來也罷！」

朱熙沒想到他沒有因為一禪幾個的死怪罪感恩寺的和尚，那群和尚卻先覺得他脾氣不好，甚至騙他，忍不住憤怒。

「等等，你剛才說當年你逃出京都，是那幾個小和尚告訴你的小路？」一旁的沐青霓問道。她隱隱覺得幾個小和尚的死，似乎跟這事有點聯繫……

「對啊！」朱熙回道：「後山那條小路那麼隱密，要不是他們，我怎麼會知道啊？當時他們跟我說，那條小路也是他們無意中發現的，他們還要去寺外偷地瓜，不讓我說出去呢！」

「偷地瓜？」周瑜疑惑道：「身為佛門弟子，怎麼會去偷盜？他們不怕受罰嗎？」

「我當時也如此問過他們，可他們說在寺裡總是吃不飽，住持還不讓他們總去化緣，若是再不偷些東西吃，那他們就要餓死了。」

「這就更不對了，感恩寺這麼宏偉，光一年的供奉就有多少？區區幾百僧眾，怎麼可能餓肚子？」周瑜皺起眉。

眾人聽了也都是疑惑不已。

「青霓，妳記不記得我們倆逛到後山時，妳曾說碰到的那幾個僧人不像武僧，倒像兵卒？」周瑾突然問沐青霓道。

「對，據我所知，武僧多使棍棒，那幾個僧人手掌上的繭子看著明明是善使長刀的。」沐青霓回道，邊說邊見周瑾的臉色大變，突然腦中一動，低聲驚呼。「難道?!」

周瑾和沐青霓對視一眼，見對方神色皆是驚慌。

感恩寺有小路直通城外，明明香火很盛卻常年有小和尚挨餓，寺裡的和尚不善棍棒，而善長刀。這幾條疑點加一起的結果，很可能是——感恩寺裡常年住著能吃空整個感恩寺供應的私兵！

「朱熙，你趕緊帶著阿瑜回宮，將感恩寺的情況告訴聖上，我和周瑾今晚再去探探感恩寺！」沐青霓將幾人扯到一邊，嚴肅囑咐。

「不行，青霓姊，還是妳帶著阿瑜回去，我知道感恩寺通城外的小路，我和瑾哥去！」朱熙此時也明白了事情的嚴重性，聽了立刻搖頭。

「你……行嗎？」沐青霓有些猶豫的問道。

「不行！朱熙你必須回宮，回去時還得裝成一副什麼都不知道，悠哉悠哉的樣子。」周瑾否定了朱熙的自告奮勇，低聲同朱熙道：「若這感恩寺真有情況，他們一定會暗中監視你，所以你必須回去，回去的路上還不能著急，免得打草驚蛇。一會兒，你只要將城外小路的大概位置告訴我，別的都交給我和你青霓姊，你就不用管了。」

朱熙聽了還想說點什麼，周瑾又一臉嚴肅的打斷他，道：「行了！我們快都別停在這兒了，趕緊下山，別讓人看出破綻。」

說完，就拉著沐青霓率先往山下走去。

朱熙星星眼看著周瑾的背影，又望向周瑜。

阿瑜，瑾哥還是那麼有魄力啊！

周瑜嘴角一抽，翻了個白眼。

你聽他放屁，他就是想跟青霓姊一塊兒去，不想要你！

朱熙一行假裝無事發生的下了山，等在山腳的葉青見了忙迎上來，直接越過朱熙，低聲朝周瑾道。

「周公子，似乎有些不對勁，這麼一會兒就有四、五個人從我們馬車旁路過。」

周瑾聽了瞇了瞇眼，越發覺得這感恩寺有情況了，於是就低聲吩咐葉青。「葉青，你先帶朱熙和我妹回去，路上多留意著點。」

然後又故意大聲朝周瑜說道：「阿瑜，我和沐將軍約了幾個昔日同僚喝酒，妳回去和娘說，不用等我晚飯了！」

「好，大哥，那你少喝點，記得也勸我青霓姊少喝點，她身體剛養得差不多，不宜多喝酒。」周瑜一副妹妹擔心哥哥的模樣，絮絮叨叨道。

「行了，我知道了，妳趕緊回吧，我們走了！」

周瑾一副不耐煩的樣子，然後和沐青霓招呼一聲，兩人就朝城西溫泉山莊飛奔而去。

而周瑜則和朱熙上了馬車，慢悠悠的朝內城走去。回去的路上兩人還特意去了趟糖果鋪子，給周瓔買了些她愛吃的蜜餞果子。

「怎麼樣？後面的人還跟著我們嗎？」從糖果鋪子出來後，朱熙就偷偷問葉青。

「跟著呢。」葉青一邊接過朱熙手裡的大包小包，一邊輕聲回道。

「嗯，那我們先將阿瑜送回去。」朱熙應了一聲，然後又和周瑜上了馬車，朝周瑜家的小院走去。

到了之後，朱熙又殷勤的送周瑜進去，然後才和葉青駕著馬車回了皇宮。一切都跟平常一樣，跟了朱熙等人一路的幾個普通人打扮的男人也終於放下心，目送朱熙的馬車進了宮門後就回去彙報了。

周瑜這邊一回了家，先若無其事的找周瓔玩了一會兒。等到了晚飯時間，就主動提了她娘準備好的飯菜，給距離她家不遠處的澤林叔送過去，周澤林的私塾如今就開在那裡。

承乾帝賜回周家在京都的宅子後，周澤林並沒有搬回去，而是繼續留在城西的小院開私塾並教導周璃、周玷幾個，只讓周珀兄弟倆同周瑞全一家子，並白氏婆媳倆搬回去。

不過，周瑞全和白氏婆媳倆都沒有搬。

周理如今在周瑜幾個的溫泉山莊任總帳房，白氏婆媳倆不想離周理太遠，就在鄭家的院子旁買了一處院子。正好周瑜的火鍋店也開了起來，白氏就被周瑜請去，和她大舅母一起當火鍋店的掌櫃。

大燕朝並沒有女子不能開店任掌櫃的規矩，平民百姓的女兒或媳婦們，也都是要外出幹活的。白氏自從經歷過流放，又和鄭氏幾個開過作坊後，早就不再拘泥什麼大門不出二門不邁的規矩體統，而周瑜的舅母更是不在乎這個，加上兩人的婆婆也都支持，因此兩人都痛痛快快的接受了周瑜的邀請。

周瑞全則是因為小孫子要跟著周澤林讀書，也就沒跟著搬回去，和周瑞豐兩個老頭一起租了一個院子，平時就下下棋、鬥鬥嘴，然後在孫子下了學後照顧孫子。

而周珀、周珞倒是搬回去了，但一個常年在翰林院住宿舍，一個常年待在溫泉山莊，搬了也等於沒搬，再加上周澤林也沒回去，所以如今京都周家偌大宅子裡住著的，其實也就只有周澤盛夫妻倆和周澤茂的媳婦王氏母女幾個。至於周澤茂、周玳、周珙幾個因為或住在軍營，或跟著周珞住在山莊，也不能常常回家。

因為大家都搬走了，如今在城西住著的周家人就還剩下鄭氏一家子、周澤林和周瑞全祖孫並周瑞豐，因此，鄭氏現在每天不光要做自家的飯，還得將他們幾個的飯也做了。

幾個或老或中年的鰥夫們剛開始也覺得有點不好意思，想著自己做飯，但奈何他們做出的東西太難吃，因此也就厚臉皮的每月交給鄭氏一些飯錢，高興的蹭飯。

周瑞全兩個老頭因為住的院子跟鄭氏家就挨著，因此，到了飯點都是自己過來取飯。而周澤林的學堂因為離鄭氏家的院子隔著幾棟屋子，又常常因為批改作業這些忘了取飯，所以這段時間都是鄭氏給他送去。

因此，今兒周瑜就藉著送飯的由頭過來找周澤林。

第五十三章

周瑜進了周澤林的院子，就見她澤林叔已經穿著一身乾淨的半舊長衫，頭也梳得甚是整齊的等在門口了，見了她明顯一怔，納悶道：「阿瑜，怎麼今兒是妳過來？妳娘呢？她沒事吧？」

平時可都是鄭氏給他送飯的，別是這些日子不但要管自己的孩子，還得操心他們幾個，該不會給累著了吧？

周澤林頓時神色擔憂起來。

周瑜心中腹誹，她澤林叔如今對她娘的惦記是不是也表現得過於明顯了？不過鑒於她和她哥都是樂見其成的，因此也就沒說破，而是笑道：「澤林叔，我娘好著呢，是我閒著沒事，正好見我娘要給你送飯，就替她來啦！哪，飯菜還熱著，趕緊趁熱吃吧！」

周瑜邊說邊自來熟的進了一旁的飯廳，將食盒中的飯菜擺到飯廳的桌上。

周澤林聽了只得遺憾的應了一聲，又朝鄭氏家的小院看了一眼，才戀戀不捨的進屋。結果，一進屋就被周瑜拉到角落裡，將感恩寺的情況跟他說了。

周澤林這才驚覺周瑜為什麼過來，心裡那點兒女情長也暫且放下了。

與此同時，朱熙一回宮就換了身衣裳，去了他祖父平常辦公的乾清宮，結果進去後見汪相等人都在，就什麼也沒說，老實的站到承乾帝後面。

沐風見了就朝他玩笑道：「哈哈！五殿下自打訂親後，可沈穩了不少啊！怎麼？這是跟你媳婦兒從感恩寺上香回來了？」

因沐青霓也跟著幾人一塊兒去了，所以沐風也知道今兒朱熙幾個去感恩寺的事。

「嗯，回來了！」朱熙極其高興的接受了沐風的那句你媳婦兒，也朝沐風笑道：「風叔，青霓姊惦記我們山莊的好酒和炙全羊好久了，就約了幾個同僚晚上去喝酒，晚飯大概是不會回府吃了。」

「這孩子，傷剛好全就又忍不住了！」沐風無奈的搖了搖頭，對這個頗有主見的女兒真是一點辦法也沒有。

「那你怎麼沒去？這事你不是一向最熱衷的嗎？」一旁的朱熾聞言就問道。

他這個二哥還真是無時無刻不想著給他插刀啊！

但朱熙沒心思跟他鬥嘴，就隨意敷衍道：「阿瑜說有些累了，我就先送她回去了。」

朱熾說這話的目的就是為了插刀，哪管他為什麼回來啊？因此問完也就拉倒，眾人聽了也都沒在意，都又投入到公務當中。只有汪相在聽沐風提到感恩寺的時候，眼睛閃了閃。

半個時辰後，眾人的公務才談完，跟承乾帝告退後就各自散了，朱熙也終於有機會跟承乾帝說了感恩寺的事。

城外的感恩寺。

周瑾兩個尋了半天也沒找到朱熙說的小路，只能又回到城裡，趁著夜色朝感恩寺的後山摸去。

據兩人分析，如果感恩寺中果真藏著眾多人口，那大概率是藏在後山，前面的殿宇人來人往的，不可能藏下那麼多人。

但二人避過寺中巡邏的幾個僧人，在後山尋了半宿，也沒尋到想像中藏匿的人。除了在一處山谷找到有人活動過的些許痕跡，其餘的什麼也沒發現。

兩人一無所獲，只得趁著夜色將明未明之際，從山中退了出來。

而這晚的胡相府上，阮大、阮二兄弟倆正親自把守書房的內外二門。

田氏被朱熙送去大理寺的時候，阮大當時也一同被送了進去，但後來因為他並未參與田氏謀害盧氏的案子，又有胡相派人周旋，因此很快就被放了出來。當時大家的關注點都在田氏身上，自然也沒人關注他。

兄弟倆此時都高度警戒的看守著書房外，而書房裡面胡相等人則激烈的爭論著。

「胡相，明晚就行事會不會太急了？寺裡不是來人說，已經成功的將朱熙那小子糊弄過去了嗎？至於四年前我們派人刺殺他的事，這麼多年過去了，他都沒發現，怎麼可能這時候察覺什麼？你是不是太杞人憂天了？退一萬步說，就算你的擔憂是真的，但我們早就將感恩寺給清理乾淨了，還怕什麼？我總覺得明晚就行動還是太危險了！要不我們還是再準備準備吧！」汪相擔憂地朝胡相道。

他們要幹的可是造反的買賣，一個不慎可就是滿門抄斬的下場！

「不怕一萬就怕萬一，老汪，沐青霓和那個叫周瑾的可都是人精，朱熙看不出破綻，他們卻未必看不出來。若是真讓他們起了疑心，讓朱崇武起了防備，換了我們安插好的人，那到時候可就真的前功盡棄了。老夫覺得這事越拖越危險，萬一走漏了風聲，我們這些年的準備可就全完了！眾位，你們還看不明白嗎？如今我們和朱崇武之間早就到了你死我活的地步了，就算我們不先動手，過不了多久朱崇武也會對我們動手。如今搏一搏，沒準兒我們還是開國功臣！」

胡相滿臉陰沈地看向眾人道：「反正都是死，幹麼不拚一場？何況我們已經準備了這麼多年，又有二皇子站在我們身後，也未必會輸！」

周瑾與沐青霓從感恩寺回來後，就一直在琢磨。

從他們夜探感恩寺的結果看來，感恩寺裡此時根本就沒藏著人，但那些疑點又真實存在著。

那就只有兩種可能，要麼是他們確實大驚小怪了，那幾個小和尚真的只是病死，而他們跟朱熙說的那些挨餓的話，可能只是小孩子之間誇張的說辭。

要麼就是……感恩寺裡確實曾經藏過人，但已經被他們先一步給轉移走了！

若是如此，那這會兒那些人被藏到哪兒去了呢？他們在感恩寺藏匿那些人的目的又是什麼？誰又是控制那些人的頭領呢？

「小姐，侯爺回來了！」

兩人正思索著，沐府的管家來報，說沐風回來了。

兩人急忙站起來相迎，片刻後就見沐風帶著朱熙大步走了進來。

今兒凌晨，兩人夜探感恩寺回來後，就直接來了沐府，跟沐風說了感恩寺的情況，沐風聽完後就急忙進宮，到了這會兒才回來。

「我已經派人暗中查過三大營和京都護衛營，今天之前都並未見有任何異動。」

沐風一進屋子就朝二人說道：「不過你們也不用著急，陛下昨晚聽五殿下稟報了感恩寺的情況後，就已經派出人手去京郊和京中各處能藏匿人的地方一一排查了，若是真有私兵藏匿，早晚也能將他們給揪出來！」

兩人聽後就都稍稍安了些心，周瑾就朝沐風恭敬的說道：「沐侯爺，依小姪所見，若是我們幾個的推斷是正確的，那幕後的人應該四年前就已經在謀劃了，且那群私兵的人數必定不少，私養那麼多兵，幕後之人所圖也必定小不了。小姪覺得，我們現在不光要查找這些人，還應該提醒陛下早些防範才好。」

沐風聽了就在心中冷哼。

這小子還挺自來熟，這一口一個小姪的，不知道的還以為他們很熟呢！不過鑒於若不是這小子帶兵去偷襲了韃子老巢，在韃子攻打複州城時她閨女可能就沒了，沐風就覺得，算了……叫就叫吧！

只要這小子不打著自己旗號去坑蒙拐騙，看在這小子曾幫了他閨女那麼一個大忙上，又是個機靈上進的，這個便宜姪兒他認了就認了……要是這小子依然表現良好，那他也不介意提拔他。

只是沐風沐侯爺怎麼也不會想到，眼前這小子，雖然沒打著他旗號在外面坑蒙拐騙，但卻是想坑蒙拐騙他閨女！

沐風聽了周瑾所言，就點頭贊同道：「你說得很對，這點我也想到了。不過你們也不用太擔心，就算那幫人想造反，只要三大營不參與，京都護衛營也沒問題，那不管那幫人如何蹦躂，也蹦躂不出陛下的手心。如今京都三大營，不管是虎賁營的雷戰，還是龍驤營的馬進，或是鷹揚營的殷天明，都是陛下一手提拔起來，得陛下信重的人，要不然陛下也不可能將如此重要的位置交給他們。」

他接著分析。「至於京都護衛營自青霓被陛下派到遼東前，就換成三皇孫統領。三皇孫是眾皇孫裡最沈穩的一位，又是陛下看大的，武藝也很不錯，陛下時常在眾臣工面前誇讚他，也是深得陛下信重的。在我看來，這幾人都不可能背叛陛下，所以就算那幕後之人有什麼動作，應該也成不了氣候。」

沐風一邊肯定的說著，一邊在書房裡自己常坐的座位坐下。這一早上他跑得快累死了！

周瑾見了，忙殷勤的給他倒了一碗茶過去。

因為他們商討的事甚是機密，所以這屋子裡並沒有留侍候的人，只有沐府的大管家守在外面，因此，茶壺的水還是剛不久前周瑾自己去旁邊的小廚房燒的。

沐青霓雖然身為主人，但因為常年不在府裡住，也沒什麼身為主人的自覺，要不是周瑾厚臉皮，自力更生，這半天下來恐怕早就被渴死了。

沐風接過周瑾遞過來的茶碗，見不溫不熱正是能喝的溫度，就滿意的看了周瑾一眼，然後又幽怨的看了一眼自己的閨女。

他跑了這一早上，外人都知道給他倒杯茶，結果這丫頭卻連看都不看他一眼，唉！

一旁的沐青霓還沈浸在剛才的分析裡，根本沒看見他爹幽怨的眼神，而是繼續分析道：「我覺得我們能想到的，那幕後之人一定也早想到了，但為何他們還要鋌而走險呢？肯定是因為他們有所倚仗，覺得他們要做的事，是有可能成功的。既然我們如今還找不到人，那不如反過來想呢，比如，爹，若是你想造反，這京都裡，你會聯合誰？」

「噗——咳咳咳！」沐風正愜意的喝著茶，結果差點沒被她閨女的話給嚇死，驚得一口茶全噴旁邊朱熙衣服上了。

朱熙垂頭看著自己的衣裳，氣得都要哭出來了。

「風叔叔，您著急什麼啊！就不能喝慢點啊？」

他岳母剛給他做的新衣裳啊！昨天他送阿瑜回去時才給了他，今天就被毀了！

「咳咳咳！妳這丫頭怎麼什麼都敢說？什麼叫妳爹如果想造反啊？這話是能說的嗎？妳爹我對義父的忠心天地可鑒，日月可表！」

沐風這會兒哪還顧得上朱熙的衣服，只顧著狠罵沐青霓，兼當著朱熙的面表忠心了。

「呵呵，風叔莫怪，您對聖上的忠心，怕是街頭的孩童都不會懷疑的，青霓也是一時心急才說錯話。她的意思其實是想問您，如果有人要造反，您最先懷疑誰。」周瑾見了忙幫著沐青霓開脫，說到最後又朝沐青霓笑問道：「對吧？」

「對！」沐青霓亦朝他笑著點了點頭，道：「爹，女兒就是想問這個，若是這京都有人造反，你會最先懷疑誰？」

沐風看著眼前相互對著笑的兩人，覺得有些異樣，但很快他就又被女兒的問題吸引了注意力。

若是京都有人想造反，他會先懷疑誰嗎？那……必然是……

「自然是胡相一夥了！」沐風還沒說話，一旁的朱熙就搶先喊道。

沐風其實也是想說他們，如今胡相集團已經和陛下勢同水火，是個人就看得出來，陛下已經忍他們很久了，早晚要收拾他們。以沐風對胡相的瞭解，他這幾年敢這般明目張膽的跟聖上爭奪權力，已經到了無所顧忌的程度，沒準兒還真是有些後手的。

「可跟他交好的武將，並沒有人在三大營啊！就算他這些年安插進去一些，不是主要將領，也不可能聽他的啊……」沐風納悶道：「沒有武將支持，就是他想造反，拿什麼反啊？」

「我們先別管這些，就按著青霓的思路先想想，以胡相集團的能力，可能在感恩寺裡面藏私兵嗎？」

「可能，胡相手底下可不光戶部的人，六部都被他安插了不少，兵部也不例外。雖然都是些上不了檯面的，但若是私下去重金招募些私兵，或是暗地做些手腳，他們未必做不到。」沐風沈吟著道。

「噢！我想起來了！」

眾人正思索著，一旁的朱熙突然大喊起來，眾人聽了都朝他看過去。

「我想起來了。」朱熙朝周瑾興奮道：「瑾哥，你還記得在胡相府上時，跟你交手的那個護衛嗎？你說過很厲害的那個，我想起在哪兒看見過他了！」

周瑾疑惑道：「那個阮護衛？」

「對！」朱熙說道：「就是他！當時你還沒到時，他曾經朝我冷笑過一聲，我當時就覺得他那聲冷笑好熟悉，好像在哪兒聽過，只是一時想不起來。剛才，你們說胡相可能造反，又提起感恩寺，我突然就想起，我從感恩寺逃到遼東的時候，碰見的第二撥黑衣人，帶頭的就是那個阮護衛！當時他們就想殺我，我奶兄就是為了引開他們，才失蹤的！這都過去了四年，還依然沒有消息，多半是凶多吉少了……」

朱熙的低迷沒維持多久，又回過神急切地說道：「瑾哥，既然那個阮護衛是胡相府的護衛，那他當時帶人追殺我，是不是就可以肯定是胡相派他去的？可胡相當時為何要追殺我啊？」

「呃，會不會是因為你知道了他們什麼秘密？」周瑾思索著，突然靈光乍現道：「噢！對了！昨天你跟我們說你能逃出城，是因為那些小和尚告訴你的那條小路，那會不會就是這個原因才追殺你？你走之後，那些小和尚們也都死了。」

「對！很可能是這樣！」沐青霓也推測道：「感恩寺裡本來就有私兵，還有一條小路能通城外，會不會那條小路就是他們運送私兵、武器的通道呢？但他們沒想到這件事被朱熙知道了，還從那條路逃到城外。所以後來他們發現是那幾個小和尚告訴他的時候就殺人滅口，然後又派人去追朱熙，要殺他滅口。」

周瑾聽了就問朱熙。「那條小路的事你告訴過別人嗎？」

「沒有，因為答應過一禪幾個，我連對奶兄都沒說，當時他問我怎麼出城時，我跟他說是一禪幾個晚上幫我偷偷從感恩寺跑出去，然後我又在外公留給我的人幫助下混出了城。當時奶兄還問過我好幾次，我外公留給我的人是誰，因為根本沒有這個人，所以都被我糊弄過去了……後來我才知道，原來奶兄是我祖父的人，當時我會去遼東，就是我祖父授意奶兄帶我去的！」朱熙搖頭老實說道。

「這事我知道。」旁邊的沐風聽了就開口道：「既然五殿下已經知道景黎是陛下的人了，那這事也沒什麼可瞞的了。據我所知，景黎雖然明面上是太子妃的人，但其實早就被陛下收服，要不陛下也不可能讓他一直跟著五殿下。五殿下想偷跑時，景黎就已經告訴了陛下，當時也是陛下故意放五皇孫走的。不過五殿下是從感恩寺後山逃走這件事，據我所知，應該連陛下都不知道。」

「那這一切就都對得上了。」周瑾聽了就道：「事情的經過應該就是青霓說的那樣，那就可以證明，感恩寺裡肯定有貓膩，而且肯定和胡相有關！」

龍驤營指揮使大營中，總指揮使馬進此時正在自己的營帳裡愜意的喝茶，就見自家女婿任二掀簾子進來了。

「怎麼？有事啊？」馬進抬眼問道。

這個女婿是他前年為他那個胖閨女找的上門女婿，馬進的大閨女有些肥胖醜陋，大了後很難嫁出去。為免閨女被官媒隨便配人，他的部下就給他出了個主意，讓他乾脆找個上門女婿，反正他們家有大把的銀子，也不怕多養幾口人。

於是，馬進就真的聽了屬下意見，給閨女招了這任二做了上門女婿。

這任二無父無母，長得也挺好，還有秀才功名，關鍵是人老實，不會欺負他閨女，這幾年相處下來，馬進對這個女婿是越來越滿意。

因為女婿連考了兩年也沒有考上舉人，今年年初，馬進就乾脆將他安排到自己身邊，幫他處理公務。

「岳父。」任二笑咪咪的將手裡的托盤放在馬進身旁的小桌子上。「蓮兒剛讓人送來的滷味，還熱著，您吃點兒？」

「哈哈哈，還是我閨女心疼我，就知道我好這口。」馬進不疑有他，立刻就抓了個雞爪啃起來，邊啃邊問任二。「我有些日子沒回去了，家裡人可都好？」

任二見他吃了雞爪，眼睛閃了閃，又遞給他一隻雞腿，才笑道：「岳父大人放心，蓮兒和岳母都挺好的，蓮兒還特意讓人捎了話來，說好久沒見您了，讓您抽空回去一趟，也好一家子聚聚。」

馬進邊大嚼雞腿邊笑道：「哈哈，行！我也想她們娘兒倆……」說著說著，他就感到呼吸困難起來，臉色遽變，急忙一邊摳自己喉嚨，一邊指著對面的任二想說點什麼。

「你……你！」

任二就在一旁平靜地看著他，笑道：「岳父快別忙了，你都吐了也沒用，小婿下的這毒，只要您沾上一點，必死無疑！」

「嘔、咳！」馬進滿臉憤怒的還想說點什麼，但喉嚨此時已經不聽他使喚，除了發出幾聲輕微的聲響，什麼也說不出來了。

他只能聽見他的好女婿在旁邊依舊笑得溫柔。「岳父放心，等過了今日，你們就能一家團聚了……」

此時的胡相府，胡相剛聽完阮大的彙報，說承乾帝已經派人暗地裡在搜查那些可疑的莊子、鋪子了。

胡相忍不住冷笑道：「哼哼，果然被他們發現了嗎？我就說吧，那沐青霓和那個周瑾都不容小覷！但，到了如今，就算他們發現了什麼，也來不及了……哼！」

「主子，接下來我們怎麼辦？」阮大問。

「魯學志的人，可準備好了？」胡相反問道。

魯學志亦是胡相集團中的一員，主要負責京都內城四門的把守和部分京都防務，幾年前他還是處於太子陣營的，不過因為太子突然薨逝後他失去靠山，又被胡相握住了個大把柄，所以就乾脆倒向了胡相陣營。

「準備好了，今晚的內城西門由魯將軍親自看守。」阮大答道。

「好！將毅兒叫過來，這府裡不能待了，我們從暗道先撤出去。你安頓好府裡就去找我們。」胡相吩咐道。

「是！」

第五十四章

京都的虎賁營。

「什麼？你說胡相要造反？」雷戰被沐風的話，驚得差點咬了自己舌頭。

「嗯，雖然還不知道他們什麼時候行事，但已經能肯定他們正在籌劃。」沐風道。

「可他們拿什麼反啊？」雷戰小聲疑問道。

「這點還不知道，但陛下特意讓我囑咐你，若是京都有異動，讓你即刻帶兵入城。」沐風將懷裡承乾帝蓋了大印的調令遞到雷戰的手裡。

「是！」

雷戰忙躬身接過，又問：「風哥，這調令是只有我有？還是其餘二營都有？」

「只有你有。陛下說，胡相再沒腦子，也不可能僅憑著一點私兵就敢造反，三大營必有一處已經有失。他老人家現在最信任的就是你，所以這命令只給了你一人。而且特意叮囑我要將此調令親自交到你手裡，還讓我叮囑你要時刻留意其餘兩營動向，哪個營有動作，就是哪個營要壞事。」沐風一臉嚴肅的說道。

「嗯，屬下明白了！還請風哥轉告陛下，雷戰必不負陛下所託！」

雷戰的神情也變得嚴肅起來。

「好！」沐風點頭道，又說道：「噢，對了！你手下的周瑾被陛下安排了別的差事，恐怕要過幾天才能回來。」

雷戰心知周瑾這時候被承乾帝調用，肯定和當前之事有關。怕是那小子又要立功了，那小子如今爬升的速度，他都有些眼紅了。

周瑾已經在承乾帝的安排下進了宮，被承乾帝悄然安排到京都護衛營裡。沐青霓也領了承乾帝的命令，時刻留意起京都內城四門的動靜。

承乾帝這邊雖然已經做好準備，但誰都不知道，胡相的計劃是什麼，會什麼時候動手。只是誰也沒想到，他們動作竟然這般快！

這天午夜的京都，百姓們都已經沈入夢鄉，但有些人卻還處於極度的興奮中。

胡相帶著養了四年的兩千私兵，從城中幾處宅子的地窖裡鑽出來，他在地窖裡憋了半日，頓時覺得這午夜京都的風可真清新。

等天亮後，或許會越發的清新！

與從各處趕來，心懷忐忑的汪相等人集結後，胡相大手一揮道：「走！」

此一去，若能回來，他依舊是人上人！若不能回來，他便是斷頭鬼！

與此同時，任二也同一個黑衣護衛一起，跟著「馬進」，帶著一萬龍驤營的兵卒，以京都有變被調入京為由進了京都，又通過魯學志把守的內城西城門進了內城。

兩刻鐘後，「馬進」帶領的隊伍和胡相的隊伍終於在一處岔路口相遇了，雙方相視一笑，共同朝皇宮的西華門奔去。

此時的皇宮，三皇孫朱熹也正帶領著三百京都護衛軍和一百多名太監，朝承乾帝的寢宮圍了過來。

與此同時，在另一處寢宮安睡的承乾帝也被沐風叫醒，正不敢置信地問沐風。

「真是熹兒？」得到沐風肯定的答覆後，承乾帝一行老淚忍不住就流了下來，半晌後，才道：「別殺他！留他一命！」

這時的胡相集團和任二的隊伍已經到了西華門，但本以為輕易就能叫開的西華門此時卻怎麼也叫不開。

胡相見了，當機立斷道：「必是三皇孫有變，立刻讓將士將城牆給砸開，攻進去！」其餘胡相集團的人聽了有些猶豫，胡相憤怒道：「到了如今，還有給你們抽身的可能嗎？今日之事，不是你死，就是我亡！」

「胡相說得對！」一旁的任二也立刻朝「馬進」身後的黑衣護衛輕聲道：「主子，如今我們已經騎虎難下，只能幹了。」

為了此刻，他足足忍受了馬進那個蠢笨的女兒兩年多。就為了這份從龍之功，怎麼能輕易放棄呢？

那黑衣護衛點了點頭，朝「馬進」看了眼，那「馬進」當即就大聲命令身後的兵卒道：

「給本將將城牆砸開！」

「是！」

「住手！」

兵卒們剛想動手，西華門旁的城樓上，周瑾就高舉一個用金屬鐵片做成的大喇叭，高聲喊道：「眾位將士，胡相如今聯合馬進要造反，爾等難道也要跟隨嗎？要知道，這可是誅滅九族的大罪，爾等不顧自己的腦袋，難道連身後家人的性命也不顧了嗎？」

大喇叭本就帶有擴音功能，加上周瑾喊得又大聲，很清晰的就傳進了底下一萬多兵卒的耳朵裡，眾兵卒聽見造反二字，轟然就亂了起來。

他們可是大燕的兵士，怎麼好端端的就被人說成了造反呢？

就連馬進手底下的那些將領，也紛紛慌亂的朝馬進看了過來。

馬指揮使帶他們入京，說是京都有變，過來護衛聖上安危的，如何就成了他們要造反？

「指揮使！這到底是怎麼回事？為何那小子會說我們要造反？」

一個「馬進」手下的方臉將領忍不住出列朝馬進問道。

「大家不要聽他胡說！」

「馬進」身邊的任二急忙高聲安撫道：「聖上如今已經被他們控制了，我們就是要去救聖上，剷除這群奸佞之徒的！」

那方臉將領聽了就道：「我想聽馬指揮使親自說，不是聽你個上門女婿說！」

真是奇了怪了，今天的指揮使怎麼總是讓他這個女婿傳令呢？

「指揮使，你確定是今上讓我們過來的？」那方臉將領又問道。

那「馬進」聽了就顯得有些慌亂，那方臉將領見了越發懷疑，剛想再問些什麼，突然一柄利劍就穿透了他的身體，那將領慘叫一聲，瞬間就倒地身亡了。

「馬進」身後的黑衣人將劍拔出後，怒指著那方臉將領身後被驚得不知所措的眾將官，喝道：「馬指揮使就在此！難道還有人會私傳諭令嗎？若再有公然違令者，斬！」

這一下，眾將士立刻沒人敢說什麼了。

一旁的「馬進」也從慌亂中醒過神來，跟著道：「聽我命令！立刻將城牆砸穿，隨我進宮去營救聖上！」

唉！完蛋！

城樓上的周瑾急忙跑下城樓，帶著僅有的承乾帝給他的一百兵卒，朝著去往承乾帝寢宮的必經之路斷宏橋退去。

「快！第一小隊趕緊將我們準備的柴火火油都搬出來！將火牆架橋上！」周瑾忙命令，又指著斷宏橋一旁的一座假山道：「第二小隊，將那座假山上的石頭都給我搬過來，堵在火牆後頭！」

胡相等人行動太快，此時把橋弄斷已經來不及了，只能儘量想辦法堵住了。幸虧他今兒勘察地形後就急忙暗中做了些準備，要不然更完蛋。

「是！」眾兵士齊聲應道，紛紛聽令行事去了。

片刻後，一座兩米多高的柴火牆就被堆了出來，上面澆滿了猛火油，火牆後面不遠，又用石塊堵了一座石牆。等他們做完這些，胡相和「馬進」的隊伍也砸開城牆攻了進來。

等他們攻到近前的時候，周瑾親自用手裡的火把，將那座火牆點燃，然後帶著一百兵卒退到了石牆後面。

看著對面黑壓壓的士兵，周瑾突然想到了曾經的複州城。

一百對一萬多，這對戰比例跟複州城時也差不多了……

唉……青霓啊，妳可快點來吧！妳未來相公有危險了啊！

周瑾帶著承乾帝私下交給他的一百兵士，對上了對面胡相和龍驤營的一萬多人，整個人覺得壓力山大。

「都聽我說，那火牆且得燒一會兒呢，一時半會兒他們也攻不過來，我們只要注意防備從河裡過來的兵即可！弟兄們，都給我將手中的箭省著點用，專門給我射那些泅水過來的！」

周瑾邊躲在石牆後面，邊吩咐身邊的兵士。

「是！」眾士兵齊齊應道。

對面的「馬進」見了斷宏橋上面的大火，立刻就想派士兵下河取水滅火，卻被他的一個手下阻止了。

「指揮使，那火堆上澆的可是猛火油啊！您怎麼會不知道？這火哪是用水能潑滅的啊！」

眼前的「馬進」，只是任二等人為了此次行動，於兩年前尋到的酷似馬進的一個小混混，就是為了殺掉馬進後來冒充他的。雖然這兩年經過任二的訓練，這個假馬進的聲音、動作已經跟真實的馬進極其相似，但內裡卻並不相同，假馬進又沒打過仗，哪裡見識過猛火油啊？

就連他旁邊的任二和黑衣人二皇子朱槐，也都沒遇過。

因為一句趕緊用水滅火的命令，又一次引起了龍驤營手下將官的懷疑。

而且這位將官還是個精的，吸取剛才那位方臉將官突然被殺的教訓，在問話的同時，已經退到了自己手下兵士之中，離假馬進等人足足有七、八米。

「怎麼？本將一時忘了不可以嗎？」假馬進立刻色厲內荏的找補，然後學著馬進的語氣命令道：「水不能滅，那就趕緊給老子用土滅啊！」

那將官聽了，雖然對面前的假馬進還有些懷疑，但仔細辨認半天，還是覺得此人跟他們指揮使一模一樣，不像冒充的，因此也不敢太直接違背他的命令，依舊讓手底下的人先按他的命令行事了。

但他卻趁眾人將注意力集中在眼前火牆之時，往後退了幾步，找自己交好的幾個將士商議去了。

眼前的指揮使雖然看著還是他們那個指揮使，但跟平日的表現太不一樣。老方可是他的愛將啊，怎麼可能因為說錯一句話就被殺了？而且總跟在他身邊的那個黑衣人又是誰？他怎麼從來都沒有見過？

在對面的兵士想方設法滅火的同時，周瑾又拿出他自製的擴音器，朝對面喊了起來。

「喂！對面的眾位將士，聽我說！胡相和馬進確實是要造反啊！大家都知道聖上跟胡相不對付，試問聖上怎麼可能讓他領兵來救駕啊？而且，胡相一個文官，他的兵又是從哪兒來的？大家都好好想一想啊，千萬不要被這幫奸佞小人所騙，成為弒君奪位的千古罪人！」

有時候輿論的導向還是有用的，反正這會兒對方還沒突破過來，閒著也是閒著。周瑾這番話，確實將疑慮更深地埋入那些起疑的將士心中。

與此同時，一直讓人留意內城四門變化的沐青霓，聽到手下稟報，內城西門大開，魯學志已經放龍驤營的兵入城後，急忙帶著長公主府的五百私兵，朝內城西門殺了過去。

魯學志此時剛放龍驤營的人進去還沒兩刻鐘，正關緊城門忐忑的等待著結果，就聽城門外傳來虎賁營雷戰的叫聲。

「趕緊給老子開門！」

魯學志聽了，心裡就覺得完了！怎麼他們的人才剛進城，雷戰就到了？

但事到如今，他也只能硬著頭皮上了城牆，強撐著拖延時間。

「雷指揮使半夜三更，私闖內城，所為何來？不知道內城夜裡沒有諭令不得私開嗎？」魯學志一副官腔朝城門下問道。

「誰說老子沒有諭令？」雷戰高舉手中蓋了大印的承乾帝諭令道：「老子是奉命進城！趕緊給老子開門！」

「還請雷指揮使將諭令扔進下官手下遞下去的籃子裡，下官查印無誤後必當放行！」魯學志依舊慢悠悠的說著，心中卻急得不行。

也不知道這會兒他們的人成事了沒有……他這裡可拖不了太久啊！他雖然主管城中四門，但這內城可不是他一個人說了算的。

可能是怕什麼來什麼，魯學志正這般想著，就見內城有一隊人馬殺了過來，很快就到了城門前，沐青霓的聲音也隨即傳過來。「奉陛下諭令，魯學志勾結胡相等人，意圖謀反，立即就地格殺，內城四門由我接管！」

然後魯學志還沒反應過來，一個一身墨色勁裝的身形就躍上城牆，朝他殺了過來。

魯學志慌亂之下躲避不及，頃刻間項上人頭就落了地。

一刻鐘前的乾清宮。

三皇孫朱熹帶著人將乾清宮整個圍了後，並沒有急著攻進去，而是朝宮內跪拜著，喊道：「皇祖父，聽聞您身體抱恙，孫兒特地過來請安！」

雲公公一副撲克臉的表情出現在乾清宮門口，朝朱熹問道：「陛下讓老奴問問，三皇孫意欲何為？弒君嗎？」

朱熹聽了立刻匍匐道：「孫兒不敢！只是如今皇祖父年紀也大了，也該享享清福。所謂立嫡立長，如今太子已薨，不管按嫡次長幼，都該輪到我父王了，孫兒懇請皇祖父讓位給我父王。」

雲公公聽了就掩門進去了，過了片刻又出來問：「陛下問你們父子可是要逼宮？三皇孫所為可是受你父王逼迫？若是，現在反悔還來得及！」

這不廢話嗎？都這樣了不是逼宮難道還跟他老人家鬧著玩啊？

朱熹覺得他祖父問這般廢話，可能是想拖延時間，因此也就不跪了，一改常態的朝雲公公哈哈大笑道：「我父王為何要逼迫我？只要我父王上位，我就是名正言順的太子！太子薨逝後，按理皇祖父早該立我父王為太子，可他老人家卻不顧長幼有序，猶豫至今，還屢次申飭我父王，甚至將他的兵權都給奪了！呵呵，立嫡立長的規矩是他立的，現在卻又想親自推翻它，誰能服？若我們父子不爭一爭，以後又會是什麼下場？孫兒再勸皇祖父一句，趕緊寫退位詔書吧，要不可就別怪孫兒不顧祖孫之情了！」

朱熹這番坦言，雲公公一時說不出話回他。

屋內的朱熙、十二皇子朱杉則是面面相覷。

「怎麼辦？雲公公好像快要拖不下去了！」朱熙急道。

「我看二哥是要瘋！」朱杉嘆道。

然後，兩人齊齊嘆道：「怎麼援兵還不來啊！」

「雲公公，您趕緊先進來吧！」見朱熹好像要發動進攻了，朱熙忙跟門外的雲公公小聲說道。

已經戰戰兢兢的雲公公聽了，立刻邁步躲進來。

朱熙兩個忙命一旁的小太監將門閂給插上，然後就朝此時埋伏在承乾宮，忠心於承乾帝的幾十名太監，鼓勵道：「如今我們只有放手一搏了！等他們攻進來，就跟他們拚了！據我估計，雷將軍的兵馬應該已經快來了，只要我們撐過這一時三刻，等到援兵，以後高官厚祿……」

說著說著驚覺眼前的太監們不能當官，忙又改口道：「算了，別的本皇孫也不能保證，但以後你們每個人一生的平安富貴本皇孫卻是能保證的！」

「對！對！你們放心，今兒本皇子和朱熙姪兒，會一直跟你們並肩作戰的，生我們一起生！死亦一起死！」朱杉也跟著朗聲說道。

朱熙的一生富貴雖然對眾太監也有吸引力，但十二皇子的生同生、死共死顯然更激勵面前這群已經不能稱之為男人的男人血性。

他們的身分低賤如泥，卻能與最高貴的皇子、皇孫生死與共！這是何等的榮耀？

因此，朱杉的話音剛落，眾太監就群情激昂起來，一副要為了十二皇子玩命的架勢。

糟！他十二叔如今也變得「陰險」了，竟然也學會空手套白狼！唉，失策了！沒想到自己又出錢又出力的折騰，威風竟全讓這位空手套白狼的給搶了……

第五十五章

屋裡兩人給眾太監激勵著，門外的三皇孫朱熹也正給他帶來的人鼓吹，只因為他現在領兵的護衛隊裡，有不少人都是不願意造反的。

此時知道他要造反，立刻有不少人反對，反而是那些平日被承乾帝苛待的太監們，對造反更積極。

「哼哼！眾位都已經跟著來了，就算你們現在退縮，以我祖父的狠辣，可能饒過你們嗎？倒不如跟著我們父子幹一場！」三皇孫朝眾人大聲道：「實話告訴你們吧！我父王如今也已經帶兵進宮，只要我祖父一退位，我父王馬上就能繼位，明日一早，我父王就將是下一任大燕國主！難道這份唾手可得的擁立之功你們不想要嗎？還不都跟著我衝啊！」

說實話，京都護衛隊裡的大部分人對於這份功勞還真不想要！

他們都是京中各大家族的嫡系子弟，自然都明白皇族鬥爭的殘酷，大家都覺得，反正鬥來鬥去都是姓朱的做皇帝，他們父子誰當了皇帝也都得拉攏他們的家族。因此，這會兒誰願意當他們父子博奕的棋子啊？

但他們現在卻又無奈的被裹挾到了這場父子之爭中，進退兩難。

不按三皇孫說的做，真讓他們父子造反成功了，他們肯定落不著好，而且，看如今形勢，似乎他們造反成功的機會還挺高。可按他說的做，萬一他失敗了呢？承乾帝可能還會留他們父子一條命，畢竟是親父子、親爺孫，但被兒孫篡位的氣卻有可能撒他們頭上，他們依然落不到好。

因此，在三皇孫帶著他們想攻進乾清宮的時候，有不少人無計可施之下，就摸起魚來，導致三皇孫的人攻個乾清宮就攻了足足兩刻鐘。不過有著人數優勢，拖歸拖好歹還是攻了進去，可剛攻進去，護衛隊一群就被兜頭兜腦撒了兩袋子迷魂藥。

一瞬間，前面的人立刻就倒了一大片，後面有機靈的見了，明明沒吸進迷魂藥，也忙佯裝吸了，跟著躺倒下去。

這一下子，朱燾帶的四百來人瞬間就暈過去了二百多，大部分都是京都護衛隊的人。

朱燾、朱杉正要拚殺，見這狀況人都傻了。

朱熙看著眼前暈了半院子的人，也是心中迷惑。

這也暈太多了！就算阿瑜給他的迷魂藥厲害，也沒厲害到這個地步吧？

朱燾見了自是氣得不行，但也沒有辦法，不過馬上又覺得，憑著他手裡還剩的一百多人，也足夠讓他拿下乾清宮，因此，立刻帶著人衝了進來。

但，眼前哪裡有他祖父的影子啊？只有他十二叔正坐在他祖父常坐的椅子上，手裡握著把長刀在敲著桌子玩。前面是朱熙那小子帶著幾十個太監，也都手中握著長刀，正都一臉警戒的看著他。

「怎麼回事？」朱熹朝朱熙怒問道。
「還能怎麼回事？你被耍了唄！」坐上面的朱杉替朱熙譏笑著回道。
「你們找死！」朱熹氣得目眥盡裂。
周瑾眼望著火牆馬上就要被湮滅了，只得帶著人退到橋後的林子裡，再往後退，就是通往乾清宮的隆宗門了，他們一定得將敵人攔在此處。
若是讓他們過了這林子，那身後的朱熙他們和躲在暗處的承乾帝就更危險了！
唉！沒想到胡相他們來得竟然這樣快，快到他們這邊都還沒準備好！而且竟然聯合了三皇孫和龍驤營，這一點恐怕連承乾帝都沒有料到吧？
也不知朱熙他們還好不好，能不能擋得住。
周瑾內心擔心不已，但也知道，如今自己能做的，就是攔住眼前的大軍，別的他著急也沒用。
「列陣！」周瑾大聲命令道。
周瑾手下剛收的一百兵士聽了，立刻迅速的分成十個小隊，按著周瑾今天才教過他們的陣形排成十個小方陣。十個小方陣又一字排開，橫向排成了一排，正好將樹林後面的通道堵住了。
每個陣形的最前面，是三名手持盾牌的兵士，三名兵士後面跟著三名手持彎刀的，再後面則是三名手持長槍或狼牙棒的兵士。陣形的中間，都站著一個指揮者，可以隨時按著敵情，指揮己方變換陣形。

周瑾則作為隊伍的總指揮，站到了總方陣的最中間。

這套陣法是周瑾在戚氏鴛鴦陣的基礎上簡化成的陣法，相傳當年的戚家軍曾經靠著這套陣法對抗過一萬多的倭寇。

周瑾在敵軍到來前與周圍的眾兵士道：「我知道你們每一位的武藝都不弱，雖然這陣法大家只排練了一個時辰，但我相信你們已經掌握了其中精髓。這個方陣是我從一本古書上學得的，對付善使長刀的敵人十分有效。一個十人陣如果用好，對付幾百上千的敵軍都不成問題。而今日這群反賊為了方便，大多數人帶的正是長刀。所以，大家都不要慌，只要堅守住自己崗位，服從命令聽指揮，我們就一定能擋住這群反賊，堅持到援兵的到來！」

給了誇讚，自然要給予願景，面對危難，心理狀態能夠給人更多潛力。

於是他又大聲道：「俗話說，江山代有才人出，各領風騷數百年，難道眾位就想這麼在這護衛營裡過一輩子嗎？就不想建功立業，封侯拜相，作為一個熱血男兒好好的活一場？今日，眾位隨我立下這一場不世之功；明日，這天下就將有我們的一席之地！以後，我們封侯拜相，建功立業，都將以今日之功作為開始！」

試問哪個男兒沒有作過封侯拜相的美夢？哪個不想立一場曠世奇功？今日，這群兵士知道領導他們的這個比他們年齡還小的少年，竟然是帶著三百兵士二十天內就連挑韃靼、瓦刺兩個老巢的那個周瑾，其敬仰之情早已溢於言表，這會兒又聽到他這般自信、慷慨激昂的一段話，紛紛想，既然他能帶著三百兵去挑了韃子兩大營，那也一定能帶著他們一百人對抗對面的一萬多兵。

「哈哈！頭兒！若有一天兄弟成了侯爺，天天請你喝酒！兄弟們，我們立功的機會到了啊！」一個豪爽的兵士聽了周瑾的話，大笑著回應道。

「對！我們跟這群反賊拚了！」

「拚了！」

在對面的兵士如潮湧般撲過來的時候，一百兵士紛紛拿著武器齊聲高呼起來。

乾清宮這邊，十二皇子朱杉和朱熙叔姪倆也帶著幾十太監跟三皇孫朱燾帶的一百多人拚殺了起來。

「操！老三，你他娘夠狠啊！你親叔都敢下死手？」

朱杉一刀格開朱燾揮過來的刀，看著自己手臂上被朱燾劃開的一道傷，怒罵道。

剛才他若是躲得慢了一點，這條胳膊就沒了！

「哼哼！十二叔自己找死，姪兒自然十分樂意送你一程！」朱燾獰笑道，對這個比自己還小一歲的叔叔一點尊敬之情都沒有。

「老三！你小子怎麼是這種人？我們再怎麼說也是一家子，留的是一樣血，給彼此留條活路不好嗎？」朱杉一時間更氣了。

「十二叔快別說教了！我們可是皇家，哪有什麼親情可言？呵呵，不過看在你萬事靠邊的分上，你若跟姪兒求句饒，姪兒倒是可以饒你一命！哈哈哈！」

「我跟你求饒？你個小王八蛋也配？今兒就讓你嘗嘗老子的手段！」朱杉頓時被眼前朱燾的態度給激怒了，突然招式大變，迅猛地朝朱燾攻去。

朱燾能被承乾帝委以重任，統領護衛營，本身就不是個弱的，但這會兒儘管他使盡了全力，也擋不住朱杉凌厲的攻勢。

「十二叔……」朱燾剛想說十二叔你竟然藏拙，就被朱杉一巴掌搧到了臉上，然後噼哩啪啦的巴掌聲就接連襲來。

「我讓你不知道尊老愛幼！我讓你沒大沒小！我讓你看不起你叔！我讓你心狠手辣！」朱杉邊打邊罵道。

一旁的朱熙目瞪口呆。

我靠！他小叔叔什麼時候變得這麼猛？可是，你光搧他幹麼啊?!

「喂！小叔叔，你是不是傻了？別光搧他啊！趕緊捉住他當作人質，好讓他手下住手啊！」朱熙邊一刀砍翻一個攻過來的太監，一邊朝他小叔叔喊道。

朱杉一愣，頓時恍然大悟。

周瑾這邊的百人方陣將去往乾清宮的通道堵得死死的，擋住了胡相和二皇子朱槐的隊伍已經快兩刻鐘了。朱槐同胡相都為此焦慮不已，因為拖得時間越長，對他們這邊就越不利。

偏偏這般關鍵時刻，那些跟著「馬進」的將士們卻紛紛往後退去，不願聽「馬進」的指揮，顯然已經懷疑他們這次帶兵前來的用意了。

但好在他們倒是沒有直接倒戈，只是在一旁觀望。

現在，他們這邊能指望的就只有胡相搜羅的那兩千私兵了。

因為過於急迫攻破周瑾帶領的方陣，這會兒，除了那些私兵以外，就連跟在胡相身旁的阮大都已經上了。因為是絕頂高手，阮大一上前，瞬間就撂翻了周瑾這邊方陣的六、七個兵士。

周瑾見了急忙躍出方陣，擋住了阮大的攻勢，才朝身後眾兵士喊道：「都不要亂，將受傷的弟兄護到身後去，將陣形趕緊恢復好。放心，我們一定頂得住！」

就這樣，雙方又你守我攻的交戰了快一刻鐘，突然一聲大喝傳來。「虎賁營雷戰在此！奉諭令前來救駕，爾等反賊還不速速投降！」

然後山呼海嘯般的兵士們就湧了進來。

周瑾和他這邊的兵士們聽了都狠鬆了一口氣，他們的援兵終於到了！

然後，周瑾就看見他的沐青霓正手握長刀，跑在隊伍的最前面，朝他這邊奔了過來。

她奔到了周瑾面前，同他一起對付阮大。周瑾一個人對付阮大還有點吃力，但加上與自己平分秋色的沐青霓，阮大這邊頓時就不夠看了，不過二十個回合就沒有還手之力，只餘招架之功了。

周瑾甚至還有功夫跟沐青霓獻殷勤，一邊打一邊笑咪咪的朝她撒嬌道：「青霓，我就知道妳會來救我的！」

沐青霓則一邊打，一邊一臉關心的問道：「你怎麼樣？身上有沒有受傷？」

阮大被兩人夾擊，一肚子鬱悶無處發洩。

你倆這會兒在這兒打情罵俏個屁啊？能不能尊重下對手的感受！

接下來的形勢，就可以預見的成一邊倒的趨勢發展了。

那些原本就沒怎麼動過手的龍驤營將士見虎賁營的人到了，虎賁營指揮使手裡又拿著蓋了御印的諭令，才終於相信，他們的指揮使真的是在造反，因此紛紛喝令手下將兵器扔了，立刻跪地投降。

「雷指揮使，我們將軍真的造反了嗎？」

一個馬進身邊的大將忍不住開口問道，猶自不相信他們的指揮使會帶著他們造反作亂。

「沒有！馬指揮使已經被發現死在了他營帳的夾縫裡，現在的『馬進』是假的！」雷戰聽了就遺憾的道：「你們的馬指揮使到死依然是陛下的忠臣良將！」

雷戰帶兵進城前就已經派人去龍驤營搜查馬進帶兵作亂的證據，沒想到去的人卻在馬進營房的夾縫裡找到了他的屍體。

「操！一定是任二那個王八羔子幹的！兄弟們，我們去剁了那小子給頭兒報仇！」

馬進手下將官聽到他們指揮使已經身故的消息，立刻都大哭了起來，一個將官首先撿起一把剛丟地上的長刀，紅著眼朝胡相那邊殺了過去。

「為頭兒報仇！」其餘幾個將官見了，也都拿起武器哭嚎著跟著那人殺了過去。

雷戰見他們手下的兵卒都沒動，也就沒阻止他們。

眾將官都是身經百戰之人，何等英勇，比起先前的猶豫，如今他們瞬息就攻到了胡相等人面前，將胡相身邊的任二和「馬進」剁成了肉泥。

就這還不解氣，他們又紅著眼朝胡相和一旁的朱槐殺了過去。

胡相和朱槐眼睜睜看著任二和假馬進在他們面前，慘叫著被剁成了肉泥，都嚇壞了。見眾將官又朝他們撲了過來，急忙想跑，但哪裡還跑得了，嚇得都兩股戰戰，跌倒在地。

「住手！這二人不能殺！」

幸虧雷戰見事情不好，帶著兩個護衛趕了過來，才阻止了眾將官，救下了二人。

但跌倒在地的胡相和朱槐都知道，如今他們這邊大勢已去，即使這會兒活了，等待他們的下場也不會好，因此紛紛癱倒在地上起不來了。

胡相甚至想乾脆撞石自盡，但看著一旁的大石頭，卻怎麼也撞不下去。

「都給我捆結實了！嘴堵上，看管起來！」

雷戰一眼看見，生怕他們倆有失，忙吩咐手下兵士，然後就將這邊的事交給了幾個手下，親自帶著兩千兵士去乾清宮救援承乾帝了。

等雷戰帶兵風風火火趕到乾清宮的時候，首先映入眼簾的就是一院子暈倒的人。

這些人暈得好生奇怪，甚至有人還專門找了個角落暈著，一副深怕被踩踏的樣子，在他們過來後還偷偷睜了一隻眼看了看，然後又佯裝暈過去。

但雷戰這會兒也顧不得這群人為何如此戲精了，留下一些手下防著他們暴起偷襲後，就急忙帶著大部分人朝乾清宮裡奔過去。

進門就見三皇孫朱熹已經被十二皇子朱杉給敲暈了過去，扔到承乾帝的案桌底下，那些護衛營的將士已經都投降。這會兒就只剩下一些跟著作亂的太監知道此次不成功肯定是個死，還在同朱熙叔姪倆帶著的忠心太監們鬥成一團。

雷戰當即大手一揮，朝手下兵士道：「都給我捉了！反抗者格殺勿論！」

胡相集團連同二皇子朱槐的這場造反之舉，自午夜開始，到寅時初結束，歷時僅僅一個多時辰，就被徹底殲滅了。

二皇子、三皇孫、胡相集團眾首腦，紛紛被捆綁起來，扔到了承乾帝面前。

看著底下癱倒在地的兒子、孫子，承乾帝深深閉了閉眼，剛想說點什麼，突然就眼前一黑，險些栽倒在地，多虧一旁的沐風及時扶了他一把，才沒有真的摔倒。

十二皇子朱杉和朱熙見了，也忙過來攙扶，承乾帝看見他們叔姪兩個，鬱結的心才稍稍緩過來點兒，朝二人說了句。「你們叔姪倆這次做得很好。」

唉！同樣都是他的兒孫，怎麼兒孫和兒孫之間的差距就這麼大呢？

承乾帝又嘆了口氣，才朝沐風吩咐道：「先將他們都押下去吧！」

關於他們的處置，他還要再想想。至於胡相集團他是不用想的，自然是誅滅九族！

沐風聽了，忙應了聲是，吩咐底下站著的雷戰，讓他先帶人將胡相等人押下去，嚴加看管起來。

一旁的朱熙看著被拖出去的胡相，猛然發覺，好像一直沒有聽到胡相兒子胡毅的消息，剛去胡府搜查的兵士回來稟報的時候，好像也沒說捉到了那小子……

「胡雍！你兒子胡毅呢？」

朱熙突然覺得有些心慌，急忙奔到正要被拖出去的胡相面前，揪著他脖領子質問。

「哈哈哈！五皇孫，你這會兒再問好像有些晚了吧？哈哈哈……」

剛一直呆愣著癱坐在地上的胡相聽了朱熙的問話，突然就瘋狂的笑了起來。

「哈哈哈，雖然我們姓胡的這次完了，但能有周家陪葬，也值了！」

朱熙聽了就越發的心慌了起來，旁邊的周瑾也跟著同時心中一緊，朝著朱熙說了句。

「你先別急，我這就去看看！」

說完就跟上面的承乾帝告罪了一聲，往外疾行而去。

朱熙心知周瑾說的要去看看，就是想動用他們的那個穿行能力過去，因此也急忙跟了上去。「瑾哥，我跟你一起去！」

剛帶著人將承乾宮清理乾淨的沐青霓正好回來，看見奔出去的周瑾二人，忙問出了何事，朱杉就將剛才的事跟她說了。

沐青霓聽說胡毅竟然帶著人去了周家，也是心裡一驚，忙也跟承乾帝告罪一聲，得到應允後，也跟著追了上去。

但沐青霓到底晚了一步，雖一路疾行，卻總差著前面狂奔的周瑾二人幾十米。眼見二人出了宮門後，又跑了一、二里，離開宮門口看守兵士的視線後，就一前一後的朝路旁百十米的一處灌木叢奔了過去。

這兩人是急慌了嗎？正常情況下不應該去宮門外停放馬車、馬匹的地方先取了馬匹，然後再趕去山莊嗎？怎麼這兩人不但不去騎馬，反而要往樹叢裡跑呢？

沐青霓納悶之下，就想趕緊追上去問問，眼看二人進了灌木叢，就忙朝他們大聲喊道：「周瑾！朱熙！等等我！」

結果，就見剛才還在她視線中的兩人，突然就消失不見了。

沐青霓愣了下，忙往前又追了一段，還是沒有兩人的影子。

怎麼可能不見了呢？難道是她眼花了？她邊跑邊揉了揉眼，然後再睜眼一看……

呼！果然真是她眼花了！

剛才她眼看著消失的周瑾這不還在那處灌木叢前站著嗎？聽到了她的聲音，這會兒正朝她奔了過來。

「周瑾，你們怎麼不騎……」

沐青霓剛想問周瑾為何不騎馬去山莊，而是鑽進了樹叢，還有，剛還跟著他的朱熙呢？結果，周瑾一句話也沒回答她，直接拉起她就往那處樹叢裡跑。進了樹叢後，沐青霓就見周瑾仔細的朝四周又看了看，然後拉著她嘴裡嘀咕了句什麼。

她感覺身子一輕，然後就到了一處好亮堂的屋子。

第五十六章

話說周瑾急於通過空間去查看妹妹他們的情況，見朱熙跟上來，想著空間的事他也知道，就也沒有說什麼，急忙帶著他朝宮外跑去。

雖說他趁著來宮裡，在隱密處也做了好幾個牙籤標記，但想著宮裡進出都要經過嚴密的盤查，尤其是如今的非常時期，怕自己無故消失不見引起不必要的誤會，周瑾只能忍著心焦，帶著朱熙往宮外跑。

等出了宮門口又跑了兩里多，周瑾看了看周圍，見附近沒人，就忙拉著朱熙往路旁的一處灌木叢裡奔去，想著趕緊進空間，好去山莊看看他妹那邊的情況。

可他並沒有發現，在幾十米開外，沐青霓正好將這一切看在了眼裡。

等他往灌木叢裡扔了根牙籤，帶著朱熙進入露營車空間的同時，卻聽到了沐青霓喊他們的聲音。當時周瑾和朱熙齊齊一驚，全都摔倒在露營車空間裡。

周瑾先是一慌，覺得完了，這下他們空間的秘密怕是被青霓發現了，待會兒他要怎麼跟青霓解釋啊？

但看著面前的朱熙，周瑾又覺得既然連朱熙這小子都知道他們空間的秘密了，那憑什麼要瞞著他的青霓啊！於是立刻又從空間出來，一把將不遠處正呆愣的沐青霓也拉進露營車空間裡。

這一拉，沐青霓呆愣了。

饒是她天不怕地不怕，也沒經過如此詭異之事，突然就從皇宮不遠的路旁被周瑾帶到了這裡，沐青霓驚得連話都說不出來了。

但周瑾這會兒卻沒時間跟她細細解釋，只能將一臉呆愣的她扶到一旁的座椅上坐好。

「青霓，等一會兒我再跟妳解釋，妳先別緊張，先坐會兒，我現在得趕緊去看看阿瑜。」

說完，周瑾就急忙跑去駕駛座啟動露營車了。

兩個時辰前，胡毅在胡相等人出發造反前，想起自己的斷臂之仇，就跟他爹要了二百兵士，加上阮二、胡葵，以及從胡府帶過來的百十名忠心家丁，一共三百來人，趁著魯學志放龍驤營的人入內城的時候，也乘機出了內城，去溫泉山莊找周瑜、周珞等人算帳了！

胡相因為田氏之死，對周瑜等人也是恨得不行。

在他看來，若是沒有周家的咄咄逼人，他就不用被逼無奈，選擇用一半身家保他兒子一命，朱熙等人也就不會到他們府裡查帳，進而發現盧氏被虐待一事。

盧氏被虐待的事如果沒被發現，田氏現在還在府裡待得好好的，又怎麼會慘死？

所以，在胡相眼裡，田氏被殺的始作俑者就是周家。

因此，聽見他兒子想去弄死周家眾人，也是贊同不已。

本來他還想等他們成了事，再去找那幫人給他的愛妾報仇，但又想到萬一他們失敗了，他們父子怕是也活不成了，到時候豈不便宜了那些姓周的？

就覺得，若是能提前殺了他們也挺好的。

因此，他不但給了兒子人馬，還囑咐他兒子一定要將周家那些人，不論老幼都給殺乾淨，一個都別留！

溫泉山莊距離京都中心大概有六十來里，胡毅等人也不敢騎馬在京都狂奔。而且他們也沒那麼多馬，能養這幾千口私兵對胡相等人來說已經很不容易了，哪還能養馬啊？

因此，他們只能步行著去，等到了溫泉山莊的時候，已經是一個時辰之後了。

胡毅一行先去了山莊下鄭家的院子，結果發現鄭家根本沒有人，眾人就又去了旁邊周瑜新開的火鍋店，還是沒見著人！

於是，一行人這才朝溫泉山莊殺了過去。

結果，到了近前，就發現溫泉山莊的大門緊閉，而周瑜等人也已經藏身在溫泉山莊大門處的門房房頂、牆壁上等著他們了。

原來，周瑜等人知道胡相集團可能要造反後，為免他們父子乘機報復，周澤林當天就帶著幾家子從城西小院搬到了溫泉山莊，連住在城裡府中的周澤盛等人也都接了過來。

並且，當天鄭家叔姪幾個就開始輪流帶著人去通往山莊的必經之路旁的山上盯著，也都備好了一些迷藥、熱水、滾油、石頭、弓箭。

結果，剛開始派人盯著的第一晚，就遠遠的發現了胡毅等人帶著人過來了，帶人去盯著的鄭武急忙就趕回來報信了。

於是，鄭家眾人和旁邊火鍋店住著的夥計們並白氏婆媳等人，都急忙撤到了山莊裡，待人都回來後，鄭武等人也立刻將山莊的大門關上了。

所以，胡毅等人到達時，才一個人都沒發現，等他們到山莊的時候，周瑜等人都已經做好了準備。

「給我將這門給砸開！將這破山莊給我燒了！」

胡毅到了山莊，就指著山莊緊閉的大門命令一旁的胡葵。

胡葵畢竟是胡府大管家，聽了就有些猶豫道：「少爺，這山莊裡可不光是周家人，沒準兒還有許多別的人物。小的可是聽說，像鎮國公那些人都是常年住在這裡的。」

「怕什麼？若是我爹的大事成了，那他的地位可就是一人之下萬人之上了，到時候肯定比現在的權力大得多。再說，二皇子若是上了位，第一個要對付的怕就是像鎮國公這樣朱崇武的鐵桿狗腿子，我們替他除了鎮國公，沒準兒他還要謝謝我們呢！至於別的零星小人物，我們就更不用怕了！」

胡葵聽了覺得也對，他們主子連造反都敢了，那他們還怕什麼？於是就帶著三百多人去想辦法砸門了。

甚至還機靈地激勵那些私兵和家丁道：「這山莊裡可有的是銀子，少爺說了，等將它洗劫了，那些銀子都分給你們！大夥兒趕緊上啊！」

那些私兵和家丁們聽了，頓時眼睛就亮了，果斷的朝溫泉山莊的大門撲了過去。

「哈哈哈！我怎麼說來的時候，我爹非讓我帶上他呢？哈哈哈，不愧是我爹手下的大管事啊！就是有辦法！」

胡毅見了，就得意的朝一旁的阮二笑道。

阮二心裡對這個敗家子十分不以為然，但他們主子卻偏偏疼這個傻子疼得不行，因此也不得不敷衍他。

結果，他剛扯出個笑模樣，就見一枝羽箭朝胡毅飛了過來！

阮二心裡一驚。他是知道那周家丫頭善使弓箭的，因此早已護著胡毅站到了離溫泉山莊一百五十多步開外了。就是他和他哥，拚盡全力也不能將箭射得這般遠啊！

就憑那小丫頭，瘦瘦弱弱的，怎麼可能拉動能射這麼遠的弓？難道這溫泉山莊還有別的高手？

阮二心中大驚，用力挑開那枝羽箭的同時，立即朝著胡毅大喊道：「少爺！你趕緊往後退！」

那胡毅聽了，忙獨自往阮二的身後逃去。

一箭落空，藏在一棵樹上的周瑜並不慌張，而是沈著地裝填箭矢。她其實曾有一瞬想過，或許不與皇家有所牽扯，她家便不會被當槍使，如今也能安安穩穩過好日子。

但，那樣瞻前顧後地活著，又有什麼意思？她從不後悔自己的選擇。倘若這就是命運要她經歷的，那她只會盡全力面對。

見胡毅跑離阮二一段距離，周瑜一笑，瞬間手中的箭又射了出去。

老娘等的就是這一刻！

古代弓箭的射程能達一百二、三十米已經是極限，但她可是有外掛的人，她手上這把弩，射個三、四百米都不成問題。

周瑜躲在樹後面，自信的笑著，看著自己射出的箭帶著凌厲的破空聲朝落單的胡毅飛去，然後——

一枝羽箭準確的扎在了他的後腦杓上，穿過了他的腦袋，那胡毅甚至連哼都沒哼一聲，就撲倒在地死了過去。

他身後的阮二目瞪口呆。

胡毅被周瑜一箭就給射死了，不光旁邊的阮二驚了，前面胡葵帶領的進攻隊伍也驚了。

胡相的兒子死了！就算他們將周家人都殺了，怕是也交代不了！

一部分人見事情不好，忙趁亂溜了。但也有一部分人覺得乾脆一不做二不休，打算搶了溫泉山莊再跑，到時路上的盤纏也有著落。

因此，儘管胡毅死了，那些人也只是愣怔了片刻，就又繼續對溫泉山莊進攻起來。其中的胡葵更是想，若是將山莊裡的周家人都活捉了，交給胡相去處置，或許胡相對他們的怒火會減輕一些，於是就越發的激勵那群私兵和奴僕砸起山莊的外牆來。

門外的匪徒窮凶極惡，但山莊裡的眾人也不是吃素的。

山莊裡如今住著的，不管是周家人還是鄭家人，或是在山莊打工的眾李家人，大家都是要麼經歷過流放，要麼有武藝在身上的。

其中，周瑜、周珞、周珙幾個還都是經歷過複州城被圍，親手殺過韃子的，所以見胡葵帶人攻打山莊，眾人並不發怵，而是都積極的面對起來。

除了站在高處用弓箭攻擊的，周珞兩個還吸取複州保衛戰的經驗，指揮眾人用熱水、滾油、石頭等物攻擊，由於風向不好，只有突破阻礙靠太近的，才會撒些周瑜備的迷藥對付。

後來，在山莊長住的鎮國公也帶著身邊侍衛來了，直接領導山莊的男人們擺開陣形，將山莊門口和剛被匪徒砸開的幾處牆壁窟窿都給牢牢的堵住，從那裡攻進來幾個匪徒，男人們就一擁而上，殺死幾個。

攻打山莊的這些人和攻打皇宮的那些人到底還是不同的，攻打皇宮的胡相等人，手下有一萬多兵，那麼多兵一起攻城，光城牆砸毀就不止一處，防守的卻只有周瑾帶的一百人，就算想堵住缺口也堵不過來。

而攻打山莊的人才三百來人，剛又跑了一部分，如今加一起也不過二百來人。而山莊這邊男人們加一起有百十人，再加上婦人們，也差不多有一百五、六十人，論人數比敵人那邊也少不了太多。

因此，在鎮國公的領導下，男人們將匪徒鑿開的幾個入口都堵得牢牢的，對面的胡葵等人想盡辦法也突破不了。

加上中途有不少人見長時間攻不破山莊半途而廢逃跑了，等周瑾幾人趕到的時候，僅剩下百十人的胡葵等人還在大門口焦灼的進攻。

「胡相等人的奸計已經敗露，現都已伏誅，爾等若再負隅頑抗，等待你們的也將會是同樣下場！」

周瑾帶著朱熙、沐青霓，還沒到山莊前就大聲喊道，正在攻擊山莊的眾人聽了，果然都驚嚇不已。也不知是誰帶的頭，率先往外奔逃起來，隨後眾匪徒就都四散而逃了。

「眾位！隨老夫追啊！」山莊裡的鎮國公看到這一幕，奪過身旁侍衛手裡的短刀，就帶頭從山莊裡衝殺了出來，鎮國公興奮得雙眼都冒光了。

那矯捷的步伐，哪裡還有半點平時老態龍鍾的模樣？

多少年了！多少年了！他終於又能上陣殺敵了！哈哈，雖然只是盤小菜，但也足以讓許久沒聞過血腥味道的他興奮不已了。

鎮國公舉起手裡的刀，就朝著一個嚇得有些軟腳的私兵殺去，別人他也追不上，就這軟腳賊離他最近，還嚇得跌倒了。

鎮國公一刀下去，就將那人的脖子給抹了。

唉！還是老了！動作慢了點，這刀砍得也淺了點！

鎮國公邊興奮的看著眼前被自己殺的男人，邊遺憾地反省著。

他旁邊的兩個侍衛一邊嚴密的保護他，一邊心中腹誹：老國公啊，您老可悠著點吧！也不知是誰兩個時辰前還癱床上起不來呢？

山莊裡的鄭勇等人，見鎮國公都帶頭衝了，也都跟著衝了出來，朝那些逃跑的私兵奴僕們殺了過去。

與此同時，周瑾和沐青霓也同時攔住了正要混在人群裡逃跑的胡葵，還有一直站在周邊看著胡毅屍首發愁的阮二。

只有朱熙誰也不顧，光顧著往山莊裡奔去。

「阿瑜！阿瑜！」在亂亂哄哄的人潮裡，朱熙大聲呼喊著。

一直躲在樹上攻擊的周瑜剛將自己的弩藏進空間，就聽見了朱熙的呼喊，她忙從樹枝間露出頭來，揚手朝他燦笑道：「朱熙，我在這兒呢！我沒事，你別擔心啊！」

朱熙聽見周瑜的笑聲，一顆心終於放下了，覺得怎麼他的阿瑜就連爬樹，都那麼美呢？

此時的周瑾已經解決完了胡葵，過來幫正在跟阮二鬥在一起的沐青霓。

阮二的功夫只比他哥阮大略遜一籌，和沐青霓還能戰個平手，但加上周瑾，立刻就支撐不住了。

「有本事我們就一對一，你們兩個打我一個算什麼英雄好漢？」

阮二一邊用盡全力支撐，一邊朝著周瑾激將，試圖激起周瑾身為男兒的血性，跟自己單打獨鬥。若是只對他一個，阮二覺得自己或許還有些勝算。

「哈哈！」周瑾才不會上他的當，立刻不要臉的回道：「我和青霓向來夫妻一體，對付三、五萬人是一塊兒上，對付你一個也不會分開！」

阮二被這不要臉的回應差點氣死。

這人好不要臉！

……誰、誰跟你夫妻一體？

而沐青霓一下子錯愕了，沒好氣地瞪了周瑾一眼，又收束心神望向阮二。

「阮二，我觀你尚還有些許良知，又有大本事，為何卻一直幫著胡相等人助紂為虐？如今胡相等人都已被俘，你若是肯此時回頭，站出來揭露胡相等人罪行，本將軍或許可以想辦法保你一命。」

沐青霓從上次與阮二交戰時，就看出這個阮二似乎對田氏母子的所作所為甚是不屑，此次觀他似乎並未參與攻打山莊的行列中，一直在袖手旁觀，因此忍不住勸道。

「我大哥現在如何了？」阮二沒回答沐青霓，而是反問道。

「他已經被我們捉住了！」沐青霓誠實的回答道：「現在正和胡雍等人關在一起。」

「若是我聽妳的揭露胡相等人罪行，能否保他一命？」阮二又問。

「恐怕……不能！」沐青霓依舊誠實的回道：「造反大罪，不誅滅九族，已經是法外開恩了，本將軍最多能爭取留他一具全屍。」

「好！」

沐青霓還以為阮二聽到不能救他大哥一命，還會頑抗到底，但沒想到他思索片刻後就主動停了手。

阮二半跪在地朝她請求道：「沐將軍，我聽妳的，去揭露胡相罪行，保不保我的性命不重要，只求您能遵守承諾，留我大哥一具全屍，並幫忙收殮他的屍骨。」

誅滅九族阮二並不怕，他們兄弟倆自小相依為命，哪裡還有九族？死，他亦不怕，反正他大哥注定要死，他做兄弟的陪著就是！

但他聽說死無全屍之人去了地府會墮入三惡道中，死後鬼魂亦會受盡苦楚。這輩子他們兄弟已經夠苦了，他不希望大哥死後也不得安寧。

「好！」沐青霓頷首道。

第五十七章

承乾二十一年八月二十七日，胡相連同二皇子謀反案由宗人府、刑部、大理寺共同審理後正式宣判，胡雍作為主謀被判凌遲處死，其追隨者汪有德等人也都被判斬立決。幾人族內弱冠以上男子皆被處死，其餘人等皆發配遼東為奴。

二皇子朱槐因性格暴戾，行事乖張，經聖上責罰後，不但不思悔改，還懷恨在心，做出了逼宮之事。但聖上念其並無弒父之心，只是被胡相等人利用，免其一死，只判其削宗奪爵、圈禁終身。而他的兒子三皇孫朱燾，自然是跟其父一塊兒圈禁了。

唉！這萬惡的舊社會啊！

聽完胡相等人的判決後，周瑾兄妹倆心中一嘆。

同樣是謀反大罪，胡相等人被判凌遲、斬立決，其族人不管參與與否都被或流放或砍頭，而二皇子父子卻只被判圈禁，那不就每天還是好吃好喝的？這判罰還真是！

除了讓兄妹倆對這古代皇權社會進一步認清之外，還真是說不出別的來了。

不過，萬幸的是，胡雍長子胡彥一直在外為官，與其父又一向不睦，並未參與胡雍謀反案之中。經朱熙、沐青霓等人求情後，承乾帝特地開恩免其一死，只將其貶為庶民，並准其改為母姓，以後不得再自稱胡雍之後，只許其侍供母族之人，這也算是給了憤憤不平的兄妹倆稍稍的安慰了。

一場謀反大案後，上千的人頭落地，菜市口的地沖刷了三天都還滿是血腥氣。但人們的生活除了被胡相等人連累的人家，都沒有受到什麼影響，繼續或苦或甜的生活著。

胡相謀反案後，立功的眾人自然也受到了封賞。

虎賁營的指揮使雷戰，直接升任為參將，除了繼續執掌虎賁營外，還被承乾帝加封為忠勤伯，並將胡雍的丞相府賜給他做了伯爵府。

沐青霓也被加封游擊將軍，並尊承乾帝諭令，接管京都四門的防守兼內城防禦之事。

在胡相謀反案中立下大功的周瑾則直接官升三級，接替了被殺的馬進，成為三大營之龍驤營的新任指揮使，也被賜了京都的宅院一座，正是汪相的府邸。

而十二皇子朱杉，因為藏拙露了餡，被承乾帝抓去當了宮中護衛營統領。

本來，這活兒承乾帝是要抓朱熙一起去幹的，但朱熙堅決不幹。

他說自己整日伺候承乾帝這個祖父已經夠累了，都沒有什麼空閒去陪他的阿瑜，要是承乾帝再給他安排別的活兒，他就不當這個皇孫了！

這沒出息的樣子，將承乾帝直氣得臉色鐵青。

這個臭小子！除了整日拿不當皇孫嚇唬他，還會什麼？嘴裡心裡除了他那個阿瑜還有誰啊？還整日的伺候他！這臭小子伺候他什麼了？真是當他怕嗎？

但……他還真的怕！

承乾帝還真怕他五孫子一氣之下不當他的孫子了，這小子早就想拋下祖父，帶著他的阿瑜去逍遙了！但，他還真是捨不得這個孫子這麼快就離開他。

如今，能不求回報真心把他當祖父對待的孫子，除了眼前這個不成器的，他還真找不出別的了。

他委以重任的三孫子反了他，他信重的二孫子明知道宮內有人對他逼宮，卻躲在自己的寢殿裡不敢出來，其餘幾個孫子也都跟他二孫子差不多。

反而是一直受他忽視的小兒子和眼前這個不成器的孫子擋在了他的前面，拚命護了他周全。

所以，承乾帝就想，算了，這小子想躲懶就躲吧……不過，想丟下他這個老不死的跑去獨自逍遙？沒門兒！

因此，大手一揮，直接下旨讓朱熙與周瑜於明年開春就成親。

哼哼，你小子不是不願意伺候你爺爺嗎？那老子就讓你將媳婦娶了，到時候你們兩口子一塊兒伺候朕！

周瑜和朱熙的訂親日被承乾帝定在來年的二月十二，從頒旨之日算起，也就還有五個月零三天，這可急壞了周瑜她娘鄭氏。

三天前，他們一家子才剛剛搬進承乾帝新賜給他們的府邸。這新賜的府邸哪兒都好，汪相畢竟在內閣待了十來年，刨去人品不佳，其文采審美都頗高，因此，家裡的宅院園子都修得極其精美。

但這府裡被承乾帝派人查抄之後，宅子裡的物品家具都已被充公，只剩下些空蕩蕩的屋子，園子裡的花草樹木也被糟蹋得不成樣子，四處都需要重新規整。再加上周瑜的嫁妝還沒有置辦齊全，因此鄭氏這幾日真是急得不行，嘴角都起了好幾個燎泡。

周瑜見她娘急成這樣，就想幫忙，結果直接被她娘給推回到屋子裡，還塞給她一堆的針線布料，說就算她自己那些嫁衣可以勉強找別人縫，但成親後第二日進獻給長輩的繡品、鞋襪這些，好歹得她自己做吧？要不被人指出來，不得丟人！

周瑜不會做針線這一點，也是鄭氏擔心的，現在那些高門可是極講究這些，到時候妯娌一塊兒做起針線，周瑜若是不會，不得被人笑話啊？

可這丫頭也不知怎麼了，小時候明明挺愛做這些活計的，這幾年竟是一點也不沾了。但現在到了這時候，鄭氏覺得就算逼，也得逼著周瑜親手做兩雙鞋出來！

她家阿瑜嫁入的可是皇家啊！祖父可是當今聖上，總不能給聖上做的鞋也找人代勞吧？那不成了欺君了？

因此，鄭氏直接將周瑜關在了屋裡，勒令她今天不做出半隻鞋子來，就不許出屋子。

唉！鄭氏邊嘆息邊出了周瑜的屋子去安排府中庶務，心中仍有些慶幸。

這還是幸虧他們阿瑜嫁進的是宮裡，有專門的宮女伺候著，不用帶自己的丫鬟、僕人什麼的，要不就憑他們家的家世，讓她上哪兒去找那些經年的世僕啊？

鄭氏可聽他們澤林叔說過，那些大戶之家的世僕，都是經過十幾甚至幾十年才培養出來的，就算有銀子都未必買得到。

鄭氏風風火火走了，周瑜看著她娘塞給她的布料和針線，頓時輪她上火了。

這可怎麼縫啊！讓她縫人的皮膚還行，讓她縫鞋？她哪會啊！就算原身腦子裡還有些記憶，但她的手並不受那些記憶的控制怎麼辦啊？

看著被自己縫成一條蚯蚓般的針腳，周瑜欲哭無淚，她倒是不怕丟人，就是怕她娘看了又著急。她娘近來十分焦慮，心火旺盛，那些去火的茶都無甚作用。

「大姊，妳別擔心，這些鞋襪我都學會了，我幫妳做。只要妳不說、我不說，除了阿娘，誰也不會知道的。」

就在這時候，周瓔如同一個小天使般出現了，解救了處於窘迫中的周瑜。

於是，等鄭氏忙過一陣，再次進來的時候，周瓔已經將進獻給承乾帝的半隻鞋子鞋面都縫好了。

鄭氏瞧見這情景，險些沒被氣壞。

「呃！娘！我就是讓阿瓔教教我，呵呵……」

在她娘嚴厲的目光裡，周瑜忙丟下手中的乾果，將周瓔手裡的活計接了過來。

「妳呀妳！」鄭氏忍不住一指頭戳在大女兒的額頭上，發愁道：「明明小時候妳比阿瓔的手還巧，怎麼如今竟笨成了這樣？」

「娘——大姊又要學醫術，又要練箭術，所謂一心不能二用，大姊一心都已經二用了，還兩樣都幹得這般厲害，您還指望她會多少東西啊？」

一旁的周瓔忙笑吟吟的幫她大姊解圍。

「而且，我大姊會的東西都是有大用的，這些些許小事，就讓我這當妹妹的效勞吧！」

周瑜忍不住將她小妹攬到懷裡狠狠親了兩口。

哎呀！這樣的軟萌小甜心，誰不愛啊？

「行了，行了，妳們愛怎麼樣就怎麼樣吧，我是管不了了！」

鄭氏見姊妹倆親熱成這樣，又欣慰又無可奈何。

算了，反正就算她逼著她大閨女硬做，她也做不好，瞧那針腳，怎麼可能給聖上用？既然她小閨女願意幫忙，那就讓她幫吧！

因此，鄭氏也放寬了心。轉身不管姊妹倆，繼續出去忙自己的了。

鄭氏本以為，自己再忙也就這樣了，還能忙到哪兒去？

可沒想到她大兒子見他妹要成婚，說他這個當哥哥的不能被妹子給落下了，竟然提著十罈好酒就請動了鎮國公，幫他去平西侯府跟沐侯爺求親。

更讓鄭氏沒想到的是，平西侯竟然答應了，而且還答應她兒子年前的臘月初二就成婚。

鄭氏聽到這消息人都傻了。

兒子成婚她就算再忙她也高興，可她兒子是什麼時候喜歡上沐將軍的啊？她怎麼一點都不知道！

回到誅滅胡相集團的第二天，周瑾就提著兩斤新鮮的羊排，去找了沐青霓，實踐他們之間葡萄美酒之約的同時，順便跟她解釋他們空間的事。

聊的地方也沒選別的，就選在了他們的空間裡。

周瑾先用空間裡的爐灶將帶來的羊排煎熟，簡單的撒了椒鹽之後就盛到盤子裡，擺到沐青霓面前的桌子上。然後又找了兩個玻璃杯，拿出他珍藏的乾紅葡萄酒，給他和沐青霓一人倒了一杯，才坐在沐青霓的對面，指著那盤羊排朝著她笑。

「這烤羊排是我僅會的幾道菜之一，配這種葡萄酒喝最好了，妳嚐嚐？」

沐青霓自打進了空間後就一直默默的注視著周瑾，這會兒見他說話，就也指著一旁被她放到空間地板上的箭矢，問道：「你和阿瑜到底是何人？怎麼能突然變換空間，手上還有這般精良的箭矢？」

這枝箭是她從胡毅頭上發現的，很明顯不是他們這裡的工匠能製造出來的，據她所知，周圍幾個國家更沒有這能力。

為了以防萬一，被有心人發現拿這個作文章，對周瑜不利，沐青霓偷偷將那箭拔掉藏了起來，今兒周瑾找她，就順便帶過來。

「還有，你讓阿瑜送我的這把匕首，其實也不是你找人做的吧？應該也是你們自己的東西？」

沐青霓將周瑾送給她的匕首也掏了出來，擺到了桌上，面上一副波瀾不驚的樣子，但其實心裡很慌，總覺得面前的周瑾不是朱熙告訴她的，只是身負異能那般簡單。而是感覺他和她好像並不是一個世界的人，不是從其他國家，更像是來自其他更遠更遠、無法觸及的地方……

「青霓，我給妳講個故事好不好？」周瑾看出了沐青霓嚴肅表情下的緊繃，伸手就握住了她壓在匕首上的手，溫聲說道。

握在手心的女人的手掌帶著微微的繭子和薄汗，周瑾曾經幾次藉機牽過沐青霓的手，她的手掌一直是微涼乾燥的，這時出了汗，是緊張了嗎？

能讓沐大將軍緊張的事可不多，所以，她其實……應該也是在乎他的吧？

「好。」沐青霓並沒有抽出自己的手，只簡單的點頭應了聲。

於是，周瑾就慢慢講了起來。

從他們的前世講到了末世，又從末世講到了他們兄妹如何被喪屍逼得自盡而死，又如何穿越時空，到了這裡……他將他們兄妹所有經歷過的都講給了沐青霓聽。

果然！難怪他這般厲害，短短幾年就從一個名不見經傳的罪臣之後，變成了如今的指揮使，原來他們曾經經歷過那樣一個可怕的、充滿怪物的世界啊！

「那你是不是很喜歡你的前世，那個可以直接點著火，有這般精良的武器、這麼好喝的美酒、這般軟的座椅的地方？」

沐青霓一一指著剛才周瑾做飯的爐灶、被周瑾拆了電視掛滿武器的露營車牆面、桌上的紅酒，和自己靠著的沙發，心中忐忑的問道。

他的前世那般好，如果有機會，他是不是就會回去了？沐青霓忍不住這般想。

「喜歡啊！」周瑾點點頭，誠實道：「我們那個世界沒有所謂的皇權至上，人人平等且自由，即使你殺了人，也只會懲罰你自己，並不會禍及家人。那個世界有手機、電腦，飛機、高鐵，即使兩人相隔萬里，通過手機、電腦也能時刻通話聊天，坐飛機、高鐵也只需幾個小時就能相見……」

周瑾滿臉驕傲的跟沐青霓描述他曾經經歷過的世界，越說，沐青霓的手心越冰涼。

周瑾感受到了她手心的溫度，忙握緊她的手，直視她的眼睛道：「青霓，那個世界的確很好，但生活節奏太快了，即使有飛機、高鐵，人們也抽不出時間見面；即使有電腦、手機，人們也不願意停下腳步找至交好友或自己的愛人聊聊天。而且，那個世界，沒有我愛的人！」

最後一句話，周瑾專心地看著沐青霓，一字一頓的說出口。

他說那個世界沒有他愛的人，那他愛的那個人是我嗎？他這般滿眼都是我的看著我……

那他說的那個愛著的人，一定就是我了！

「那以後若是有機會回去，你會為了我留在這裡嗎？」沐青霓心底一陣欣喜，也直視周瑾的眼睛直接問道。

周瑾聽了就翹著嘴角笑了起來。「願意！如果有一天，我真有機會回去，若是不能帶著妳一起，那我寧願留在這裡！」

「好！那我就信你一次。」沐青霓也笑了，又微微仰著頭說道：「不過，就是你不能兌現你的諾言也沒關係。雖然我會很難過，但我自己選的路，什麼樣的結局我都能承受。」

「哈哈！不愧是妳！」周瑾聽了，滿是愉悅的朗聲笑了起來。

他的青霓啊，總是這般自信且張揚，也從來不怕面對自己的內心。

「青霓，我現在是不是可以肯定，其實妳也喜歡我對不對？」周瑾笑著追問道。

「嗯，我也喜歡你！」沐青霓並不是扭捏的性子，點頭肯定道。

「那我在複州城時，就喜歡上了妳，妳是什麼時候喜歡上我的？」周瑾又問。

「我也不知道，也許是在你祝我生辰快樂時？也許是你跟我說，『妳要努力活著等我回來』時……嗯，到底是哪時候呢？」

沐青霓歪頭思索，周瑾不禁著迷地看著她認真的神情，下一刻就見她眼睛一亮。

「對！應該是你跟我說妳要努力活著時。你知道嗎？每當我覺得快要支撐不下去的時候，你的那句話就會在我耳邊響起，讓我能夠一次又一次堅持……」

第五十八章

周瑾與沐青霓互訴心意沒幾天，承乾帝就下旨給周瑜與朱熙決定好了婚期。

周瑾見了，覺得自己這個當哥的，總不能落在妹妹後面吧？於是當天就帶著十罈桂花釀去溫泉山莊，與鎮國公他老人家暢聊了半日，將他老人家請下山，幫他去平西侯府提親。

鎮國公這輩子幾乎什麼都幹過，但還真沒做過媒人，聽周瑾說做媒人不光能合兩姓之好，事成之後還有謝媒禮拿。又被周瑾許諾，等事成後就送他一面琉璃寶鏡，保管是全大燕都沒有的新鮮樣式，鎮國公就立時對做這個媒人來了興趣。

一方面，他又覺得交好眼前這位武將新秀，新任龍驤營指揮使，對自家也沒什麼壞處。加上聽周瑾話裡意思，他跟沐家那小丫頭早已暗生情愫，他這大媒也就只是走走過場，是個穩賺不賠的差事，於是也就爽快的應承下來。

「哈哈哈，你小子有眼光！」鎮國公啪啪的拍著周瑾肩膀，帶著微微的酸味道：「老夫早就覺得青霓那小丫頭是個極好的，這京都的小子不早早去搶了她簡直有眼無珠！竟然讓這麼個好丫頭待到快十九了還待字閨中？唉！可惜老夫的嫡孫跟這丫頭差了十來歲，要不哪裡輪得到你小子？」

鎮國公邊笑邊道，心裡又想，眼前這周家小子自己已經這般能幹，如今又要成為沐風的女婿，媳婦還那般厲害，將來的前程怕是更不可限量了啊！

於是，跟周瑾交好的心就又重了幾分，心思一時千迴百轉。不行，他得讓他小孫子跟這小子一起多玩玩，以後他死了，能有這麼個朋友幫著，他小孫子也就安穩了。

因此，不但痛快的將大媒的差事應了，還摟著周瑾不讓他走，非得讓他跟自己同泡個溫泉，再聊上半宿不可。

於是，為了事情順利，周瑾又殷勤的伺候了這老頭半宿。

第二日一早，鎮國公就帶著禮物登了平西侯府的門。

沐風還以為鎮國公找他有什麼事，因為是長輩，連忙畢恭畢敬的迎了出來，親自去攙了顫顫巍巍的老國公，將他扶到了平時自己見客的外書房裡。

「哈哈哈，叔叔何必親自登門，有什麼事情將小姪叫過去吩咐不就成了？走這麼遠，怪累得慌的。」沐風一邊親自給鎮國公倒了一碗茶，一邊站旁邊笑道。

「這事還非得老頭子親自過來不可。」鎮國公亦笑道：「哪有給人說媒的讓人跑自己家去說的？」

沐風看鎮國公看著自己笑得一臉菊花樣，要多猥瑣有多猥瑣，聽了他這話，就以為鎮國公是給他說媒來了。頓時他也不笑了，還將鎮國公手裡的茶碗一奪，又重新放回桌上，怒氣沖沖的就要趕人。

「老國公！我看您老是老糊塗了吧，我夫人雖然要與我和離，但我可一直沒同意啊！您這時候來我們府上說什麼大媒啊？趕緊回溫泉山莊泡你的湯池子吧！」

沐風邊說邊使勁攙扶起鎮國公來，一副要趕緊把他送走的樣子。

鎮國公忍不住握緊了凳子邊自己的枴杖，然後……朝著沐風揮了過去！

「你、你個臭小子竟然敢攆老夫，是覺得老夫打不動你小子了是吧？當年你還穿開襠褲的時候，吃了老子多少飴糖，這會兒老子老了，你竟這般對老子，懂不懂尊老愛幼啊你？」

當年吃了你幾塊飴糖，都被你說嘴說了快一輩子了！動不動就拿出來說一遍，有意思嗎你？

沐風腹誹著，但奈何自己小時候確實吃了人家的糖，也確實被鎮國公打過屁股，還被他老人家教過騎馬、摔角、武藝……

說來鎮國公算是他半個老師，所以平日被他罵，他從來都是笑咪咪的聽著。

但今兒不一樣，這老不要臉的是要給他說媒的，是來拆散他們夫妻的，因此，沐風格外硬氣的邊躲避鎮國公的枴杖，邊回嘴道：「就你這來斷人姻緣的老幫菜，來一回我攆你一回！」

鎮國公剛只顧著生氣沐小子攆他的動作，並沒聽清沐風說了什麼，但這會兒這句罵他老幫菜的話，他卻聽清了……

他覺得，好像有哪裡不對勁？

「老子好心來給你閨女說媒，怎麼就成斷人姻緣了？你給老子說清楚！」鎮國公怒道。

呃？給他閨女說媒？不是給他啊！

沐風一下子冷靜下來，尷尬地笑了笑。其實也真不怪沐風誤會，這些年，除了承乾帝提過幾句想讓他家青霓做他的孫媳婦兒，還真沒有一個媒人，登過他們平西侯府的大門。

片刻後，沐風聽鎮國公說，是受周瑾所託上門提親，想求娶他的閨女時，本能的拒絕道：「不行！那小子太滑頭了，我閨女是不會喜歡他的！」

鎮國公無語地看著眼前像是被蒙在鼓裡的人。

你確定？你閨女好像都已經應了好嗎？

「依老夫看，你還是去問問青霓丫頭再說這話吧！」

沐風看鎮國公篤定的表情，心裡一下子沒把握了。

最後，沐風真的將女兒喚來問了，結果沐青霓想也沒想，一口就應了。看自家女兒的神色自若，也對周瑾找人來提親並不訝異，想來周瑾那臭小子不知何時就已經把他家女兒給撬走了！

因為沐青霓親自點了頭，即使沐風不願意要周瑾這個女婿，也不得不應了這門親事。誰讓他答應過閨女，讓她自己擇婿呢？若是他硬攔著讓閨女不開心，那夫人不就更哄不回來了？

等將鎮國公送走，沐風就忍不住問自己閨女。「那小子賊鬼溜滑的，家世還不行，長得也就那樣，還沒妳爹我好看呢，妳到底看上了他哪兒啊？」

「我看他哪兒哪兒都好，就想嫁給他。」沐青霓直接道。

好吧……閨女都這麼說了，他還能怎樣？

承乾二十一年臘月初二，是周家給平西侯府過大禮的日子，街上等著的眾人都覺得，這周家小門小戶的，靠著的閣老府都敗了，他們家又能強到哪兒去？要不是他家小子立了些戰功，被今上賞了處宅子，一家子如今怕是還在城西那小院子住著呢！

俗話說，高門嫁女，低門娶妻。平西侯給自己閨女選了這麼個出身寒門的小子做女婿，怕也是不得已。

大燕第一女戰神的名頭雖響，但對女子來說卻未必是個好名聲，試問哪個豪門大族願意娶這麼個厲害兒媳婦？娶回去成天揍著自家兒子玩嗎？一家老幼一起上都打不過她，這日子還怎麼過？還怎麼夫為妻綱，怎麼擺當婆婆的款兒？

想是沐侯爺也知道這一點，才選了這周家小子吧！

因此，大家一致覺得，周家過的這場大禮，應該也好不到哪裡去。

結果，等送聘禮的隊伍過來時，眾人就見那些聘禮裡，不但各色聘餅、海味、三牲、四京果、四色糖、茶禮等等都是最上等的不說，周家給沐家的聘金竟然還高達萬金，也就是十萬兩白銀！

就這些還不算，這大冬天的，也不知周家小子是從哪兒捉了對大雁來，肉嘟嘟、嘎嘎叫的放在了聘禮的最前頭。

這些聘禮，就是擱王公貴族裡，也是數一數二的了。

而且跟著周家小子送聘的小子們也都是不容小覷，不但未來妹夫五皇孫來了，十二皇子、長公主的嫡孫、康親王的嫡孫、鎮國公的嫡孫、雷參將的長子、先周閣老的兩個嫡孫等等，十幾個名門公子都打扮得英姿煥發，騎著高頭大馬，跟在樂得見牙不見眼的周家小子後面，朝平西侯府走去……

呃……這也太開心了吧？眾人看這小子一臉興奮的樣子，也不像對這門婚事不滿意，難道這小子天生與眾不同，就愛夜叉殺神？

還有，這小子給平西侯府這麼多聘禮，又趕在自己妹子前面成婚，不會是將自己妹子的嫁妝全搶了吧？

眾人擔憂的想，那周家閨女嫁的可是皇孫，就算五皇孫有的是銀子，不缺她的嫁妝，但若是嫁妝太寒酸，怕是在那些王妃妯娌們面前，也抬不起頭吧？

而且周家小子的聘禮都這般隆重了，五皇孫到時候得給多少聘禮啊！

大家都還記得當年太子妃嫁入皇家時的盛況，因此紛紛對五皇孫的聘禮期待起來。

周瑾這邊過完聘禮，緊接著就是娶親，娶親的過程自是比過禮時還熱鬧。鎮國公、康親王等眾大老紛紛帶著家眷親至，剛喝完沐家的酒席又跑來喝周家的，都沒落下。

長公主因為親自坐鎮平西侯府，幫著從庵堂回來的蘇夫人安排沐青霓出嫁的事宜，沒空過來周家，就將自己的兒子、兒媳，孫子、孫媳全派了過來。

不過，雖然來的人多且大都是貴客，但周家也已做好了準備，溫泉山莊為了周瑾的婚禮直接歇業三天，裡面的廚子、男僕們都被周珞帶了過來，鄭家的全家老小、李家的眾人也都過來幫忙。

男賓方面，就由周澤林帶著周珀兄弟倆同鄭家叔姪四個招待，女賓這邊，除了白氏同劉氏幾個外，周瑾還特意又跑了趟鎮國公府，請了鎮國公的長媳楊氏過來幫忙。

周家的這場婚禮可謂辦得風風光光，就連沐風見了也挑不出什麼毛病來，只得老淚縱橫的攥著自家夫人蘇氏，送走了連一滴眼淚都沒掉的閨女後，就急忙殷勤的伺候著哭得幾乎斷腸的夫人去歇息了。他這是打算趁蘇氏這幾天又哭又累，心力交瘁的時候，好好努力，把人留在府裡，不要再回什麼庵堂。

結果，他剛哄得蘇氏有了個樂模樣兒，屋外的婆子就來報，說他的小妾姚氏病了。

「她病了就去請大夫！老子又不是大夫，妳他娘過來告訴老子有屁用？還有，誰讓妳私自進夫人的院子？趕緊給老子滾！」沐風心覺不妙，大怒著喊道。

那僕婦聽了，忙嚇得白著一張臉退出去了。

但蘇氏的臉也同樣垮了，剛才的笑容再也不見，直接將沐風趕出去，冷冰冰道：「你放心，等青霓回門後我就回庵堂去，反正現在我的囡囡也嫁了，從此以後我們娘兒倆保證再不礙你們的眼！」

說完，就將門關上了。

被關在門外的沐風嘴裡發苦，恨不得回到過去，打暈那個一時拎不清養外室的自己。

沐風夫妻倆這邊再一次鬧掰，變得冷若冰霜起來，周瑾夫妻的洞房裡，卻熱烈似火。

周瑾在周珀兄弟倆的幫助下裝醉，逃過了眾人的灌酒，稍稍洗漱了一番後，就朝坐在床榻上的沐青霓走了過去。此時的沐青霓也在帶來的幾個大丫鬟服侍下洗漱過了，周瑾過去後就將她整個人抱在懷裡，看著她微微有些薄汗的鼻尖，忍不住先親了一口。看沐青霓的臉瞬間變得通紅，卻抿著嘴強裝鎮定的樣子，忍不住朗笑出聲來。

「餓不餓？」他用頭抵著她的頭，溫柔笑問道。

「不餓。」沐青霓亦笑著回答道：「剛才嬤嬤給吃了幾口點心。」

幾口點心對於飯量還不錯的沐青霓來說自然是吃不飽，但她現在的全部心思都在眼前這個呼吸炙熱的男人身上，哪裡還顧得上餓？

「那，就是餓我們也先忍忍好不好？因為……我現在實在有些……等不及了。」炙熱的男人噴著燙人的呼吸，在她耳邊呢喃，然後一用力，就摟著她滾到了一旁的床榻裡。

這一夜，可真是……紅燭搖曳，被翻紅浪，此起彼伏，勢均力敵！

如果說周瑾的婚禮已經足夠繁瑣，那周瑜的簡直就是要命了。

離婚期還有兩個月，宮裡就來了兩個教養嬤嬤，天天跟上軍訓課似的訓練周瑜學習各種禮儀、規矩。

如果只是累一點周瑜倒也不怕，既然她已經答應要嫁給朱熙，就早有了學習這些的覺悟，也早就做好了心理準備。而且，在她看來，多學點東西並不是什麼壞事。

但來的這兩個嬤嬤一天到晚跟個容嬤嬤似的板著張臉，不管她做得好不好都沒有個樂模樣兒，這就讓周瑜有些氣餒加生氣了。

她覺得這兩個嬤嬤要麼是到了更年期，要麼就是被皇宮生活折磨得有些輕微抑鬱，才跑她這兒發洩來了。

對兩個陷在那不見天日的宮牆裡半輩子的嬤嬤，同樣身為女子的周瑜也不忍苛責太過，怕自己的苛責讓她們的心情更加抑鬱。因此，就只能常常忍著氣，直往自己的肚子裡吞。

這天晚上，被兩個嬤嬤又折磨了一天的周瑜實在氣不過了，又沒處發洩，就直接通過空間跑到了朱熙的床上，將已經熟睡的朱熙給狠捶了一頓。

按大燕的規矩，成親前的兩個月，男女雙方都必須避嫌，在成親前是禁止見面的。所以，前些日子周瑾和沐青霓大婚的時候，是朱熙在大婚前最後一次可以看到周瑜的機會。

對於媳婦迷朱熙來說，雖然和周瑜馬上就要成親讓他興奮不已，但長達兩個月不能見他的阿瑜，又讓他好傷心。

因此，一見了周瑜就軟磨硬泡的哀求起來，非讓她想辦法在這兩個月裡，有時間就將他帶到她的那個神秘屋子，兩人也好聊聊天、說說話什麼的，要不等不到他們大婚，他就要想她想死了！

周瑜被他磨得沒辦法，就給了他幾根空間裡的牙籤。

「你將這個放到你的床榻縫裡，晚上臥房裡不要留人，最好將床幔也放下來，我有空閒的時候就去找你。」

阿瑜晚上要來床上找他？

朱熙聽了立刻思想就邪惡了，滿腦子就剩下這一句，連酒席都沒心思吃了，洞房都沒試著去鬧，就急匆匆的回了宮。

每天天一擦黑，朱熙也不管承乾帝加不加班，撂下他自顧自的就往自己的寢殿裡跑。早早的就將伺候的太監宮女們打發出去，說他要睡覺，就盼著他的阿瑜趕快來。

結果，等啊等，等啊等。

他每天睜著眼等到後半夜，等了快一個月，周瑜也沒有來找他。

這天，朱熙終於熬不住睏倦睡著了，結果……周瑜偏偏在這天來了。看床榻上的人睡得四仰八叉、香甜無比，被兩個嬤嬤折騰了快一個月的周瑜爆發了。

老娘為了你都要被折騰死了，你倒好，竟然美滋滋的在這兒睡大覺？

頓時噼哩啪啦，連掐帶擰的對眼前的朱熙一頓胖揍。

朱熙正作著和周瑜嘿咻嘿咻做運動的美夢呢，結果直接被周瑜從美夢中揍醒。剛想發火，突然發現面前的竟然是周瑜，就以為還在夢中，忍不住直接就親了上去……
等將朝思暮想的小嘴噙住，朱熙頓時滿足的喟嘆出聲。
這夢真的好真實啊！
阿瑜的小嘴跟他想像中一樣……不！比他想像中的還要溫軟香甜。
朱熙忍不住又喟嘆一聲，越發加深了這個吻，手也開始不老實起來。
送上門被吻了個正著並被非禮的周瑜，一股氣還沒發洩完，就給弄得渾身發軟。
男人這種生物，不管他說得如何好聽，只要你讓他嘗到一點甜頭，他就會食髓知味，想盡辦法要更多。
當差一點就被吃乾抹淨的周瑜從朱熙懷裡掙脫出來，又羞又氣地落荒而逃的時候，忍不住感慨的想。
可她為何放縱他對自己上下其手並沈醉其中呢？
周瑜卻想不起來了。
是覺得他的吻青澀卻甘甜，發現自己並不討厭的時候？還是他的手炙熱而滾燙，自己亦被撩得情動的時候？抑或是他的甜言蜜語太過動聽，自己忍不住沈溺其中的時候……
反正最後的最後，當她反應過來時，除了那最後一步，他倆該幹的都幹了。
「唉！」
看著自己滿身的痕跡，周瑜又深深地嘆了一口氣。原本自己只是想找朱熙發洩被兩個嬤嬷折騰後的鬱氣，沒想到又被這色狼給折騰了一遍，偏偏還是她自己送上門去的。

唉！還是趕緊搽藥吧，要不然明天她可如何見人啊！

而被單獨留在床上的朱熙這邊，才從旖旎的夢裡醒來呢。

話說朱熙一個沒拉住，就讓周瑜給跑了，頓時鬱悶得想捶牆，卻又感覺自己渾身的燥熱快要將自己給燒了。忙起身讓人送水進來，跑去臥房後面的淨房又沖了個澡，才讓自己稍稍清醒過來。

這一清醒了，擁著還帶著周瑜味道的錦被，心中就開始有些慌。

他對阿瑜那樣……阿瑜不會生氣了吧？

以後會不會都不來找他了？會不會一氣之下不肯嫁給他了？

朱熙越想越慌，躺在床上哪裡還睡得下去，忙翻身起來。

不行，他得去庫房翻翻，找點阿瑜喜歡的東西讓人給她送過去，順便再給她捎封求饒信過去。

可千萬別生他氣啊！千萬不要不再來看他啊！

他錯了……他保證下次不那樣了！

第五十九章

在朱熙努力翻找賠罪禮的同時，鍾粹宮主殿，靜逸太子妃韓妃也已經醒了，正在聽心腹嬤嬤史嬤嬤稟告。

「能確定嗎？老五房裡真有女人？」韓妃蹙著眉頭輕聲問道。

「雖不知道是誰，但老奴能肯定，那屋裡肯定有人！後半夜，五皇孫還親自出來要了水，據送水進去的小太監說，當時五皇孫屋裡的床幔掩得嚴嚴實實的，一副深怕別人看見裡面的樣子。」史嬤嬤悄聲回稟道。

韓妃聽了就譏誚的輕聲笑起來。「呵呵，我就說吧，男人哪有不偷腥的？不過是一個破落戶家的丫頭，怎麼可能將老五勾得跟斷了魂似的？看吧，到底忍不住了吧？呵呵……」

一會兒，她又問：「能查到那屋子裡的是誰嗎？」

要是能知道是哪位就好了！到時候那位周氏嫁進來，她也好拿捏。

「這就不知了，我們的人如今也就能在五皇孫的寢殿外頭看著些，到不了近前。」史嬤嬤聞言道：「不過依老奴看，也無非就是哪個有顏色的宮女之類的，還能有誰？五皇孫再膽大，難道還敢去染指今上的妃嬪不成？」

也是！這宮裡除了今上的妃嬪就是宮女，還能有誰？今上的妃嬪就是借老五幾個膽子，他也不敢招惹，那就只剩下那些宮女了。

於是韓妃就點了點頭，算是認同了史嬤嬤的看法，又問：「我讓妳找的那幾個顏色鮮豔的宮女如何了？」

「呵呵，太子妃放心，這事老奴早就辦妥了。四個宮女一個賽一個美貌，或清冷，或妖豔、或恬靜、或活潑的，這會兒老奴正讓人練著她們呢，到時候肯定有一款能入得了五皇孫的眼！」

「嗯，妳辦事我放心。」韓妃聽了嘴角扯得就更大了。「呵呵，我們這位五皇孫不是出了名的媳婦迷嗎？到時候我們就多給他送幾個過去，給他鶯鶯燕燕的塞滿一屋子，也好讓他能左擁右抱，多享受享受。」

史嬤嬤聽了也忙附和著笑起來。

承乾二十二年二月初八，五皇孫給周家姑娘的聘禮浩浩蕩蕩的從宮裡出來，一直排到了周家門口都沒有斷絕。圍觀的人群之眾，比起當年先太子妃嫁入皇宮時還甚。

無數的京都姑娘見了都不免含了些酸氣，覺得那周家姑娘也不知積了幾世的福氣，才尋得了這麼有錢又尊貴的夫郎。

當然，也有不屑的，覺得五皇孫如今看著再風光，也注定沒什麼前途可言了，以後最多也就是個閒散親王，根本配不上志向高遠的她們。

至於她們有沒有吃不到葡萄說葡萄酸的心理，那就只有她們自己知道了。

承乾二十二年二月十一，周瑜同朱熙大婚的前一天，周瑜的嫁妝也從周家送出，綿延不絕的往宮裡的鍾粹宮運去。

原本等著看周家笑話的眾人見了，才猛然發現，這周家丫頭的嫁妝雖比不得五皇孫的聘禮，但亦是不遜於幾個月前她哥娶沐將軍時的聘禮。

「沒想到這周家竟這般有錢？不但將五皇孫給周家的聘禮原封不動的陪送了回去，還添了這麼多東西！」

一個穿綢衫的男子一邊看著綿延不絕的送嫁妝隊伍，一邊感嘆道：「這嫁妝比起幾個月前嫁給二皇孫的太常寺卿家的鄧氏，怕是還要高一些呢！」

「嘿嘿，我可聽說五皇孫的那溫泉莊子當初能開起來，就是這周家丫頭出的主意。那山莊的股份除了五皇孫外，剩下的可就是這周家和這周家的實在親戚了，能不有錢嗎？聽說，那溫泉莊子一天掙的銀子，都趕上旁人家一輩子掙的了！」綢衫男人旁邊站著另一個有些乾瘦的男子，邊哆嗦著身子，邊一臉八卦的說道。

「噢？這位仁兄，看您說得有鼻子有眼的，莫非你認得這周家？」一個書生打扮的青年聽了就譏笑著問道，心中卻腹誹：這位身上的棉襖都起了包漿，看著都跟塊鐵板似的，居然還有空在這兒跟他們扯別人家的閒篇兒呢？

乾瘦男子卻絲毫沒聽出書生話裡的譏諷，聽了還滿是自得的道：「那是！我五舅母的娘家姪女就嫁到了那溫泉山莊山下的村子，跟那周家的外家鄭家還是街坊呢！如今，她那姪女就在這周家姑娘開的叫什麼火鍋店的飯莊子裡洗碗盤，你說我能不知道嗎？」

旁邊的書生見他那樣兒都懶怠搭理他了，轉頭就往一邊去了。

但他旁邊一個一臉憔悴的婦人卻久久沒有挪動腳步，一直側耳傾聽著黑瘦男子的話，等到他不再說起周家而是扯到了旁的事，才忙挎著籃子急匆匆朝城外走去。

周瑜大婚的前一晚，鄭氏摟著她好好的哭了一場，周瑜也跟著哭紅了雙眼。

在前世沒有享受到的母愛，這一世她娘都給了她，她也早就將這個溫柔美麗的女人當成了自己真正的母親。

娘兒倆絮絮叨叨地說了半宿，最後鄭氏臨走的時候卻突然紅著臉瞧女兒一眼。

周瑜有些興奮又有些緊張。

它來了！它來了！傳說中羞羞的小人書要來了？

周瑜在心裡期待著，面上卻裝作一副懵懂的樣子，等著她娘將那本古代生理健康啟蒙的小人書交給她，結果鄭氏紅著臉扭捏了半天，最後說了句。「妳早點睡吧，明兒個還有得忙呢！」

然後，鄭氏就掀簾子出去了。

呃！娘？說好的小人書呢？

好在過了片刻，周瑜的新任大嫂，沐青霓就過來了，毫無情調地將書直接塞到她手裡，道：「這書是娘讓我給妳的，但我覺得並沒有太大用處，妳看不看的都行，反正不看到時候也能無師自通。」

好吧，給大嫂這麼一說，周瑜拿著心心念念的小人書也不怎麼有興致了。

承乾二十二年二月十二，是周瑜和朱熙正式大婚的日子。年前，承乾帝就特意下旨封了朱熙親王的爵位，就是想讓他這個孫子能以親王的規格成婚。

其實，按規矩，像朱熙這種皇孫，本不應該直接被封為親王爵的，要麼就是封為親王世子，等他父王死後繼承其親王爵，要麼就是被封為郡王。

但朱熙同朱熾作為先太子嫡子，按身分只給個郡王爵又有些說不過去，承乾帝心裡也怪落忍的，因此將兩人都封為親王，朱熾被封為湘王，朱熙被封為睿王。

至於兩人封地在哪兒，承乾帝還沒決定好，想著兩人成婚後還要在宮裡住兩年，因此暫時就沒有提。

大燕朝的婚禮都是在傍晚舉行的，但第二天卯時末，昨晚後半夜才睡著的周瑜就被她外祖母、舅母、她娘幾個一塊兒從被窩裡給刨了出來，開始為傍晚的婚禮做準備了。

因為宮裡派來給她梳妝打扮的兩個嬤嬤半個時辰前就到了，為免得人家等，鄭氏匆忙的餵了半昏半醒的周瑜吃了一碗餛飩後，就將她推了出去，交給那兩個嬤嬤去洗澡了。

周瑜先是如提線木偶般被宮裡派來的兩個嬤嬤從頭到腳，略有些粗暴的給洗刷了一遍，洗刷完後，又坐在凳子上聽兩個嬤嬤給她上了兩個時辰關於「嫁入皇家後，妳該如何感恩戴德的伺候好所嫁的皇子皇孫一家子」和「為了皇家子嗣妳該如何忍氣吞聲，不但自己要生，還得鼓勵妳夫君跟別人一起生」的專業課程。

等這堂課上完，已經是中午了。到這時，又餓又累又憋屈的周瑜，心中的怒氣其實已經快到嗓子眼了，也早就在心底將朱熙一家子都問候了個遍。

但強忍著氣聽完這兩個嬤嬤的女德課後，兩人非但沒讓她休息一會兒，還將怕她餓了給她送來銀耳蓮子羹的她娘給拒之門外，任她娘怎麼說好話都沒用，還說按規矩，從此刻起她就連一口東西都不能吃，一口水都不能喝時，周瑜就有點忍不住了。

到了這時候，周瑜也才真正感覺出一開始被派來教她規矩的那兩個嬤嬤的好來。至少人家板臉歸板臉、嚴厲歸嚴厲，但人家不虐待貶低人啊！

「哎呀，周夫人，妳看哪個王妃世子妃大婚的時候，不是這麼過來的？也就這麼一回，哪裡就能將人給餓壞了？我們宮裡可不比你們家，那可是處處要規矩的地方，萬一要是吃了東西，半路上要出恭，到時候丟的可就不光是您家的臉面，連皇家的臉面也別要了。」

兩個嬤嬤一副頤指氣使的刻薄嘴臉，對著鄭氏輕蔑道。

先前對自己也罷，但見她娘被如此對待，周瑜氣得直接上前兩步，將擋住門口的那個嬤嬤給推開。然後接過她娘手裡的粥碗，就在兩個嬤嬤的瞠目結舌中，幾大口就將粥給喝完了，然後將碗又遞回她娘手裡。

「娘，再給我盛一碗！」

鄭氏愣了，兩個嬤嬤更是傻眼了。

「哎呀，睿王妃，老奴兩個可是奉了宗人府的令過來的，還真沒有被人這麼不尊重過。既然王妃一意孤行，不願意聽老奴兩個的勸，那老奴兩個的這份差事也沒法子幹了，就只好先告辭了！」

被周瑜推了一把的那個三角眼嬤嬤，一見周瑜這麼不給她們臉面，立刻尖聲威脅道。都這個節骨眼，時辰都快到了，娶親的五皇孫都快來了，這周家必然不敢讓她們走！因此，三角眼嬤嬤心裡有恃無恐，姿態高傲地甩袖就要走。

也確實如她所想，鄭氏一聽她們要走，嚇得臉都白了，急忙又拉著兩人苦苦哀求起來。皇宮在鄭氏眼裡本來就是個可怕得不能再可怕的地方，如今周瑜要一個人嫁進去，鄭氏本就擔心得不行，又聽兩個嬤嬤滿口怪罪她家阿瑜沒規矩，鄭氏心裡就更慌了。

俗話說，閻王好鬥，小鬼難纏！若是這時候她家阿瑜被兩個嬤嬤嚷嚷成沒規矩的女子，那以後阿瑜在宮裡的日子怕是就更難了。

因此，鄭氏就想著息事寧人，忙跟兩個嬤嬤說起好話來。

聞聲而來的周瑜外祖母林氏和舅母張氏見了，想法也都同鄭氏一樣，因此，也忙跟著勸起兩個嬤嬤來。

兩個嬤嬤聽了就更得意了，也越發拿喬，就等著周瑜來跟她們伏低做小。

周瑜見了就想，要是她大嫂這會兒在就好了，省得她多費口舌，她大嫂就能直接將這兩個老貨給扔門外去。

可偏偏她大嫂代表她家，正在前頭側門口招呼女眷呢。雖然昨日他們家待客的時候，來的女眷們就已經給她添過妝了，但還有不少跟他們交好或者想交好的人家，明確表示今兒還要過來送嫁。

而她作為新嫁娘動手又不太好，因此，眼下就只能動嘴皮子了。

「既然妳們覺得我不尊重妳們，那就請回吧！順便幫我查查，那宗人府記載的宗室教條規矩上，哪條寫著新嫁娘嫁人當天不能吃飯喝水的？到時候我們也好看看，是我不懂規矩，還是妳們仗著我們這些新嫁娘害羞不敢說什麼，在這兒亂立規矩！」

周瑜直接朝兩個嬤嬤道，又跟一旁呆愣的鄭氏幾個說：「娘、外祖母，妳們誰都別再攔著她們了！舅母，幫我送兩個嬤嬤出去，順便告訴門口的大嫂一聲，就說我已經被這兩個老貨給餓暈了！今天怕是不能出嫁了，讓朱熙愛娶誰就娶誰吧！」

可他娘的渴死她了，剛洗完澡又待了這麼半天，她是滴水未沾，就喝了碗黏膩的銀耳蓮子粥，她的嗓子都要冒煙了好嗎？

說完，也不等兩個嬤嬤反應，就忙出屋找水喝去了。

徒留嬤嬤與鄭氏幾個尷尬地對眼。

張氏作為一個小門小戶出身的婦人，周瑜卻讓她攆兩位宮裡的資深嬤嬤走，這壓力可太大了。好在，沒等她攆，兩個嬤嬤就憤怒地往外走去，張氏只需要跟在她倆後面就行。

而林氏和鄭氏因為已經習慣周瑜凡大事都是自己作主的作風，因此也就真的沒有再出聲攔，兩個嬤嬤沒有臺階可下，只得憋著氣硬著頭皮走出去了。

等到了門口，正站在門口迎客的沐青霓見兩個嬤嬤一副氣哼哼的樣子，就納悶道：「這是怎麼了？」

兩個嬤嬤見了她，頓時憤怒的將事情的來龍去脈跟她說了，指望著這位平西侯之女能替她們出頭管管自己的小姑子。

兩個嬤嬤想，這位再怎麼說也是侯府千金，從小就進宮進慣了的，應該比她那個沒見識還窮橫的小姑子更懂宮裡的規矩吧？誰家女孩會為了少吃口東西就真的跟她們鬧起來呢？

其實到了這時候，這兩個嬤嬤也是有些騎虎難下了。真走了吧？這婚事若是因為她們這兒出了差錯，耽誤了吉時，周家丫頭會怎麼樣她們不知道，怎麼說人家也是睿王妃，頂天就是遭訓斥幾句，但她倆肯定落不著好卻是真的了。可若是不走吧？人家都趕人了，她們哪還有臉待下去啊？

兩人實在沒有想到，事情竟然會發展成這樣，一直表現得溫溫順順的周家丫頭，竟然突然這般強硬起來，寧願不出嫁也要趕她們走。

也不知她哪來的膽子，一個小門小戶的閨女，能嫁給親王做親王妃，不應該戰戰兢兢的如履薄冰才對嗎？怎麼會這般橫啊！

到了這個時候，兩個嬤嬤就全指望著沐青霓能攔她們一攔，好借坡下驢再回去了。

結果，兩個嬤嬤添油加醋的剛跟沐青霓敘述完，沐青霓聽了卻比周瑜還橫，直接瞇眼朝二人道：「宗人府是讓妳倆過來服侍我妹子出嫁的，可不是讓妳倆過來當祖奶奶的，趕緊給我滾！再讓我看見妳們，就別怪我大喜的日子動手了！」

兩個嬤嬤人都傻了，連沒來得及說周瑜已餓暈的張氏也愣了。

門口正要進門的賓客們更是張口結舌嚇壞了。

沐青霓若是動了氣，渾身的氣場何其可怕，兩個嬤嬤被她瞇眼一看，頓時腿都軟了，也顧不得別的，嚇得忙連滾帶爬的往外跑去。就剛那一眼，她們便絕對相信，若是她們晚走半刻，沐青霓絕對會直接動手扔她們出去！

後面的張氏見了，雖也有些怵沐青霓，但還是壯著膽子著急道：「外甥……媳婦，這、這真趕走了兩個嬤嬤，接下來瑜姐兒的婚事該如何是好啊？」

唉！怎麼一個個的都這麼沈不住氣啊！

沐青霓見了她，立刻變了張臉，笑得一副和藹可親的樣子。「舅母放心！我們阿瑜可是今上親自選的孫媳婦，這婚事怎麼可能因為兩個狗仗人勢的嬤嬤就作罷？您就回去安心等著吧，過不了一會兒宗人府就得換人過來。」

說完，沐青霓就又忙笑著去招呼客人了。

眾賓客見了沐青霓的笑臉，都是乖覺地客客氣氣，心底發寒，想著：妳就是笑得再和藹我們也不信了……

果然如沐青霓所言，宗人府負責此次迎親任務的康親王聽了屬下的回稟，氣得直接讓人將兩個給他惹事的嬤嬤關了起來，換了四個新的梳妝嬤嬤過來。

這回來的四個嬤嬤可就好說話多了，周瑜臨上轎前她們還笑咪咪的叮囑，說她們特意在荷包裡放了些點心，且一路上都會跟在花轎旁邊，周瑜若是路上餓了，儘管招呼她們。

周瑜聽了，立刻就滿意的笑了。

卻不知，從此以後她就多了一個新綽號——挨不得餓王妃！

眾宮女嬤嬤們都在傳，這位新晉睿王妃別看她看著好說話，但若是餓著她，立刻就能翻臉，甚至連婚都敢不結了！

當然這都是後話了，周瑜此時正拜別淚眼婆娑的母親，由她哥揹著，朝著她的新生活走去。

「阿瑜，若是在那地方受了氣，儘管回來，哥永遠都會罩著妳。」

周瑾邊揹著他妹走向花轎，一邊紅著眼眶叮囑道。

「嗯，有哥在，妹妹什麼都不會怕。」

平日兩人總是鬥嘴，可如今這個場合，周瑜亦哽咽著回答道。

第六十章

嫁入皇家的禮儀繁瑣而冗長，從酉時出家門開始直到戌時末，周瑜才終於在一群長輩的哄笑聲中，和朱熙喝完了交杯酒，吃過了夾生餃子等等，得以能坐下歇歇了。

可就這還沒完，等朱熙被叫走去了外面的酒席後，周瑜還得應付眼前的這些皇家女眷們。

好在朱熙的外祖母鄂國公夫人為了外孫娶親，早在一個多月前就回了京都，現在早早的就在新房裡等著了。有她給周瑜介紹，周瑜只需要在一旁含羞帶怯的裝裝樣子就行，而且，下一步該幹麼、不該幹麼，旁邊的兩個嬤嬤都會先一步提醒她。

這兩個嬤嬤周瑜也熟悉，正是一開始被派來教她規矩禮儀的兩位「容嬤嬤」。

到了這時，周瑜才知道，這兩位竟然是鄂國公夫人的人。

大喜的日子，誰也不會這時候給主家添晦氣，何況還有鄂國公夫人親自坐鎮呢。因此，大家見了周瑜自然都是一個勁兒的誇讚，就是有不屑的，也不過是明誇暗貶的說幾句類似「小家碧玉」之類的話。

「呵呵，不瞞妳們說，老身當初聽說聖上給我外孫定了周家丫頭當我的外孫媳婦時，也是不解得很，可聽完派過去教禮儀的兩個嬤嬤回來說過後，老身就知道聖上的用意了。」

鄂國公夫人一邊拉著周瑜的手，一邊笑著跟眾人道：「老身派去的這兩個嬤嬤，可是出了名的嚴厲苛刻，可她倆回來卻說，在宮裡這麼些年，就沒有見過我這外孫媳婦兒這麼好脾氣的人，不管她們如何嚴厲、怎麼折騰，這丫頭都是一副笑模樣，自始至終都不曾跟她們發過火。說一天的規矩練下來，要是別的姑娘早就喊苦喊累了，我這外孫媳婦兒倒好，不但從不喊苦喊累，還擔心她們倆累著，每天還要給她們倆安排泡腳的草藥。真真是可人意得緊，就這樣的品格，別說我那外孫愛不釋手，就是我這老婆子見了也是喜歡得不行。」

鄂國公夫人一邊拍著周瑜的手，一邊滿意地誇讚道。

早上才聽到周瑜想悔婚消息的眾人都交換了眼神。

怎麼您老說的跟我們聽到的有點不一樣？我們怎麼聽說，您這外孫媳婦因為內務府派去的嬤嬤讓她少吃了口飯，就撒潑將人趕了出去，還嚷嚷著不嫁了呢！

但眾人哪敢在鄂國公夫人面前說這個，因此也就哼哼哈哈跟著又誇了周瑜幾句。

正好這時，院子裡的太監唱喊：「睿親王到！」

女眷們聽了忙紛紛告辭出去了，鄂國公夫人臨走前則拉著周瑜的手道：「溫嬤嬤和魏嬤嬤是妳先婆婆的心腹嬤嬤，都是我們的人，外祖母就將她們都留給妳。有什麼事妳若不懂儘管問她們，等過幾天外祖母回去了，有她們倆守著你們夫妻，外祖母也能放心。」

周瑜亦握著鄂國公夫人的手，溫聲回覆，只這麼片刻，她就感受到了這位老人對她的善意，也打從心裡想孝敬這位老人家。

「外祖母為何不在京都多住些日子，也好讓我們夫妻孝敬孝敬您呢？」

「不了，在這京都難免觸景生情，倒不如回老家，還有幾個老姊妹作伴。你們只要過好你們的小日子，就是對外祖母最大的孝敬了。」鄂國公夫人說罷，又緊緊握住周瑜的手，近乎哀求道：「阿瑜，熙兒看著整天一副鬧騰的樣子，其實心思重得很，誰對他好、誰對他不好，他心裡比誰都清楚。自從他母妃同大哥都去後，老身就未曾見他真的歡顏過，但這次老身過來，見到的他，眼睛裡全是歡喜。阿瑜，熙兒小小年紀就沒了母親，一個人在這偌大的宮殿裡，孤苦伶仃的長大，奈何他又身在皇家，老身想接他去撫養都不行。阿瑜，外祖母如今就還有熙兒這麼一個牽掛了，妳答應外祖母，一定要好好待他好不好？」

「好，外祖母，我答應您，若是朱熙此生不負我，我周瑜也定不負他！」看著面前老人哀求的眼睛，周瑜堅定的說道。

與此同時，在門外聽見這一切的朱熙也在心裡默默立誓。

阿瑜，我朱熙這輩子也定不負妳！

鄂國公夫人走後，屋裡的人也都退了出去，接下來就是兩人的洞房花燭夜了。

自打上次擦槍走火後，這還是兩人第一次碰面，對望著時，竟都有些不好意思起來，紛紛紅了臉。

「阿瑜，我保證，以後都會對妳很好很好的……」

朱熙紅著雙頰，捧起周瑜的臉說道。

然後，朱熙就迫不及待的吻了上去，讓周瑜本想說的回答，都用接下來旖旎的呻吟給掩蓋了。

第二天，渾身疼痛的周瑜一大早就被兩個嬤嬤隔著床幔叫醒，簡單吃過早飯後，就開始了又一次的大妝。

過一會兒，她就要作為新任的睿王妃去拜見承乾帝和後宮幾位位分高的妃嬪，回來後再去鍾粹宮主殿，拜見她名義上的婆母靜逸太子妃韓氏。

親王妃的服飾之繁瑣，饒是兩個嬤嬤都是手藝極好的人，也折騰了半個多時辰才將周瑜打扮好。

周瑜從鏡子裡望去，頓時覺得眼前一亮，就覺得自己整個人都變得雍容華貴起來。

正好這時，朱熙也在兩個太監的伺候下打扮整齊，身著深藍色繡有五爪龍紋的冕服，頭戴平天冠出來了。

朱熙與頭戴三龍二鳳冠，同樣身著深藍色繡有翟鳥花紋翟服的周瑜往那兒一站，立刻引起屋子裡眾內侍的一片讚嘆聲。

周瑜看著鏡子裡的效果，頓時也覺得，就兩人這身衣服，要是不拍一組古裝照片，都枉費她踏著夜色就起床的這一番折騰。

於是她決定，等拜見完眾人回來，就去空間找找相機。她記得她哥以前有好幾臺，等找到，她就和朱熙拍一組結婚照。都不用去外面拍了，就在他們住的這寢殿裡拍挺好，古色古香，原汁原味的。

因想著待會兒要拍結婚照，周瑜整個人很興奮，極其愉快的跟著朱熙去拜見了承乾帝和眾妃嬪，然後送出去幾件不值錢的鞋襪衣衫，換回了一大堆的首飾頭面。

看著身後幾個宮女抱著滿滿幾十盒的見面禮，周瑜的心情就更好了，覺得要是能日日如此，她天天早起大妝都沒問題。

但周瑜一早上的好心情，卻在拜見靜逸太子妃的時候戛然而止。

倒不是韓妃送她的見面禮不好，韓妃送她的一副紅寶石頭面比起旁的妃嬪送她的都要貴重些，作為二嫂的湘王妃鄧氏送她的一對翡翠手鐲也是水頭兒好得很。

只是，等周瑜兩人客客氣氣的給她見過禮後，臨走前，那韓妃卻讓旁邊伺候的嬤嬤領了幾個花容月貌的宮女出來。

「老五這次大婚，都是鄂國公夫人幫著操持，我這做母妃的沒幫上什麼忙，心裡愧疚。這幾個宮女是史嬤嬤悉心教導過的，也算溫柔可心，就送給你們兩口子使喚吧，也算本宮的一片心意。」韓妃溫柔地笑道。

我還真謝謝妳啊？

「既是史嬤嬤悉心教導的，那兒媳怎敢獨享，不如就跟二嫂一人一半吧？也省得二哥、二嫂說您老人家厚此薄彼。」周瑜咬著牙也笑道。

這幾個宮女肯定是韓妃早就準備好用來噁心她的，都推掉肯定不可能，那就獨噁心不如眾噁心，大家一起噁心到家算了！

因此，一說完，也不容韓妃推託，就笑著朝一旁看好戲的湘王朱熾和鄧氏夫妻倆道：「長幼有序，不如二哥先……不對，二嫂先挑吧？」

朱熾夫妻倆一時間都不知該如何接話。

「哈哈哈，二哥，你不是一直就愛這種紅袖添香，佳人相伴嗎？母妃的心意我這做弟弟的怎好獨享。正好弟弟屋裡還缺兩個倒夜香的丫鬟，這四個宮女，咱倆正好一人一半，也能顯得母妃不偏不倚，對咱們兩兄弟一視同仁。」

朱熙也在旁邊附和周瑜道，還故意將「倒夜香」三字說得極重，並在袖子底下緊緊地捏了捏周瑜的手，意思是就算這兩個宮女跟他們回去，他也是絕不會搭理她們的。

朱熾夫妻沒想到他們母妃的算計竟然引火焚身到了自己身上。看著幾個顏色鮮豔的宮女，若說朱熾面上只是假憤怒真歡喜的話，那鄧氏就是真的怒極了。

若是讓這幾位進了她的屋子，那豈不是將她給比下去了？因此就想拒絕，結果朱熙兩口子一副作為兄弟本就該有美女同享、有噁心同當的義正辭嚴模樣，讓她想推託也推託不了。

總不能說這幾個本來就是母妃給你們兩口子準備的，關我們何事吧？況且五弟妹都笑著接納了，她若是再推託，倒顯得她善妒了。

因此，她只能使眼色，想著讓旁邊的朱熾開口拒絕。

結果，四個宮女聽了朱熙說的讓她們倒夜香的話後，都慌得不行，此刻都把主意打到了同樣俊秀的朱熾身上，這會兒都頻頻朝他拋媚眼，因此朱熾的注意力全被幾人勾走了，根本沒看見自己王妃的眼色。

所以，最終兄弟倆到底一人分了兩個宮女，各自帶著朝自己的寢殿走去。

一進入自己住的宮殿，朱熙就將兩個宮女交給了身後的魏嬤嬤。

「隨嬤嬤給她們指派些什麼活計，不讓她們靠近我們夫妻的寢殿就成。」朱熙冷聲道。

周瑜一聽就更滿意了，因此，直接拉著朱熙的手就進了臥房，還將門給掩了，並囑咐門外的溫嬤嬤不要讓旁人進來。

這下子，朱熙和溫嬤嬤同時想歪了。

溫嬤嬤：這丫頭倒是在這方面還……挺大方？難怪五殿下離不了她。

朱熙：他的阿瑜好……強！竟然還想要？嘿嘿……可是他好喜歡！

「阿瑜，妳這是……」

見周瑜將門掩了，朱熙連忙一把摟住周瑜，先在她嘴上啄了一口，才扭糖人般的緊貼著她問道。

周瑜聽了也反親了他一口，在他耳邊魅惑道：「看你今天表現不錯，本王妃有好東西獎勵你！跟我去空間……」

朱熙兩眼頓時放了光。

阿瑜總是把那處神秘屋子叫做空間，他記得那裡面就有床榻，莫非阿瑜想和他在那裡……

朱熙頓時覺得好激動，並滿心期待起來。

結果，周瑜只是帶他去裡面找了個四方的奇怪小盒子出來。

「你坐在那裡不要動，然後我數三二一，你就說起司。」

周瑜給朱熙擺好姿勢，然後指揮朱熙道。

朱熙滿心不情願地按周瑜的指揮做了，然後就看見周瑜拿著那個四方小盒子對著他，接著喀嚓了一聲。

朱熙心裡委屈的想：這算是什麼獎勵啊？一點都不好玩！

「你快過來看看，我把你拍得多好看！」

周瑜拍完一張朱熙的照片，自己覺得很滿意，忙喊了朱熙過來看。

朱熙只得不情不願的走過去，然後對著維妙維肖的畫面震驚了。

京都城外的一個普通村莊，周老爺子一家租住的院子裡。

周旺祖、周旺業兄弟倆一身短打打扮從外面走了進來。

「怎麼樣？打聽得如何了？」

周老爺子夫婦連同周家眾人早就在屋裡等了許久，見他們兄弟回來，馮氏立刻問道。

「都打聽到了！」周旺業一進門就興奮道：「爹、娘，大嫂在街上聽說的那個周家還真就是瑾哥兒一家子，他們一家如今真的發達了！瑾哥兒不但升官成了指揮使，掌管京都三大營之一的龍驤營，還娶了平西侯的嫡女。周瑜那丫頭更厲害，竟然成了睿親王妃，而且是正妃，不是側妃。他們一家都住在原先汪相爺的宅子裡，那宅子比原先周閣老府的宅子還大，足足有五進呢！聽說是聖上專門賞給瑾哥兒的！」

今兒他們哥兒倆在周瑾家的宅子外面守了一天，親眼看見周瑾和他那個媳婦兒一起騎馬出門，雖然只看見一眼，但那渾身的氣派，還是差點閃瞎了周旺祖兄弟倆的眼。

「老頭子，你看我們怎麼辦？要我說，乾脆直接搬到那府裡去！再怎麼說，我們也是那小子的親祖父、祖母，他們還敢將我們趕出來不成？」馮氏聽了立刻興奮道。

她算是受夠這種苦日子了，以前在遼東時，手裡有銀子，他們過得還算可以，誰知後來竟然被尤氏那爛貨夥同柳姨娘母女倆，將她大半的銀子都偷了，還逃得不見蹤影。

打那以後，家裡就難了起來，一家老小全靠她手裡僅剩的幾百兩過活，幾年下來，哪裡還有什麼啊？加上遼東苦寒，後來的幾年，他們家在遼東過得著實算不上多好。

前年，好不容易遇到聖上開恩，赦了周家全族，一家子才得以輾轉回京。但一路上花費不少，等到了地方，馮氏手裡的銀子就真的沒剩下幾兩了。

一家子哪裡還租得起位於京都的宅院？只能在京都城外租了這麼個破地方，一家老小如今全靠著老頭子跟她兩個兒子做些小買賣湊合著過活。

「是啊！祖父，我們大燕最重孝道，周瑾那小子如今顯赫了，更應該注重這些才對，若是他敢趕您二老出來，怕是士林人士的吐沫星子都能將他給淹沒了！」

周旺祖的長子周珠也跟著祖母說道。

雖然和周瑾一家分了家，但因為還是同一個祖父的堂兄弟，周珠也沾了周瑾的光，如今也能夠參加科舉了。

到底有前些年讀書的底子在，加上周珠這幾年又「兩耳不聞窗外事，一心唯讀聖賢書」，去年，還真讓他考中了童生，同周璃、周玷屬於同一期。也因此，周珠如今被周老爺子寄予厚望，就盼著他能跟他三兒子一樣將來也能中舉，好光耀他們周家的門楣。

但周珠是知道自己的弱點的，他本就天賦有限，且沒有足夠的財力物力支撐，尋不到好的先生，買不起那些歷年來的考題重點練習，那他想更進一步，根本不可能。

因此，聽見周瑾家如今財力物力都雄厚，還靠上了皇家和平西侯府，立刻就想到若是他能借光，那自己以後的前途就不用發愁了。

所以，就忙跟著勸起他祖父來，不光自己勸，還示意一旁的他娘孫氏跟著勸。

「是啊，公爹，若是我們能靠上瑾哥兒，他媳婦可是平西侯爺的嫡女，我們要是好好求求他們，沒準兒能安排珠兒進國子監呢！那裡面教書的可都是大儒，到時候，珠哥兒考功名不是容易得很？還有，瑾哥兒如今當了那麼大的官，到時候提拔耀哥兒幾個，沒準兒也能讓他幾個堂兄弟當個小官呢！」

「哼！你們一個個想得倒是美，當初我們如何得罪瑾哥兒的，你們都忘了？那小子有多狠，你們也忘了？」

一旁的孫氏正興奮的說著，直接就被一直低頭沈默的周老爺子給喝罵住了。

若說周老爺子這輩子最後悔的一件事，就是雖然發現了周瑾這個孫子比自己旁的孫子有出息，但卻因為發現得晚了，怕他和自己不是一條心，沒有選擇加以攏絡，而是選擇了扼殺。

這會兒見一家子就跟已經忘了前塵往事似的，一心要巴上周瑾，更是氣不打一處來，忍不住指著眾人喝罵道：「你們難道忘了，當年錢氏是怎麼死的，環哥兒的手指是被誰削的了？」

眾人都被他罵得不敢回聲，只有最受寵的周珠嘴唇動了動，想說當時那事他可沒參與，結果被周老爺子一個眼神給嚇住了，沒能說出口。

而一旁一直在犄角旮旯待著的周環，則是在聽到周老爺子說起他娘的死和自己的手時，眼中的憤恨擋也擋不住的湧了出來。

周瑾那小子可是與他有殺母之仇、削手之恨的！

這些年因為手上的殘疾，他雖然得以不用去軍營當兵，但也因為他變成了殘廢，受盡了一家子的白眼，就連以前還算疼他的祖母和他的父親，也都對他嫌棄起來。

所以，若是可以，周環恨不得此刻就將周瑾千刀萬剮，以消心頭之恨！

周老爺子頹唐的坐在屋子裡的小杌子上，看著眼前聽到周瑾家發達後，或諂媚、或憤恨的一家子。因為操勞，如今他的頭髮已經全白了，只餘眼中的精神還有一些。

他知道到了此刻，若是不想法子搭上三房，光靠著眼前的兒孫，他們家就算徹底完了，他和老婆子也得被這群人一直拖累著吃苦受罪。

狠狠地盯了眾人片刻後，周老爺子一咬牙，最後決定道：「明兒就由珠兒陪著我和你娘先過去看看，你們都待在家裡，誰也不許跟著！」

「可是，公爹……」一旁的孫氏立刻急道。

「都別說了！」周老爺子見了立刻對她瞪眼喝道，又對馮氏和周珠嚴肅的道：「所謂心急吃不了熱豆腐，你們倆明天去了也都給我少說話，只需裝裝可憐就行了，知道嗎？」

第六十一章

與此同時，龍驤營大營裡，周玳也進了周瑾的營帳。

「指揮使，你讓我查的都查到了。」周玳一臉笑容的捧著一張人名冊子說道：「先頭跟我們一起的弟兄們都還活著呢，也都回來了。除了兩個殘了的，別的人都好好的，都在京都附近的軍營裡。」

「誰殘了？」周瑾聽了忙問道。

自從掌管了龍驤營後，原先就跟著他的周玳和韓德弓也被他調了過來，如今他讓周玳查的，就是當初和他們在流放路上一同結伴尋找食物的少年們。他想著自己如今也算做出點成績，一定程度上能說了算，若是兄弟們有難處，他能幫一把也是一把。

「是大虎和螞蚱。一個沒了左胳膊，一個腿瘸了。」周玳嘆道。

「怎麼傷的？」周瑾又問。

周玳聽了頓時氣憤道：「大虎那胳膊是戰場上被韃子砍的，沒什麼好說的。可螞蚱那腿，說起來還跟你那本家兄弟有些關係，就是那個叫周耀的，在遼東時，螞蚱和他分到一個百戶所，又恰好在一個小隊。當年他們那隊兵去攔截打草穀的韃子時，那周耀被個韃子擊倒了，眼看著就要被韃子的馬蹄給踩死，螞蚱見了就好心的拉了他一把，才救了他一命。誰知他怕逃不掉，竟然推了螞蚱一把，讓螞蚱去給他擋那馬蹄子。螞蚱也因此被那韃子的馬給踩斷了腿，雖最後保住了命，可腿卻治不好了，徹底成了瘸子！」

周瑾一下子氣不打一處來。

還真是好人不長命，禍害遺千年啊！要不是周玳提起，他都忘了還有周耀這號人物了！

「你再去問問大虎和螞蚱，就說我府裡還缺兩個管車馬的家將，問他們願不願意幹，要願意，就搬過來，府裡有的是住的地方；若是不願意，你就給他們每人各置辦十畝地，告訴他們，若有難處儘管來府裡找我。」

周瑾思索片刻又道：「別的弟兄也一樣，若是願意跟著我的，也可以將他們調到我們營裡來。不過你可得事先跟他們聲明，我最多只能給他們一個機會，在我這裡，升遷與否，靠的都是自己本事，我是不會徇私的。若是不願意跟著我的，就每人給……」

「頭兒，你放心吧，弟兄們聽說你升任了指揮使，想將他們都調過來，肯定高興壞了，怎麼可能不願意跟著你？大家說了，只要能跟著你，就是給你做馬前卒也願意。」周玳笑著打斷周瑾。

在軍營裡，他總是嚴守軍規，稱呼周瑾為指揮使的。這會兒叫他頭兒，顯然也是想起了流放路上大夥兒跟在周瑾後面，一起艱難求生的那段日子。

「那就好，此事就交由你去辦吧。」周瑾聽了也笑了，又叮囑道：「只是別忘了，我們的照顧，也只限於那些弟兄和他們的老婆、孩子，他們那些家裡人就算了。」

當初跟他們在一起的那些弟兄，都是被家族排斥在外的，他可沒那麼多善心，去幫助那些冷血的人。

「好！就是你不說，屬下也會這麼辦的。」周玳亦嚴肅道。

他們頭兒要照顧的是同自己共患難的弟兄，憑什麼便宜了欺侮他們的那幫人！

京都鍾粹宮，周瑜三朝回門後的第三天清晨，還沒睡醒，靜逸太子妃的心腹史嬤嬤就過來喚她到太子妃處立規矩。

早晨卯時就得起，在韓妃的寢殿外頭立等著韓妃起來，然後伺候韓妃洗臉梳妝，吃過早飯後，才能回自己的屋子裡吃口東西，吃完東西歇息不了片刻，又得過去陪著，韓妃畫畫她磨墨、韓妃拜佛她焚香、韓妃串門子她攙著，韓妃上廁所她……在廁所旁等著。

總之，據魏嬤嬤所說，所謂的婆婆讓媳婦立規矩不外乎都是這一套。

「不去！」朱熙聽了就急怒道：「她算哪門子正經婆婆？論起來不過是我的繼母，也好意思讓我的嬌嬌阿瑜去給她立規矩？昨晚我們本來就沒睡夠，還得睡一會兒呢！」

朱熙又捧著周瑜的臉安慰道：「媳婦兒，妳只管再睡一會兒，我這就去跟皇祖父說她故意為難妳。妳放心，有什麼事都有夫君替妳兜著呢！」

旁邊的兩個嬤嬤相視一眼，都有些無奈。

「呃……睿王殿下，靜逸太子妃再怎麼說也是您的母妃，王妃作為兒媳去立規矩也是應當的。您若將此事鬧到陛下面前，怕是陛下或旁人聽了，反倒會覺得是王妃在恃寵而驕，故意躲懶呢！」溫嬤嬤見了忙出聲勸道。

周瑜也被眼前這貨當著兩個嬤嬤面還跟她膩歪，鬧得紅了臉，忍不住一巴掌拍在朱熙捧著自己臉的手背上。

「你只管忙你的去吧，這點小事還不用你操心。還有，今天中午可別再跑回來陪我吃飯了，大家都在乾清宮吃，做什麼就你總是往回跑？」

最近幾天，朱杉、朱熙、朱熾等在京都的皇子、皇孫們，每日都要陪承乾帝跟大臣們議政，因此中午也都跟著承乾帝和眾大臣在乾清宮吃飯。只有朱熙一到飯點就往回跑，專程回來陪她吃午飯，吃完午飯後再跑回去。

鬧得現在整個大燕的頂層人物，都對她這個勾得睿親王魂兒都沒了的寵妃印象深刻了。她才嫁進來不過七天，就被這貨連累得有了狐媚子的名聲！

天知道她周瑜和狐媚子三個字有多風馬牛不相及啊？

「啊？阿瑜，我不……」

朱熙聽了立刻搖著周瑜的手臂表示反對，結果被周瑜附耳哄著說了些什麼後，立刻就什麼也不說了，匆匆喝了碗粥，就去了承乾帝的寢宮。

阿瑜跟他說了，他們夫妻從現在開始就要為了將來的肥美封地而奮鬥，如今他們要做的就是緊抱他祖父大腿，可不能被這些小兒女私情給耽誤了。

於是，剛起床就看見他五孫子諂媚笑臉的承乾帝迷惑了。

今兒太陽打西邊出來了？要不大婚後向來不磨蹭到日上三竿不過來的這小子，今兒怎麼這麼勤快？難道是又憋著什麼壞水？

與此同時，周瑜也在魏嬤嬤的幫助下，梳妝打扮好了。又踏實的坐在榻上就著小炕桌喝了碗粳米粥，吃了四個精緻的燒賣。

「王妃，待會兒她們愛說什麼就說什麼，您能幹就幹，不能幹就別幹，實在不行您就裝柔弱。總之，千萬不要將自己累著啊……」溫嬤嬤邊看著周瑜喝粥，邊小聲提醒。

靜逸太子妃明顯是要藉著立規矩拿捏周瑜這個新任兒媳婦，那可是個面慈心狠的人物，溫嬤嬤聽說，就連她親兒媳婦鄧氏最近都被她搓磨得瘦了許多。因此就擔心周瑜年紀小、面子薄，被這個後婆婆給欺負了。

鄂國公夫人給她的這兩個嬤嬤對她可真是太好了！跟當初去她家教導她的時候，簡直判若兩人，周瑜覺得自己都快要被兩人給寵成廢物了。

不管什麼事兩位嬤嬤都會事先幫她安排好，平時對她也是處處提點，讓她這個初入皇宮，兩眼一抹黑的小白，頓時感到輕鬆不少。

周瑜十分享受於二人的轉變，對二人自然也是投桃報李的更尊重了，聽出溫嬤嬤話裡的擔心，就笑咪咪的安慰道：「嗯，嬤嬤放心，我肯定不會讓自己吃虧就是了。」

等周瑜梳完頭喝完粥，都打扮好，已經是半個時辰以後了。等在門口的史嬤嬤早就著急不已，見周瑜還是一副慢吞吞的樣子，就忍不住催促道：「王妃可快些吧，莫非還想要讓太子妃這個做婆婆的等您這個兒媳婦不成？」

「哦？母妃已經醒了嗎？唉唷喂！那我可要快點了！」周瑜話裡一副驚慌樣子，行動上卻一點也不著急，依舊磨磨蹭蹭的，還邊走邊朝史嬤嬤玩笑道：「妳說母妃也真是，她老人家又不用給婆婆立規矩，又沒人派嬤嬤催她早起，不多睡會兒，起這般早做什麼？嘿嘿，這知道的，說是她老人家年紀大了覺少，不知道的還以為她老人家在故意搓磨兒媳婦呢！」

史嬤嬤哪敢應這話，倒是跟在周瑜身後的溫嬤嬤險些噗哧笑出來。

心裡對周瑜年紀小、面子薄的擔心立刻去了大半，心道：她們王妃可真是……促狹！靜逸太子妃才剛過了三十六歲生辰，就被她稱為了老人家，也不知那位知道後會作何感想？哈哈！

韓妃最近幾天頭疼得厲害。她覺得叫睿王妃過來由自己立規矩，簡直是給自己找虐，直被她氣得白頭髮都多了幾根。

但你還真沒辦法挑她的禮，因為，你讓她幹麼，她都一副好脾氣的笑模樣兒。可你讓她給你端茶，她就不小心摔了茶碗；你讓她給你倒水，她腳下一絆就潑了水盆；你讓她陪你念經，上個香她也能碰撒了香爐……

不到半個月，她屋裡的東西都快讓她給砸沒了！

可你因她毛躁罰她吧？她就立刻暈過去。暈完，她身邊的那兩個老嬤嬤，將她抱起來就跑，邊跑邊哭、邊哭邊嚎。

什麼明明兩個兒媳婦，怎麼偏偏總是挑她們王妃的錯？什麼平時就是小丫頭砸個東西，太子妃都不怪罪，卻偏偏為個不值錢的玩意兒罰她們王妃？

什麼她們王妃白胖胖的嫁進來，這才幾天，就硬生生的瘦下去一圈，句句指責她這個繼母在虐待兒媳婦！

韓妃覺得這樣下去不行，於是改變策略，每每出席宮中宴飲，都帶上這個兒媳婦，想讓眾人看看，這位出身小門小戶的新晉王妃，是有多毛躁且不懂規矩，結果——她在外人面前，做得比她親兒媳婦都好，導致外頭對她的議論聲倒是少了許多。

韓妃真真是快氣死了。

自從鄭氏搬到了京都的宅子，周澤林也在城西小院待不下去了，正好周璃、周玷都考入國子監，周澤林就乾脆關了城西學堂，同周瑞全、周瑞豐一起回了京都。

不過他還是不願意回以前的閣老府，那座閣老府有太多關於他爹的印記，周澤林怕會觸景生情。

而周瑾如今的宅子西北角正好有處小院子，不但格局齊整，還有專門的門戶可通府外，又有一處角門能通府裡，於是就邀請了周澤林幾個過來住。

幾家人如今處得就跟一家人一樣，加上周澤林巴不得如此，因此也就沒跟周瑾客氣，收拾了些簡單的東西就搬過來了。

周瑞全卻不想成為姪兒娶新姪兒媳婦路上的絆腳石，他也同周瑾兄妹一樣早就看出了周澤林和鄭氏之間的火花。因此就以放不下孫子為由，硬拉著周瑞豐去了和周瑾家隔了七、八條胡同的原先的閣老府住，根本不顧周瑞豐什麼你孫子又不是我孫子，我又沒孫子掛念，為何要去你們府上住的抗議。

因為整個小院足足有十來間屋子，就住了周澤林一個人，又有單開的門，所以周澤林搬過來後，便將院中北面的幾間屋子打通，又重新開了一家私塾，收了十來個學生。

整日就教教書、做做學問，等下學後，就怡然自得的遛達著去府裡吃鄭氏做的飯，小日子過得好不自在，而他跟鄭氏的感情也在這幾年的相處中，越發的深厚起來。

周澤林知道，如今在鄭氏心裡，其實也是有他的，只不過是怕自己改嫁連累幾個孩子的名聲，才總是咬著不鬆口，不敢應他罷了。

周澤林對此毫無辦法，又不好意思同周瑾兄妹提什麼我想娶你娘的話，儘管他早就察覺兄妹倆對此並不反對，但讓他一個長輩跟小輩們去說這個，他實在張不開嘴。

後來還是他大伯周瑞全看出了他的窘境，給他出主意，讓他直接找個媒人上門，將他和鄭氏的事情擺到明面上來，到時候再有眾人幫著勸勸鄭氏，這事沒準兒就成了。

周澤林聽了深以為然，於是就乾脆請了白氏的婆婆魏氏做了這個媒人，幫他上門同鄭氏提親。

果然，眾人聽說後，不管是周瑾兄妹倆，還是鄭氏的娘林氏，或是白氏幾個都跑來輪番勸說鄭氏，就連周珀、周珞兄弟倆都過來了，表示也十分樂意鄭氏做他們兄弟倆的後娘。周瑾更說出「母若改嫁，兒請父事」的話來表示很樂意將周澤林視為父親。

最終，在大家輪番轟炸般的勸說下，鄭氏終於羞答答的應了周澤林的求娶。

可是，就在周澤林滿心歡喜的挑選日子成婚的時候，周老爺子夫婦卻帶著周珠找上了門來……

周老爺子夫婦倆一副困窘的模樣，由周珠扶著到了周瑾家府門前，虛弱地跟周瑾家的門房說他們是周瑾的親祖父、祖母時，不光周家新買來的幾個門房，就連街邊的路人都驚呆了。

彼時周瑾和沐青霓都不在，周瑾每十日才會休沐一天，沐青霓則是隔三日才會回一次家，因此，當時的家裡只有鄭氏一個主人。

鄭氏聽了下人回稟，一邊忙派人去通知周瑾夫婦，一邊帶著丫鬟、婆子親自去了門口。到了門口一看，見眼前二人雖然看著老了許多，但的確是周老爺子夫婦時，心裡忍不住就咯噔一跳！

若是可以，鄭氏真是一輩子都不想再見到這兩個人。

「老三家的！」

馮氏幾人一見鄭氏出來，眼就亮了。

只見鄭氏穿一身月白色的織錦衣裳，因為天氣尚有些涼，外罩著一件天青色緞地繡竹枝斗篷，頭上雖只簡單的戴了支銀白南珠簪，但那南珠卻瑩白碩大，一看就價值不菲。

鄭氏本就貌美，這一身行頭更襯得她如仙女下凡塵，加上她身後跟著的十來個也同樣穿金戴銀的僕婦，更襯得她如今貴氣逼人，讓一身灰撲撲棉布衣衫的馮氏都感覺有些自慚形穢，同時心中又嫉恨不已。

擱以前，凡這些好東西都是要先孝敬她的！

但又一想，要是今天他們能進了這個門，那她就是這府裡的老太太了。鄭氏再得意也是她兒媳婦，還是要看她這個婆婆的臉色。因此，她心中又得意起來，但她到底沒忘了周老爺子來之前的吩咐，臉上倒是沒顯出來，還裝作一副可憐樣子。

「老三家的！真的是妳嗎？」

見鄭氏出來，馮氏立刻低泣著朝她撲了過去，想拽住她的裙角哭訴，好顯得自己這個婆婆更可憐些，卻被跟在鄭氏身邊的幾個嬤嬤給擋住了，將鄭氏護在身後。

馮氏無奈之下，只得坐在門口的青石地磚上哭了起來。

「老三家的，妳知不知道，這幾年我們找你們找得好苦啊！如今，可算是找到你們了哇！快、快！瑾哥兒呢？璃哥兒呢？呃……那誰？我小孫女呢？快讓他們出來，讓他們祖母看看吧！祖母可想死他們了！」

「哭什麼？這都找到孫子、孫女了，我們應該高興才是。老三家的，妳就不打算請妳公爹、婆母進去嗎？就讓我們兩老在門口這麼站著？」

周老爺子站在馮氏身後，也一臉和藹的附和馮氏道。

她還真不想讓他們進去。

鄭氏緊抿唇，沒回答。

「夫人，他們是？」一旁幾個僕婦中帶頭的楊嬤嬤見了就小聲問鄭氏。

楊嬤嬤是長公主專門送給沐青霓的管事嬤嬤，沐青霓出嫁時，楊嬤嬤一家五口都被長公主送給沐青霓做了陪房。

這楊嬤嬤也是個心氣高的，當初在長公主府時，雖然不是長公主身邊最得力的，但也深受長公主信任，手底下也是管著幾十個丫鬟、僕婦。但她還是覺得寧做雞頭不做鳳尾，與其在長公主府做個永遠排在後幾名的小管事，還不如出來尋尋機會，憑她的能耐，未必幹不成一番事業。

因此，長公主給沐青霓在府裡找陪房的時候，大家聽說沐青霓嫁的婆家是個小門小戶、泥腿子出身的，就都不願意跟來。只有楊嬤嬤覺得周家這個姑爺不簡單，僅僅幾年就從小小兵卒爬到了指揮使的位置不說，還得了眼高於頂的沐青霓垂青，小小年紀就這樣能幹，前途一定不可限量，因此就自告奮勇的跟了過來。

楊嬤嬤的本意是想著到了周家後，幹一番事業的。

但……沒想到如今的周家算上她們幾個，連主帶僕加一塊兒也才三十來人不說，鄭氏一家子還異常的和睦，讓精通內宅門道的楊嬤嬤頗覺得無用武之地。

你說你們哪怕有個婆媳矛盾呢，她也能發揮發揮，幫著出出主意什麼的……但，鄭氏待她們主子好得簡直比拋下她去住庵堂的親娘都好！

她們主子也是，一嫁過來就將她們全丟給鄭氏指派，一點也不想跟鄭氏爭什麼當家的權力，家裡的事一概不管，自顧自的跑外邊掙自己的事業去了。

於是，自詡為宅鬥專家的楊嬤嬤，只能每日陪著鄭氏這個當家主母或者研究下頓準備哪些菜，或者琢磨還要給家人添件什麼衣裳。整日無聊的瑣事，讓事業心極強的楊嬤嬤都有些後悔起來，覺得當初離開長公主府的決定是不是個錯誤？

但今天，楊氏看著面前的馮氏兩口子，本能的察覺出，她展現能力的時刻到了！

「他們是瑾哥兒幾個的祖父、祖母，不過當初因為他們想害我們，瑾哥兒已經想辦法跟他們分了家，他們的養老銀子瑾哥兒也一次給清了，文書上說好不再纏擾的。」鄭氏亦輕聲跟楊嬤嬤解釋道。

她現在心裡也是沒有主意了，雖然現在十分想上前大罵馮氏幾個一頓，好讓人知道他們當初待她家有多狠毒，現在這副嘴臉又有多不要臉。

但她也知道，要真那樣，怕是被罵的反而是他們一家。

畢竟，這兩人再怎麼說也是瑾哥兒幾個的親祖父母，不管他們覺得多有理，不明內情的外人見了，恐怕也只會說他們不孝。

第六十二章

「夫人，既如此，可不能讓他們在大門口鬧了。萬一他們在門口來個一哭二鬧三上吊的，對姑爺的官聲總歸不好。您要是信得過老奴，不如就將此事交給老奴辦？」

楊嬤嬤聽了，連忙眼睛錚亮的朝鄭氏說道。

鄭氏也正是怕這個，要是她家還窮苦時，她倒是不怕他們，直接將他們趕出去了事。可如今，若是真讓他們鬧騰起來，被有心人再利用，那不管是對瑾哥兒還是阿瑜，都不是什麼好事。

因此聽楊嬤嬤說她有辦法，便想著這位可是長公主府出來的，比自己可有見識多了，於是忙將此事交給了她。

「唉唷！這是老太爺和太夫人吧？您瞧瞧這是什麼話？這可真是大水沖倒龍王廟，一家人不識一家人了！」

楊嬤嬤見鄭氏點頭讓自己作主，就忙笑著上前一步攙起了馮氏，又吩咐兩個僕婦攙了周老爺子。「老太爺、太夫人，您們是不知道啊，這幾年不光是您們找我們姑爺，我們姑爺也一直再找您們啊！這下可好了，可算是一家團聚了。快，快請進，趕緊去府裡暖和暖和，歇息歇息。」

楊嬤嬤一邊殷勤的攙著馮氏往裡走，一邊示意攙著周老爺子的僕婦們趕緊跟上，還邊走邊吩咐周圍的婆子們。「還不快去，趕緊將府裡最好最大的凌風閣收拾出來，給老太爺、老太太住。再去廚房現做一桌酒席出來，老太爺、老太太辛苦了這一路，肯定餓了，讓廚房多做些溫補好消化的來。」

楊嬤嬤一副頤指氣使的模樣，連鄭氏都越了過去，甩在了身後。

本來想著還要費一番功夫才能進來的周老爺子幾個，就這麼愣愣地被攙進去。

沒想到這麼容易就成功了？看來還真是如他們大孫子所說，這人官位越大，就越注重名聲啊！

見攙著自己的這個嬤嬤連鄭氏都敢越過去，又稱呼周瑾為姑爺，馮氏就笑著問道：「我們這初來乍到的，敢問您怎麼稱呼？」

「唉唷！可不敢在您老人家面前稱您啊！您老這是要折老奴的壽啊！」

楊嬤嬤聽了忙滿臉堆笑的朝馮氏恭敬道：「不瞞您二老，老奴原本是長公主府上的管事，後來因我們小姐嫁給了周家姑爺，就被長公主送給我們小姐做了陪房。我們小姐掌了這府中中饋後，老奴就被小姐安排著做了這府裡的管事嬤嬤。您二老若是有什麼事，下人們作不了主的，儘管跟老奴我說。」

果然！這府裡是周瑾新娶的那位侯府千金說了算的，難怪不把鄭氏放在眼裡。

「這麼說這府裡是你們小姐在當家，鄭氏如今說了不算？」馮氏暗嘆，又口快的問道。

馮氏旁邊的周老爺子聽了就咳嗽一聲，馮氏才驚覺說錯了話，忙找補道：「我是說，我那孫媳婦這才嫁進來幾天，就讓她管家，可真是辛苦她了。」

楊嬤嬤聽了就笑道：「呵呵，太夫人這就不懂了，我們這些僕婦難道是擺設不成？就這麼大一點的府邸，這麼幾口子人，哪裡用得著我們小姐管什麼，自然也累不著。只是，我們小姐可是平西侯嫡女，今上的乾孫女，長公主看著長大的侯府小姐，身分之尊貴，能下嫁給我們姑爺已是難得，姑爺一家子自然不敢慢待，因此一進門，夫人就將管家權全交給了我們小姐，說是家裡的事都讓她作主。呵呵，只是我們小姐哪裡看得上這點東西？加上她如今又受聖上委派，管著京都四門的防守兼內城防禦之事，整日也是忙得很，家裡的事就都交給老奴幾個了。」

楊嬤嬤一副洋洋得意的模樣道。

原來鄭氏在這個家真不管事啊！

馮氏眼睛一亮，頓時在心裡幸災樂禍，跟一旁的周老爺子對看了一眼，對如今掌管周家大權的楊嬤嬤就更奉承起來。

想著，這偌大的府邸他們那個孫媳婦都不放在眼裡，得多富貴？若是他們能討好了這個權大氣粗的孫媳婦，那哪怕她從手指縫漏一點，就夠他們吃香喝辣了！

楊嬤嬤聽了兩人的奉承，就也投桃報李，對他們也越發的殷勤起來，親自將兩人迎進了闊氣的凌風閣不說，還親自服侍兩人吃了飯，安排了伺候的僕婦。

到了下午，楊嬤嬤又請了京都有名的裁縫過來給兩人量身，每人做了四套的時令衣裳，料子之貴重，比鄭氏今天穿的都還要好些，將本就心花怒放的周老爺子兩個哄得更加心花怒放了。

最後臨走前，楊嬤嬤就指著一旁已經一副大爺樣子似的周珠笑道：「老太爺、太夫人，您二老都累了一天，趕緊歇息歇息吧。堂少爺如今也大了，按理是不能在內院住著的，老奴已經在外院給他安排好了專門的院子和伺候的丫鬟、小廝，一應衣物用品也都準備好了，這就領他過去。」

周老太爺兩個聽了就更滿意了，忙笑咪咪的應了好，周珠一聽還給他特意準備了院子，也立刻精神起來，忙跟著楊嬤嬤去了。

結果，卻被楊嬤嬤領著越走越偏，直到將他領到一處偏僻的類似柴房的院子，院子裡又突然蹦出幾個身有殘疾，但滿臉凶相的漢子，還將門給掩上時，周珠才感覺出不對來。

「楊嬤嬤，妳這是要做什麼？」周珠大驚道。

楊嬤嬤連看都沒看他，直接跟關上門的螞蚱幾個道：「動手吧，少夫人捎信過來說，對這種無賴不用客氣，儘管痛揍就是。只是要你們動手時找好地方，別打完讓外人看出傷來。」

「嬤嬤放心吧！我們跟這小子也算是老熟人了，自然會照顧好他的。」

螞蚱聽了，看看自己瘸了的腿，就帶頭獰笑著朝周珠走去。

周珠被大虎、螞蚱幾個狠狠的教訓了一頓後，就被幾人趕著馬車，扔到了城外，等周珠掙扎著走回他們在城外租的院子時，已經是晚上亥時了。

孫氏開門看見自己兒子的狼狽樣子，嚇得直接驚呼起來。

「珠兒，你這是怎麼弄的？怎麼成了這樣子了？」

「娘，快別叫了！趕緊去給兒子拿身衣服換上！」周珠聽了急忙阻止道。

但他還是阻止晚了，孫氏的叫聲已經引得還在等消息，都還沒睡的眾人走了出來。

「咦？這是什麼味兒？怎這麼臭啊?!」

周環一出來，就聞到了一股濃重的尿騷味，聳著鼻子圍著周珠轉了一圈，果然發現是從周珠身上散發出來的，立刻就捂著鼻子嫌棄的嘲笑起來。

「唉唷！大哥，你這是拉尿在褲子裡了吧？」

哈哈，沒想到一向自詡為讀書人，整日躲家裡什麼也不肯幹的大堂哥，竟然也會有如此丟人的時刻啊！哈哈！

周環面上不顯，內心已經笑得打滾了。而周珠見周環將他的窘境直接喊了出來，臉色頓時紅白交加，聽他爹娘還在問他到底怎麼回事，就再也忍不住，委屈的哭了出來。

「爹！娘！周瑾娶的那個婆娘簡直太狠了！她竟然派家將將兒子摁在水裡折磨，兒子差一點就被他們給淹死了！他們還說，以後兒子再去他們府上，去一次就淹兒子一次，嗚嗚……若是還不行，就將兒子直接扔到糞坑裡去！」

「什麼？打你的竟然不是周瑾？是他媳婦？」一旁的周旺業聞言驚訝的問道：「那周瑾那小子呢？還有怎麼就你自己回來了？你祖父、祖母呢？」

「可不就是那婆娘嗎？我和祖父、祖母自始至終就沒見到周瑾！就連我三嬸都只是露了一面就不見了……本來一切都還好好的，可周瑾媳婦聽說我們來了，就讓人傳了信兒回來，讓府裡家將打我。打我的那家將還說，他的腿就是被我弟耀哥兒害瘸的！說雖然他們頭兒已經將我弟調到福建先鋒軍打倭寇去了，但他還是覺得不親自打他一頓難消心頭之恨，可如今我弟已經在路上了，他也摸不著，就只能打我這個做哥哥的一頓，權當解氣了！」

周珠越說越委屈，又大哭出聲。「嗚嗚……娘！爹！你們說，明明是我弟害他的，他打我做什麼啊？簡直太不講理了！還有周瑾那小子，當年也是你們要害他們，我又沒參與其中，為何要對我如此啊？」

「你說什麼？耀哥兒被他們弄到福建去了？我怎麼不知道？老天，這是什麼時候的事啊?!」孫氏一聽小兒子被周瑾弄到福建先鋒營去了，心疼地驚呼一聲，然後雙眼一翻就暈了過去。

周旺業此時卻沒空搭理他大嫂，又對周珠問道：「你祖父、祖母呢？你被趕出來了，那他們呢？他們怎麼樣了？」

「他們倒是好著呢。」周珠忍不住撇嘴道：「周瑾媳婦的那個管家陪房說，以後我祖父、祖母就由他們府裡負責贍養了，不用我們再操心了。他們保證會錦衣玉食的照顧周全，只是我們這些當年欺辱過他們主子一家的所謂兄弟姪兒們，既然已經跟他們府上分了家，那以後就休想再登他們周府的大門！那僕婦還說，若是我們家不怕全都被扔回遼東去，就儘管來試試。」

「照這麼說，那小子的光豈不是就只有你祖父、祖母能沾上，我們都沒分兒了？」周旺業咬牙切齒地問。

「嗚嗚……反正我是不敢再去了！」周珠聽了，想起今天自己受的罪，忍不住又哭道。

「呵呵，爹，您老還在這兒作什麼白日夢呢？還想跟著祖父、祖母去沾光？大堂兄這個當年沒有動手的，都被打得尿褲子，我們父子這種當年直接得罪過他們的，去了還能落著好不成？」一旁的周環忍不住又譏笑起來。

當年，雖然是他娘挑起的事，可若沒有他祖父首肯，他娘就是再恨他三嬸一家子，也不敢真的對他們動手。

結果……到最後，所有的罪過都讓他娘背了，他娘為此丟了命不說，他的手也因此徹底廢了！而他祖父卻片葉不沾身，除了被迫同意將周瑾一家分出去外，什麼事也沒有！

如今倒好，又是這個結果。他祖父、祖母跟著周瑾一家去吃香喝辣，徒留他們在這兒承受周瑾的仇恨，憑什麼啊！

周瑾知道周老爺子夫婦來家裡鬧事後，本來是想回家看看的，但因為清明節就要到了，承乾帝要親去太廟祭祀天地，不但宮中的護衛隊要隨行，他們營也要派兵戒備，因此忙得實在抽不出時間來。

他忙，他媳婦也為此事在忙，所以兩口子誰都沒空回去，但知道楊嬤嬤已經將那老兩口嚴密的看管起來後，周瑾也就放了心。

等祭祀儀式結束後，周瑾才終於有了空閒，就打算趕緊回家一趟。

卻沒想到在回家的半路上，被擁擠的人群給擋住了。

聽動靜，好像是前面有人打起來了。

周瑾本想，反正這裡又不是內城，出了事也不歸他媳婦管，不願意多管閒事，就想帶著自己的兩個親兵繞路回去。可就在這時，人群中卻突然有人高喊。「唉唷！打死人了！宋義的老娘要被打死了！」

周瑾聽了，一下子回過頭。

如果他沒記錯，當初流放時對他家頗為照顧的宋衙役的名字就叫宋義，雖然難免有同名同姓之人，但聽到這話的周瑾還是決定去看看。

結果，等他越過人群走上前後，就先看到了一個熟人，就是曾經的宋衙役的手下，李茂。李茂此時正幫忙救治他們頭兒的娘，一抬眼就看到了周瑾，也立刻就認出了他。

不怪李茂會注意到他，周瑾今兒因為急著回府就沒有換甲冑，牽著駿馬帶著手下走過來時，那渾身的氣勢讓人很難不注意。

「周瑾？」李茂在認出周瑾後忍不住脫口而出，但隨後就看出周瑾身上的甲冑是三品武將才能穿的，忍不住又瑟縮起來，覺得自己應該是認錯了人。

周瑾那小子再厲害，也不可能只用幾年就從一個流放犯成為三品大員啊！

結果卻聽周瑾朝他喊道：「衙役小哥！」

李茂愣了。

這世上用這麼奇怪的稱呼喚他的，除了周瑾那小子就再沒有別人了！流放路上他總是稱呼他們頭兒為衙役大哥，喊他衙役小哥。

李茂這才確信，眼前之人竟然真的是周瑾。

「周瑾，真的是你？你……你竟然……」

李茂指著周瑾身上的甲冑震驚道，卻被周瑾給打斷了。「李小哥，到底出了何事？我怎麼隱隱聽見是宋大哥的娘出了事？」

在這裡看到李茂，周瑾已經確定剛才出事的就是宋衙役的娘了，因此急忙問道。

「啊？噢，對！周瑾……不，周將軍，你快幫幫我們頭兒吧！他們一家可太慘了！」李茂聽周瑾話裡有想幫忙的意思，頓時覺得有了希望，忙指著對面一群凶神惡煞的家丁道：「就是他們，說我們頭兒打傷了他們的人，將頭兒捉進了大牢，如今他們又說嫂子在和頭兒成婚前就已經被她爹娘賣給了他們府裡，是他們府裡的奴婢，非得將嫂子捉走。大娘為了阻攔他們，被他們推倒在地上，磕得暈了過去，眼看著就要不行了！」

周瑾聽了就忙看向李茂旁邊，有一個極貌美的婦人抱著懷裡已經不省人事的老人，而婦人正抱著老人哭得梨花帶雨，聲聲喊著娘。

這老人想必就是宋衙役的娘了。

周瑾見老人的傷的確不輕，覺得這時候還是先救人要緊，因此就急忙吩咐自己身旁的親兵道：「唐彥，你趕緊騎馬去請個大夫過來！六子，你去找塊板子來，這地上太涼，我們還是先將老人家抬到屋裡去。」

周瑾並不知道老人磕傷了腦袋的哪裡，怕劇烈晃動對她的傷勢有影響，就想著用板子做成擔架，在大夫來之前，先將老人抬到屋裡去。

美貌婦人聞言，忙指著幾步外自家院子，朝李茂道：「李茂兄弟，我家牆邊正好有幾塊木板。」

李茂聽了忙帶著周瑾的親兵六子，過去宋義家找板子了。

然而，就在眾人幫忙將宋義之母梁氏抬上木板，準備先挪到屋裡炕上時，剛才跟梁氏等人爭執的幾個家丁卻攔住了眾人的去路。

一個四十來歲管事模樣的男子上前一步，一臉輕蔑的朝周瑾拱手道：「這位將軍，小的們乃肅國公門下，奉肅國公世子之命前來辦事，將軍確定還要多管閒事嗎？」

肅國公藍庭嗎？若是肅國公府找宋衙役家麻煩，那還真有點棘手呢……

不光是因為這位的爵位高，還因為這位是朱熙的親舅公，鄂國公夫人的親兄弟，要從朱熙那兒來論，兩家還真有點拐著彎的親戚關係。

而且肅國公在軍中的威望可是相當高，也因此，肅國公府的丁管事才會對周瑾如此輕蔑。

就算是三品武將又如何？平時他們府上的座上賓哪個不是一、二品？全大燕又有哪個不長眼的武將敢得罪他們肅國公府？

周瑾也確實不想得罪這位，因此聽了就朝面前的丁管事客氣道：「這位管事，小子乃龍驤營指揮使周瑾，今日之事小子雖還不明前因後果，但這宋家確實與小子有些交情，況且如今宋老夫人又傷重至此，可否容我們先救人，待會兒再論其他？你放心，事後小子定親赴府上，給肅國公、世子說明緣由，斷怪罪不到眾位身上。」

周瑾自覺這番話已經說得很客氣，要求也不高，只是讓雙方先停手救人而已，覺得對面的管事聽了，怎麼也會給他些許薄面。誰知那位管事聽完猶豫了一下，同意他們救治宋義他娘，卻還是執意要先帶走宋夫人。

唉！還真是應了他弟那句，他們站得還是不夠高啊！

雖然在一些人眼裡，周瑾這個三品大員，承乾帝新任心腹已經夠貴重了，但在開國功臣，曾憑一己之力掃平過西番、蒙古諸部，將韃靼、瓦剌等趕得往後遷都幾百里的肅國公眼裡，他這個小小龍驤營指揮使還真是不夠看。

那肅國公門下門生義子們，比他職位高的人比比皆是，當年要不是他告病退出，遼東換了守將，借韃靼、瓦剌幾百個膽子，他們也不敢犯邊。

但宋徜役在流放路上時，對他確實多有關照，如今在沒查明事情真相的時候，讓他先交出宋夫人，周瑾也確實辦不到。

因此，這位戰功赫赫的肅國公，他不想得罪，也只能先得罪了。唉！

周瑾不肯讓丁管事帶走宋義的夫人柳氏，丁管事再囂張也不敢真的對周瑾這個三品武將動手，而且，看周瑾的氣勢，就算動手他們也不一定能打贏。

身為肅國公府管事，丁管事對周瑾這個新任龍驤營指揮使，自然也是聽說過的。雖然他瞧不起周瑾的官位，覺得他敢得罪他們世子簡直是自找不痛快，早晚有他給他們世子下跪求饒的那一天，但對周瑾的功夫，丁管事卻不敢小覷。

這位可是帶著三百兵士就敢偷襲韃靼、瓦剌大本營，帶著一百侍衛，就擋住了胡相集團一萬多兵的人物！

就連他們國公私下都讚過這位，說他有他年輕時的影子。

因此，見周瑾執意不肯放人，丁管事也沒有別的辦法，就只能先帶著眾家丁回去覆命了。

第六十三章

這時候，周瑾的親兵唐彥也帶著大夫到了，進屋替梁氏檢查了傷勢。最終診斷梁氏只是磕暈了過去，並沒有傷到腦袋，過幾個時辰應該就會醒，再吃幾服藥，好好靜養些日子應該就能好，眾人聽了這才鬆了口氣。

到這時候，周瑾才有空問起宋家同肅國公府結怨的緣由。

卻原來，宋義自從那次押送完周瑾等人回京後，就用周瑾送他的香水瓶子為自己謀求了一個巡檢的差事。雖然因這差事被調來了外城，但能統管著一個巡檢司和巡檢司裡的十幾個衙役，也算有了自己的一方小天地得以施展。又因為這巡檢司的差事主要就是負責盤查過路行人、商戶這些，平日裡的油水雖不如當初幹押送時多，但也不算少。

而且，這差事比押送犯人的差事輕省安全，因此宋衙役對這個職位很滿意，還特意又打點一番，將自己得意的下屬李茂也給調了過來。

這幾年宋義在這個差事上幹得可謂是兢兢業業，再加上他性子本就圓滑，跟上下級相處也都挺好，所以，這幾年的日子過得著實不錯。不但在城外買了座大宅子，將老娘從老宅接了過來，去年，還娶了個極貌美的媳婦兒，就是眼前的柳氏。

宋義本以為等他和柳氏再生個孩子，就可以過上老婆孩子熱炕頭的舒心美滿的生活了。

但天往往不遂人願。半個月前，柳氏聽到娘家兄弟送來的信，說是她從小賣身到肅國公府的同胞姊姊突然得了時疫死了，國公府開恩賞了五十兩喪葬銀子，讓家裡人領了骨灰回去安葬。

柳氏娘家的哥哥有些呆傻，兩個弟弟又還小，父母又是一輩子都沒怎麼出過村子的老實農戶，因此就捎信來，讓女婿宋義陪著柳氏的大弟弟，代表他們家去肅國公府將柳氏姊姊的骨灰並銀子領了。

柳氏接到信後，想起和阿姊短暫相處那幾年姊姊對自己的好，就想跟著宋義同去。宋義極疼自己這個媳婦，因此也就同意了。

卻沒想到因此為家裡招來了大禍！

當幾人領著柳氏姊姊的骨灰從肅國公府往外走的時候，正好碰上了從外面赴宴回來的肅國公府世子藍人豪。藍人豪一眼就看見了美貌的柳氏，登時就靠了過來，藉幾分酒意對柳氏百般言語調戲。

宋義不敢得罪狠了這位，只得忍著氣，一邊將柳氏護在身後，一邊好言好語說了半天好話，加上國公府的幾個奴僕也攔著，才得以帶著妻子回家。

夫妻倆本以為此事就算過去了，那國公世子什麼樣的美人兒沒見過，多半也只是因為喝醉了才調戲柳氏。誰知幾天後，肅國公府的管事竟然找到了宋義的巡檢所，說以一個富足地方的縣丞之位，外加五百兩銀子，換宋義同柳氏和離。

這明擺著是讓宋義賣媳婦啊！他怎麼可能同意？因此當即就嚴詞拒絕了，但當時宋義就覺得要不好，這肅國公府哪裡是他們這些小人物惹得起的？

因此回家後就跟老娘並柳氏商量，想辭了巡檢的差事，一家子回鄉下老家暫避些時日。

梁氏和柳氏自然都聽宋義的，婆媳倆都覺得只要一家子和美，在哪兒過日子，有錢沒錢都沒什麼要緊。但宋義的辭呈還沒遞上去，就又出了事。

當天他們在路口依律巡檢的時候，宋義的一名屬下來報，說是有一輛馬車形跡十分可疑，怕是車上裝有違禁的物品。

宋義聽了就親自帶幾人過去查驗，誰知那趕車之人見宋義等人過來後，突然就奮起反抗，朝宋義就撲了過來。宋義倉皇之下，只能掏出腰間鐵尺想將此人制住，誰知打鬥過程中也不知怎的，那人就突然倒地，渾身抽搐起來。

隨後，肅國公府就來了人，說是倒地的人是他們府裡莊子的僕役，今兒是給他們府裡送莊子的菜蔬的，卻被宋義無故盤查，勒索財物不成，還給重傷了！

又有那個去叫宋義的衙役帶著幾個衙役作證，親眼看見宋義傷人，宋義百口莫辯，當即就被收押了。

到了這時候，宋義哪裡還會不知道，自己這是被肅國公府的人給陷害了。但他一個小小巡檢，又哪裡鬥得過權勢滔天的肅國公府？只能在被帶走的時候，示意趕來的李茂趕緊回家幫他通知家人，想讓媳婦、老娘趕緊跑。

但李茂剛跑到宋家，想要帶著梁氏婆媳倆先去他家躲幾天的時候，肅國公府的人就找了過來，堵在路口不讓他們走。還說柳氏其實就是她死去的姊姊柳豔，於一年前從他們府裡逃脫了，屬於他們府上的逃奴，就要將柳氏捉回去。

宋義的娘梁氏為護著兒媳婦，就跟那群家丁爭執起來，結果被一個家丁一把推開後，跌倒在青石地上，摔了個頭破血流。

再然後，周瑾就到了。

周瑾聽完柳氏和李茂的訴說，覺得這肅國公府世子還真是以權壓人的典範啊！連迂迴都不講，用錢和官位買不行，就直接用搶的！那所謂的柳氏就是她姊柳豔的說法，怕是連小孩子聽了都不信吧？他們卻就這麼堂而皇之的使了出來，想來是已經買好了人證、物證……

只是，藍人豪幹的這一切，他爹藍庭到底知道不知道呢？

「李小哥，煩你去找輛車，再同我這兩個親衛將宋大娘和嫂子都先送到我家裡去，暫交給我娘安頓。」周瑾朝一旁的李茂道，又朝一臉驚慌的柳氏安慰了幾句。「大嫂放心，這事我既然管了，就不會中途撂下不理。妳們先去我府上暫避幾日，等我先去見見宋大哥，再想想這事該怎麼解決。」

柳氏如今已經慌得不行，見周瑾肯為自己家出頭，又有李茂在一旁擔保，說周瑾是個有情義的，哪裡還有什麼不應的？當即就收拾了一番，帶著婆婆跟著李茂並周瑾的兩個親兵走了。

周瑾也沒有閒著，先託關係去牢裡看了宋義一眼，見他並沒有受什麼刑，也就放了心。有牢頭看著，周瑾也不好同他多說什麼，只簡單說了幾句家裡都好，讓他放心，自己一定會想辦法幫助他。

宋義怎麼也沒想到，當初流放路上對周瑾一家的些許恩惠，竟然換回周瑾這麼大這麼多的回報，按理，周瑾送給他的那個琉璃瓶子已經足夠償還一切了。

但這個離別時笑著同他說：「弟弟若熬過這段狼狽，再相見時，定與大哥把酒言歡」的少年，竟然真的熬過了那段狼狽，在他們一家最無助、最需要幫助的時刻，來拯救他們一家，救他們於水火之中了！

宋義感動得涕泗橫流，直接跪倒在地，非要給周瑾磕一個頭不可。

周瑾大驚，忙隔著牢房的欄杆想要把他拉起來，誰知宋衙役卻趁起身之際，朝他耳邊輕聲說了句。「柳氏那兒有東西，我私下叫她寶兒。」

本來周瑾看完宋義後，還想去宮門口給朱熙遞封信，讓他明日跟著自己去趟肅國公府，看能不能在不得罪肅國公父子的前提下，將宋義的事給解決了。就算肅國公父子再看不上他這個三品武官，五皇孫和鄂國公夫人的面子總得看吧？

但因為宋義突然偷偷跟周瑾說柳氏那兒藏有東西的話，周瑾實在好奇這個東西是什麼，因此就沒有去宮門口遞信，而是直接回了家。

只不過到家後，他先藉著回屋換衣裳的時間，去了趟空間，給他妹留了封信，讓她告訴朱熙，明日過來找他一趟。接著帶著也正好回家來的沐青霓，去了柳氏婆媳倆住的院子。

鄭氏在得知柳氏婆媳倆竟然是宋徜役的娘和媳婦時，感念宋徜役當初對他們一家的照顧，對柳氏婆媳十分熱情，不但給兩人安排了一個單獨的小院子，還撥了兩個婆子給兩人使喚。

周瑾帶著媳婦進了柳氏婆媳住的院子後，就屏退了兩個婆子，直截了當的跟柳氏說了宋義告訴他的話，問柳氏藏下的是什麼東西？

柳氏卻狐疑的看了周瑾一眼，並沒有吭聲，顯然不太相信他。

好吧，看來宋徜役後面跟他說的那句，的確是他們夫妻間的暗號了……

周瑾不好意思直接將宋徜役私下稱呼柳氏的話說出來，想了想，就在自己媳婦耳邊說了句，想讓她再去小聲的傳達給柳氏。結果沐青霓性子直，聽了直接朝柳氏大聲道：「妳夫君說了，他私下裡跟妳一塊兒的時候，叫妳寶兒。」

周瑾登時揉了揉眉心，帶著歉意地看向耳朵都紅了的柳氏。

柳氏手裡的東西，是從她姊姊的遺物裡找到的一小塊絹布。

因為柳家就她們姊妹兩個女兒，所以從肅國公府回來後，柳氏就將姊姊柳豔遺物中的幾件貼身小襖和裙子留了下來，想著拆洗後就放起來，好留個念想。結果拆洗的時候，就在柳豔的衣物裡發現了這塊薄薄的絹布。

柳氏並不識字，但看絹布上的字是用血寫的，又被她姊藏在貼身小襖的棉花裡，本能的感覺這絹布應該是極其重要的東西，因此誰也沒敢告訴，只在宋義晚上回家後，悄悄的拿給他看。

誰知宋義看到後面色遽變，千叮嚀萬囑咐柳氏千萬不要將她發現絹布的事說出去。不但囑咐她將那絹布藏好，還讓她第二日拿著她姊那些遺物並一些貢品紙錢，大張旗鼓的去廟裡作了場法事，將所有東西都當眾焚化了。

柳氏一直想問那絹布上寫了什麼，但宋義說什麼也不肯告訴她，還說這事一旦被人知道，他們一家誰也活不了。

看他這麼慎重，柳氏就不敢再問了。

再然後，肅國公府的人就找到了宋義的巡檢所，跟他提了想用銀子和縣丞的官職換他跟柳氏和離的事。

柳氏最後猶豫著說，宋義之所以想捨棄一切躲到鄉下去，固然跟肅國公府威逼欺壓他們有關，但跟那塊絹布似乎也有些關係。

周瑾和沐青霓聽了，就對那絹布上寫了什麼更好奇了。當柳氏拿出來遞給他們時，就急忙接過來看，結果就見那絹布上用血書寫著幾個歪歪扭扭的字，一看就是平常沒怎麼寫過字的人寫的——世子虐殺女人，皆●在成外壯子！

周瑾和沐青霓看後亦是大驚失色。

雖然這兩句話中有的字應該是不會寫，糊成一團，還有幾個錯字，但周瑾和沐青霓還是看懂了話裡的大概意思。

「世子虐殺女人，皆埋或關在城外莊子！」

當天晚上，周瑜帶著朱熙進去空間，照例看她哥有沒有給她留信，順便給朱熙那貨放兩集她哥存電腦上的西遊記的時候，就發現她哥和她大嫂正坐在空間裡等著他們呢。

一臉興奮的朱熙見了周瑾夫婦，臉立刻垮了下來，覺得今晚的西遊記肯定又要沒戲了。啊啊啊！他才剛看到唐僧師徒到了白虎嶺，馬上就要遇到白骨夫人了，怎麼能這時候停了？他都盼了一天了，好不容易等到晚上，怎麼可以不讓他看啊？

周瑾看朱熙那副抓心撓肝的樣子，就納悶的問他妹。「他怎麼了？」

「別理他！」周瑜不耐煩道。

說起來，這事也是怨她！

那天，她帶著朱熙來空間的時候，突然記起這貨第一次被她帶進空間時，曾經把他們兄妹當成精怪的事。便一時心血來潮，手欠的打開她哥的筆電，給他播了一集她哥存在裡面的西遊記。

她本意只是想嚇嚇這貨，讓他看看劇裡的妖精長什麼樣，結果這貨就看上了癮。鬧得現在每天幹麼的心思都沒了，就盼著天趕快黑，好進來空間看西遊記。可問題是別人並不知道他是因為想看西遊記才盼著天黑的，都以為他是想……

「唉！」周瑜又朝朱熙翻了個白眼。

因為這貨的不遺餘力和韓妃的賣力宣傳，她本來好一些的名聲，現在又從狐媚子朝狐狸精在轉變了！

還是隻善妒的狐狸精，成天只知道霸著朱熙這個睿親王不說，睿親王想親近旁的女子她也不讓。就連韓妃這個母妃送給睿親王的兩個宮女都被她打發得遠遠的，屋裡只留幾個年老嬤嬤和相貌平平的宮女伺候，深怕別人奪了對她的寵愛。

周瑜對於這些傳言雖是不屑一顧，但對於害得她被這種流言侵擾的朱熙也是厭煩。

因此，她懶怠再看這貨幽怨的眼神，只朝她哥問道：「哥，你和大嫂可是在等我們？是不是出了什麼事？」

難道兩人又吵架了？

周瑾納悶地看了一眼一臉怨念的朱熙，但又想想，覺得就算吵架他妹也吃不了虧，因此也就不再管二人之間的機鋒，指著自己對面的座位，道：「是出了點事，坐下說吧。」

等周瑜拉著朱熙坐下，周瑾就坐正了身子，想跟兩人說說肅國公府和宋義的事，然後大家再一起商量怎麼辦。結果就見朱熙雖然被周瑜拉著坐下了，但注意力根本沒在這邊，眼睛一個勁兒的朝一旁他的筆電上瞟。

這貨到底在心神不寧個什麼啊？

周瑜閉了閉眼，強忍著怒氣朝朱熙威脅道：「你要是再不好好聽我哥說話，整日什麼都不好好做，就惦記著看電視，以後那西遊記你就再也別想看了！」

天啊！這貨簡直太丟人了！她都不想要他了怎麼辦？

「噗哧！」周瑾沒想到朱熙一直神不守舍的原因，竟然是因為看西遊記看上癮了，忍不住笑了出來，看他妹被這貨氣得都要爆炸，就更想笑了。

哈哈，朱熙這貨要是擱後世，肯定是妥妥的網癮少年，而他妹就跟那些網癮少年的家長似的。哈哈哈，攤上這麼一位，這下他妹可有得煩了！

結果，他這邊剛笑完，他旁邊的媳婦就一臉興趣的朝他問道：「何謂看電視？西遊記又是什麼？是你們那個世界的新鮮玩意兒嗎？很好看嗎？」

周瑾一下子感覺不妙起來。

「西遊記講的就是唐三藏帶著三個徒弟去西天取經的故事。」朱熙一聽沐青霓問起西遊記，立刻精神了，不等周瑾開口，就先朝沐青霓滔滔不絕的說了起來。

沐青霓聽得津津有味，雙眼亮晶晶地問道：「你說的是新話本嗎？」

「不，是電視劇，是阿瑜他們那個世界的東西，就跟我和阿瑜拍的那些照片似的，但是是會動的照片，可比話本子好看太多了！裡面的妖怪就跟真的妖怪長得一樣，裡面的人還都會飛，會變不見！要不是阿瑜告訴我那都是假的，是人演的，我第一次看的時候，還以為那些妖怪會從那個呃……電腦裡跑出來呢！」

朱熙興奮得手舞足蹈，跟沐青霓比劃著，沐青霓越聽眼睛越亮，難得搖著周瑾手臂央求道：「阿瑾，我也要看那……電視劇！」

周瑾難得見自己媳婦這般小女兒模樣，一顆心頓時化成水，忍不住寵溺的摸摸沐青霓的頭頂，朝她耳邊溫聲道：「好，妳乖，先稍等一會兒，等我們說完正事。今天晚上相公有更好的東西給妳看，保證比那西遊記好看一萬倍。」

嘿嘿，為免他媳婦也看西遊記看上癮，周瑾決定今晚先給她看點別的適應適應，他另一部電腦裡可存著不少好東西呢……

周瑜看她哥盯著她大嫂那一副色迷迷的樣子，知道那所謂更好的東西絕對少兒不宜！比西遊記還好看一萬倍的東西？那得多好看啊！朱熙聽了急忙也學沐青霓搖著周瑜的手臂，央求道：「阿瑜，我也要看那東西！」

「看你奶奶個看！」

周瑜憤怒地揚起拳頭一頓暴揍。

第六十四章

在周瑾兄妹或溫柔或暴力的鎮壓下，朱熙和沐青霓終於不再執著於看電視劇，而是認真聽周瑾說起今天發生的事來。

朱熙在聽說宋義一家的遭遇後，雖然氣憤於他表舅的仗勢欺人，但還是替這位表舅說了幾句好話，打包票說自己明兒就去肅國公府，一定讓他表舅將宋義給放了。

但聽到柳氏姊姊留下的絹布上的字的時候，朱熙震驚了。

「不可能！我表舅那人平時雖然愛胡鬧些，但絕對幹不出這種禽獸不如、殺人害命的事來的。」朱熙不可置信道。

「知人知面不知心，在我看來，你那個表舅也不是什麼好東西。」沐青霓對朱熙的話嗤之以鼻。

在她耳朵裡聽到的，那個藍人豪除了會欺男霸女，也沒幹過什麼有用之事，還不如肅國公門下的那些義子們，好歹也算為大燕征戰沙場，立下過累累戰功。

朱熙見沐青霓都這麼說，一下子不確定了。

「朱熙，要是你這位表舅真的殺了人，還是些手無縛雞之力的女人，你怎麼辦？」周瑾朝朱熙問道。

藍人豪可是鄂國公夫人的親姪兒，肅國公府又一直是站在朱熙這一邊的，平日對他也是多有照顧。

朱熙頓時沈默了，良久後，才沈聲道：「若果真如此，那也是他咎由自取，我定不會包庇！」

「好！」周瑾拍拍朱熙的肩膀，對他的回答很滿意。

真說起來，他這個妹夫除了身分尊貴、長得好，別的還真是哪兒都平常，但心地很好這一點，是誰也比不上的。即使生下來就有著金尊玉貴的身分，又被韓妃故意養廢了幾年，但也只是養成了一個看著紈袴，但心地依舊良善的表面紈袴。

在遼東時，雖然這貨天天跩得跟個二五八萬似的，但對於村人，倒也未曾吆五喝六過，一直都表現得挺隨和有禮的，而且每次出門，都會想著給村裡那些老人孩童帶些吃食之類的回來。

他妹曾跟他說，韃子過來打草穀那次，他們被韃子層層包圍，眼看著就要被殺的時候，即使這貨嚇得抖得跟篩子一般，也沒想過投降或者說出自己皇族身分以求活命，更在韃子向他們撲來的時候，也還記得自己是個男人，將他妹給護在身下。

在複州城時，為了護住身後的百姓，這貨也曾挺身而出，奮勇抗敵，悍不畏死。在履行皇族子弟的責任方面，其實這貨做得一點也不比他那些叔叔兄弟們差，甚至比他們做的都還要好！

所以，這可能也是他妹喜歡他的原因吧？

於是，周瑾道：「我看這樣，我和青霓先去查查那肅國公府城外的莊子，若果真如那絹布上所言，藍人豪的確幹了這殺人害命的事，那也只能按律行事了。不過，此事畢竟涉及到肅國公府世子，肅國公是你的親舅公，他們府裡和你的關係又一向親近，依我看，這件事你和阿瑜就不要參與了，省得到時為難。」

雖說周瑾不希望周瑜他們摻和，但在他們夫婦派人悄然查探肅國公府在城外的幾處莊子有沒有異樣的時候，朱熙和周瑜反倒先他們一步見到了肅國公世子藍人豪。

這天，是鄂國公的忌日，每年的這天，只要朱熙在京都，都會親自去鄂國公府的祠堂，給他那個記憶裡都已經模糊，卻在逝世後依然用餘蔭守護他的外公上一炷香。

今年，是朱熙成親的第一年，自然要帶著自己的媳婦去給他外公看看。

夫妻倆的馬車一到鄂國公府門外，府裡的總管常升就帶著幾個僕人迎了出來，領著朱熙夫婦朝祠堂走去。

「升伯不用跟著我們了，這府裡我是來慣了的，又不是不認得路，自去便可。再說，我也想跟外公單獨說說話。」朱熙朝常升笑道。

常升聽了就應了聲「是」，帶著眾僕人下去了。

因為鄂國公夫人在朱熙成親後就已經搬回老家居住，所以如今的鄂國公府僅有常升帶著幾十名老僕看守，雖然整理得依舊恢宏整潔，但因為沒有主人，一路行來，難免給人蕭索之感。

朱熙攜著周瑜朝祠堂走去，因為被這蕭索的氣氛感染，夫妻倆都沒有心情說話。卻沒想到就在兩人快要走到祠堂的時候，朱熙卻突然聽到有人喚他。

「熙兒！」

朱熙回頭去看，就見肅國公藍庭帶著兒子藍人豪站在他們剛路過的垂花門前，開口喚他的正是肅國公藍庭。

朱熙見了急忙帶著周瑜迎了過去，對肅國公行了一個晚輩禮，喚了聲「舅公」。

又帶著周瑜同兩人一一見了禮。

因為周瑜成親時只見過肅國公夫人並世子夫人幾個女眷，並沒有見過肅國公同藍人豪等人，等見完禮後，就忍不住悄悄打量起二人來。

傳聞中的大燕戰神，肅國公藍庭長得很是普通，就是個五十多歲黑瘦老頭模樣，若不是身上的衣裳華貴，擱在人群裡一點都不顯眼。反而是他的兒子藍人豪，因為隨了姑姑鄂國公夫人的長相，看著倒是一表人才的樣子。

乍一看，跟同樣繼承了母親容貌的朱熙也有些相像，不過細看後就會發現，朱熙的眼睛更偏杏仁一些，睫毛也更濃密一些。而藍人豪的眼尾卻有些微微上揚，露出的眼白就有些多，黑眼仁就少，給人一種冷漠無情，略顯凶狠的感覺。

當然，周瑜有這種感覺，也可能跟她先入為主覺得藍人豪可能是個殺人犯有些關係。

周瑜在打量肅國公父子的同時，肅國公父子倆也在打量她。

父子倆此時都在想，眼前這女子相貌雖然還不錯，但遠沒到絕美的地步，甚至都沒有朱熙自己好看，是怎麼做到將朱熙這個親王給迷得五迷三道的？讓這兩年好不容易出息了不少的睿親王，又回到以前甘為平庸的模樣。

這樣的睿親王是肅國公父子倆最不願意看到的！

朱熙見藍人豪一個勁兒的盯著周瑜打量，頓時不高興了，忙上前半步擋住他的視線，笑問道：「舅公和表舅也是來祭奠我外公的？」

肅國公聽了，才收回審視周瑜的視線，亦朝朱熙笑道：「嗯，每年的今天只要老夫在，都會過來看看姊夫，同他喝上一杯。沒想到今年倒是巧，正好碰上你們夫妻，如今你老大不小了，也都娶媳婦了，不如今兒就同舅公和你外公一起喝上幾杯如何？」

朱熙自然應好，於是眾人就一起朝鄂國公府的祠堂走去。

等祭拜完鄂國公，朱熙領著周瑜正要跟肅國公告辭，打算回去的時候，肅國公卻突然提出，說他想單獨跟朱熙談談。

言下之意，他們的談話不想被周瑜聽到。

周瑜在心裡翻了個白眼，跟朱熙說了一聲她去祠堂外等他，就率先朝外走去，邊走邊腹誹：跟誰愛聽你們說話似的？我就是不聽，也知道你老人家是想唆使我夫君爭一爭那位置！

可惜啊可惜，我夫君就是條鹹魚，除了躺平和盡快領了封地去就藩，其餘的什麼都不想幹。

藍人豪見周瑜率先出去，也跟著走了出去，出去前，還順手將祠堂的門給掩了。

見周瑜自覺的離了祠堂十來丈遠，在一棵樹旁擺弄著自己腰間的香囊玩，就放了心，也站到了祠堂的院子裡，一邊守著祠堂，一邊饒有興致的繼續打量起眼前這位睿王妃來。

他十分想知道這女人是靠什麼蠱惑住朱熙那小子的？床上的手段嗎？

周瑜眼角餘光看見藍人豪盯著自己時，那雙毫無顧忌，如同毒蛇般的眼睛，心中忍不住一陣惡寒，她現在越來越感覺這人就是個變態了。

她忙將身子轉了轉，朝著樹後又挪了挪。

這樣的變態，還是留給她大哥、大嫂收拾吧，她再多看他一眼雞皮疙瘩都要起來了，隔夜飯都能吐出來！

但沒想到她越躲，那變態反而越是湊了過來。

周瑜忍不住掏出袖子裡的帕子，朝他揮舞，試圖阻止他，豎眉道：「你別過來！」

藍人豪直接被她這副色厲內荏的勁兒給逗笑了，突然有些明白朱熙那小子為何喜歡這丫頭了，這股俏皮勁兒，還真是有些可人疼呢！若是挨上兩鞭子……也不知道還能不能俏皮起來？

「呵呵，外甥媳婦怕什麼？難道我這做表舅的，還能對妳怎麼著不成？」藍人豪半仰著頭，背著手，自以為英俊的朝周瑜調笑道。

「打住！這位長輩，怕是你有些什麼誤會吧？我可不是怕你啊！我是看見你——想吐！」

周瑜又揮舞帕子嫌棄道，看藍人豪那副油膩的樣子，忍不住真的乾嘔了一聲，差一點兒就將今天的早飯給吐出來，氣得又朝藍人豪罵道：「你可躲遠點吧！你說你好歹也是國公府世子，怎麼就這麼……臭呢？」

藍人豪見她如此，一張臉頓時變得鐵青猙獰起來。

這貨要不是個變態，她周字倒過來寫！

「阿瑜，妳等急了吧？」

就在周瑜猶豫要不要再罵藍人豪幾句時，朱熙從祠堂裡率先出來了。而藍人豪的臉也以肉眼可見的速度從青筋直冒，恢復成了笑容可掬。

呵！真是佩服，川劇變臉都沒你變得好！

周瑜見狀不禁腹誹。

「阿瑜，妳沒事吧？」

朱熙跟肅國公談話談了一半，才突然想起他表舅藍人豪可能是個殺人犯，因此三言兩語就結束了跟肅國公的談話，急忙跑了出來。這會兒見周瑜正一臉愕然的盯著藍人豪看，忍不住擔心地問。

周瑜看了一眼聽到朱熙的話後，神色顯得有些緊張的藍人豪，才朝朱熙笑道：「沒事，你和舅公談完了？那我們是不是可以走了？」

「嗯，談完了，走吧！」朱熙聽了就忙殷勤的牽了周瑜的手，淡淡的跟藍人豪打了聲招呼，牽著周瑜就走了。

惹得藍人豪陰狠的看了他們的背影一眼，才朝臉黑得跟黑炭似的肅國公道：「爹！是不是那小子不肯？」

「嗯，不但不肯，還讓我們也放手。還說什麼水滿則溢，月盈則虧，讓老夫要懂得知足！」肅國公臉色鐵青道。

「哼哼！爹，兒子說什麼來著？這小子自從遼東回來後就對我們家越發的不願意親近了，如今更是滿心滿眼裡都是周家人，再沒有旁人。要說這裡面沒有周家人挑撥，打死兒子都不會信！」藍人豪梗著脖子滿臉青筋的罵道。

睿王妃那賤人剛才真的惹怒他了，他早晚得讓她知道自己的厲害！既然朱熙那小子爛泥扶不上牆，那……

藍人豪忍不住又朝肅國公悄聲道：「爹，四皇子那裡？」

「不行！老子不是跟你說過了嗎？那更是一頭毒狼，一旦讓他得了勢，回過頭他第一個要除的就是我們父子！老子不管你是怎麼搭上他的人，趕緊給老子撒手，要不老子饒不了你！」肅國公聽了立刻朝兒子藍人豪怒罵道。

今上那些皇子裡，只有老四最像他，甚至青出於藍而勝於藍，比今上這個老子還陰狠能忍！

許多年前，太子還沒薨逝時，他就跟太子提過，那位就是個隱患，斷不能看他坐大，可太子當時自以為控制得住這個弟弟，並沒有把他的話當一回事。

肅國公的怒罵藍人豪卻並不懼怕，聽了反而也惱怒道：「那您說我們以後怎麼辦？太子已死，朱熙又是個扶不起的阿斗，什麼都聽他媳婦的。如今顯然那周家並不贊同他爭那個位置，我們若是再不找退路，難道就眼睜睜看著今上將我們藍家的軍權一點一點收回去？然後落得跟胡相一般的下場？您抱病的這幾年，我們已經丟了多少地盤，再這麼下去，誰還會跟著我們？」

「那也不能找旁人！除了朱熙，不管是誰上位，我們藍家都不會被信重，早晚也得被清算。與其那樣，還不如交了軍權，讓你的兩個兒子都棄武從文，再有軍中你那些義兄義弟們護著，就算將來新皇上位，也會有所顧忌……再加上見我們確實沒有反叛之心，應該也不會清算我們，好歹能保住闔家性命。」

肅國公閉眼嘆道，若朱熙那小子真的對那位置不感興趣，那麼他藍庭也只能認命，希望承乾帝看在他交出軍權的分上，放他們藍家一馬。

見他爹一副認命的樣子，藍人豪頓時急了，不死心的又勸道：「爹！您老戰功赫赫，難道真的甘心就這麼任人宰割？」

「行了！你不要再說了！反正無論如何老夫是不會轉投別的皇子的。若是朱熙執意不願意，那也只能這麼辦了。」肅國公沈聲道，不再搭理自己這個兒子，拂袖先往外走去了。徒留藍人豪在後面恨得咬牙切齒，一張臉如同夜色般陰沈起來……

周瑜夫婦從鄂國公府回來的當天晚上，就按約定去了空間，果然見周瑾兩口子正在裡面等著他們。

「哥，那藍人豪的事查得怎麼樣了？」周瑜剛坐下就直接問道。

「現在已經將目標鎖定在京郊的三個莊子上，但具體是哪個，暫時還確定不了，還要一一進去查看後才敢確定，恐怕得再費些時日了。畢竟，那可是肅國公府的莊子，不像那些普通的莊子，裡面住的也大都是以前跟著肅國公的老兵，個個都警覺得很。」周瑾嘆道。

「那不如我們直接跟蹤藍人豪試試？如果那兒真的是他殘害婦人的地方，那他本人總得過去吧？」周瑜提議道。

「這個我也想到了，也已經派人遠遠的跟著他了。但他最近幾天倒是老實，不是在京都活動就是待在府裡，根本沒有見他出過京都。」

「說不準是他已經改了？或者是我們冤枉他了呢？」朱熙懷著期望道。

「不可能，今兒那變態連我都敢調戲，肯定不是個能改得了的！」周瑜憤然道。

「什麼？他敢調戲妳！」

周瑜的話音剛落，朱熙和周瑾立刻同時憤怒的站了起來。

周瑾更是瞪著眼，揪住了朱熙的脖領子，朝他罵道：「有人當你面調戲你媳婦，你竟然光看著？」

「我……」

「哥，是我沒跟他說，怕他一激動惹怒那變態，反而壞了你們的事。」周瑜眼見她哥一言不合就要對朱熙揮拳頭，嚇得急忙站起來擋在朱熙前面，朝她哥道：「而且那變態也沒敢真的對我做什麼，就是眼神讓人噁心！不過我也沒讓他好過就是了，我已經在他身上撒了藥粉，那粉末只要沾在皮膚上一點，一個月內味道都不會散，且人是聞不出來的。我是想著，若是那變態去了城外莊子，一定會在那個莊子裡或路上留下那藥粉的味道，只要我們找隻擅長尋味的獵犬來，應該就能查到那個變態作案的是哪個莊子了。如今，就怕他不去！」

周瑾幾個沒想到周瑜竟然已經悄然做了這個，立刻都朝她讚賞的看了過來，但聽到她後面一句，又沈默了。

是啊，要是那藍人豪最近都不再作案，一直不去那城外莊子，那還真拿他沒有辦法……

「我覺得不會，狗怎麼可能改得了吃屎？我覺得那藍人豪一定會去的，而且我們也不會等太多時間，多半這幾天他就會去。」一旁一直坐著的沐青霓聽了周瑜的話就道：「昨兒我已經讓人去大理寺查了最近幾年京都失蹤女子的案宗，發現近三年失蹤的女子比前幾年加起來都多，差不多有將近百人了！其中有四、五十人都是西城附近的住戶，且年歲都在十幾歲到三十多歲之間。這些人，都有可能被藍人豪看見過，而最近幾天，又有兩個婦人失蹤了……所以，我覺得，這若是跟那藍人豪有關，那多半這幾天他就會去莊子的！」

「那我們還等什麼？我這就去找幾條好獵犬，派人喬裝去那幾個莊子附近看著。」周瑾立刻道。

第六十五章

與此同時，京都肅國公府，藍人豪正在跟自己的心腹幕僚抱怨。

「那四皇子的事老爺子不同意，你趕快將那過來聯絡的人打發走吧，以後都不要讓他們來了！」藍人豪憤怒地跌坐在椅子裡，朝那幕僚氣急敗壞道。

那幕僚聽了就笑笑，親自去旁邊給他倒了一杯藥酒過來，看他喝了，才笑著問道：「那老國公的意思還是想繼續靠著五皇孫？可五皇孫現在明顯沒有爭那個位置的意思啊？連今上讓他掌護衛營他都不幹，還能做什麼？如今，二皇子已經完了，三皇子又是個只知道做學問的，成年的皇子裡還有誰比四皇子更適合繼承大統的？」

「老爺子說了，以他對今上的瞭解，他是不會將那位置傳給四皇子的，要不，在二皇子壞了事後，他就該立四皇子為儲君了。他還說，若是朱熙不願爭那個位置，那我們家就誰都不靠了，直接將軍權交還給今上，從此一家子棄武從文，好指望著未來哪位上去了，放我們一馬。」

「那怎麼行？」那幕僚聞言這才大驚失色，忍不住聲音也起伏了起來。若是這時候讓承乾帝收回肅國公的軍權，那四皇子的打算豈不要前功盡棄？

若是承乾帝到時候再將這軍權給了將來的新帝，那四皇子可就真的麻煩了！

於是急忙朝藍人豪道：「一旦失了軍權，豈不任人宰割？老國公難道連這都不懂？」

「誰說不是呢？」藍人豪喝完幕僚遞過來的酒，腦袋往椅子後面靠了靠，身子也朝裡面挪了挪，然後就閉眼感覺著那酒的火熱氣息從喉嚨滑下，往丹田而去，然後整個丹田都火熱了起來。

藍人豪舒服的喟嘆了一聲，閉眼享受了一陣，才接著朝那幕僚抱怨道：「本世子已經勸了無數次，可奈何老爺子就是不聽啊！唉！如今我這個親兒子在他眼裡，可能還沒有他那些義子得用呢……成天見了我不是打就是罵，要不就是威脅要將我這個世子之位奪了，直接傳給他孫子。哼！我看他老人家是在家待了這幾年，膽子待得越發小了，人也變得糊塗了！若是依著他，這一家子就跟你說的那樣，等著被人按在案上宰吧！呵呵，沒準兒啊，我這國公的爵位還沒繼承呢，就沒了！」

那幕僚看他一副無所謂，只知道整日沈迷在催情藥酒之中，得過且過的樣子，心中頓時嫌棄得不行。

幸虧自己暗中已經投了四皇子，要不跟著這位爛泥，能有什麼前途可言？

但又想，雖然這位是個蠢的，但肅國公那廝卻老奸巨猾，如今看來他們主子想籠絡肅國公的法子是行不通了，那他們就只能用第二個辦法了。

想到這兒，那幕僚就故作一副著急的樣子朝藍人豪跺腳哀嘆道：「那世子就這麼眼睜睜看著？要知道，老國公已經六十多了，就算將來上位的那位想清算，也多半清算不到他老人家頭上。可您還年輕啊，到時候若是有抄家滅族的大禍，您可是要首當其衝的啊！」

「那你讓本世子怎麼辦呢？老頭子死活都不鬆口，難道本世子還能弒父不成？」

藍人豪聽了才終於睜開了眼，見眼前幕僚一副憂心忡忡的樣子，也煩躁的從椅子上坐直身子，終於也為自己的將來憂心起來。

這般逍遙享受的日子，他可還沒過夠呢！

「世子！您也說了，老國公如今怕是已經老糊塗了，他的決定未必就是對的。如今他老人家要一意孤行，您若是再不阻止他的錯誤決定，到時候不但藍氏全族都要受他連累，您這個世子和您的兩個嫡子，怕是連全屍都落不著啊！世子，現在可是到了關乎您身家性命的時候，您理應當機立斷啊！既然這肅國公之位早晚都是您的，那不如就讓他早點屬於您吧！」

那幕僚見藍人豪終於聽進了自己的話，忙又適時的湊到藍人豪耳邊低聲道。

藍人豪聽了這話，卻「啪」一聲，一巴掌搧在那幕僚的臉上，暴怒道：「操，你他娘的竟然真的想讓本世子弒父？」

那可是他親爹啊！再不喜歡他，也不能弄死他啊！

那幕僚卻似乎早就料到自己說完這話，藍人豪會發火，不躲不閃的硬生生挨了他一巴掌，半張臉頓時紅腫起來。

然後，就跟藍人豪打的人不是自己似的，依舊滿含著熱淚一副忠心的模樣，跪倒在地上，抱著藍人豪大腿哭道：「世子爺，您誤會小的了！小的跟了您十幾年，又怎麼會不知道您有多孝順啊？怎敢唆使您行如此大逆不道之舉？只是在小的心中，只有您和兩位小少爺的性命才是最重要的啊！嗚嗚……若是我們現在再不想法子，一旦老國公將軍權交出去，那可就什麼都晚了……」

那幕僚一邊抱著藍人豪大腿，一邊涕泗橫流。心中卻想：就算他真能挑唆得這貨弒父，他也不可能這麼幹啊！就憑這貨那點本事，又怎麼可能鎮得住肅國公手底下那些人？肅國公一死，手裡的兵權還不是要便宜了承乾帝？

「好了，你先起來吧，你對本世子的忠心，本世子還是知道的……」

藍人豪被他哭得亦有些動容，臉色也好了些，覺得這世上能如此為他著想的怕是就剩下眼前這個幕僚了，因此語氣就軟了些。

他又問道：「既然你不是唆使本世子弒父，那你剛才那話是什麼意思？」

那幕僚就等著他這句，聽了忙小心翼翼的爬起身，又朝藍人豪的耳邊道：「世子爺，小的知道有一種藥，吃了對身體並無妨礙，甚至還會減輕病痛的折磨，讓人十分舒適。但就是食用之後會使人上癮，以後一日不吃就會抓心撓肝的難受，到時候，只要你給他這種藥，讓他幹麼他都會依著你。老國公身上的舊傷無數，若是您能將此藥呈給他，就說是您尋獲的靈丹妙藥，老國公一定不會懷疑的。等到他老人家上了癮，卻只有您手中有這藥，那到時候還不是您說什麼就是什麼？」

這世上竟然還有這種藥？

藍人豪聽後眼睛頓時亮了。

如果能在不弒父的情況下，還能讓他父親都聽他的，那可真是太好了！

到了這會兒，似乎只要不讓他弒父，讓他做什麼他都覺得能接受了。

於是藍人豪猶豫的問道：「你能確定這藥於身體無礙？」

「小的確定這藥於身體無礙，若是世子不相信小的，那找個人試試便知。正好，小的又給您尋到了兩位絕色，就藏在城外莊子裡，世子爺正好可以用她們試試？嘿嘿，到時候世子爺也能看看，她們吃了那藥，是不是會讓您予取予求？」

那幕僚見藍人豪話裡有鬆動的意思，急忙又湊上去，一臉壞笑的朝藍人豪勸道。

這貨要是聽到美人兒還能忍得住，那自己給他當這十幾年的幕僚也就白當了！

果然，那藍人豪一聽見莊子裡的美人兒，神色就更鬆動了。

那幕僚看了心中就更得意。

若是此計成了，那藍庭豈不就在他們掌握之中了？呵呵，到時候就算這位大燕第一戰神依然不願意與他們主子合作，怕是也由不得他了。

那藥有多霸道他可知道，而且那藥，全大燕也只有他們手裡才有！

於是幕僚又催促道：「世子爺，此事不能再拖了，要不然等老國公將軍權真的交了，那可就什麼都晚了。不如……我們今晚就過去試那藥如何？」

藍人豪帶著那幕僚去了莊子後的當天晚上，周瑾就聽到了周玳的稟報，說肅國公府城外的莊子裡，位於西北角的那處莊子，不管是路上還是莊子附近，都被獵犬聞出了周瑜撒在藍人豪身上的藥粉味道。

這消息自然引起了周瑾的高度重視。

終於等到這貨出京了！但好像不對啊？他們的人可是一直盯著肅國公府呢，按說藍人豪若是出了府，他們的人應該會立刻發現才對啊？莫非藍人豪每次出門都喬裝？或者肅國公府有通往別處的暗道？

「屬下覺得多半是那肅國公府裡有通往別處的暗道，要不就算藍人豪喬裝出府，也不可能逃開我手下那些弟兄們的眼睛。」周玳自信的道。

好吧，經過這幾年的鍛鍊，周玳已經成功的成長為一個優秀的斥候首領，他手下那百十名弟兄收集情報的能力，周瑾都不得不佩服。

「那莊子上可有什麼特別的地方沒有？據你所知，那裡面可能藏下人嗎？」

「有可能！那個莊子到了晚上把守十分嚴密，我們的人有一次只是在周邊探查都差點被他們給發現，若只是單純的農莊，斷不可能如此。而且依屬下的人探查得知，那莊子裡若是藏人，多半會是在東北角的那處果園，或是旁邊養牲畜的那個大院子裡，只有那兩處到了晚上不會有人過去。且地方寬大，就算有些什麼動靜，也不會被人聽到。別的地方都住著人，就算再隱密也有可能被人發現，除非整個莊子裡的人都同藍人豪同流合污，要不斷不會將人藏到這些地方。」

「好！你做得很好！」周瑾讚許的拍拍周玳肩膀，道：「你暫時通知你那些手下，先不要輕舉妄動，都原地待命，等我先去探探那個莊子後再說。」

「要不要屬下派幾個人與你同去？」周玳聞言就道。

「不用，人多了反而更容易暴露，讓他們在附近等我消息就是。」

當天晚上，周瑾就帶著沐青霓，避開了看守的人，悄悄地潛入了肅國公府的那個莊子，然後又朝那莊子的東北角潛了過去。

之所以帶上沐青霓，是因為來之前周瑾先通過空間回了趟自己家中的臥室，想將前幾天從空間裡拿出來給媳婦擺弄的望遠鏡帶上。結果沐青霓正好在家，聽說他要去探肅國公府的莊子，就也跟了過來。

夫妻倆穿著夜行衣順利摸進了周玳說的那處果園，然後就悄然的爬到一棵樹上，用夜視望遠鏡觀察起果園的每一個角落來。但觀察了半天，並沒有看出有能夠藏人的地方。

兩人只好又輾轉去了旁邊飼養牲畜的院子，又觀察了半天，才在許多的牲畜棚和豬圈裡找到一處特別的地方。

那地方正位於一排豬圈中的一處，乍一看跟旁邊的豬圈並沒有什麼差別，甚至也養著幾頭豬掩蓋。但比起旁的豬圈來，卻顯得太乾淨了些，連那幾頭豬都被沖洗得白白淨淨，與旁邊豬圈裡的豬形成鮮明的對比。而且那豬圈旁邊的陰影處，一左一右還藏著兩個護衛，讓周瑾兩個更加篤定，這裡就是藍人豪藏人的密室了。

「這藍人豪還真是會找地方！」

周瑾低聲嘟囔了句，拉著他媳婦就朝那處豬圈潛了過去。

到了近處，夫妻倆就默契的分成兩邊，一左一右的打暈了那兩個看守的護衛，然後就一塊兒去了那處豬圈。很快就在豬圈的食槽旁邊，找到一處被掩蓋住的機關，打開機關後，那石槽下面就顯現出一個入口來。

仗著有空間，兩人也沒什麼好顧忌的，就順著那入口潛了下去。

藍人豪的這個密室，從豬圈入口處的樓梯下來，旁邊就是一間被隔開的屋子，裡面隱隱亮出燈光來。

兩人剛潛到那間屋子前，就聽到了裡面藍人豪變態的笑聲，和兩個女子痛苦的悲鳴聲。等湊近那屋子，透過牆壁上兩個手掌大小的窗戶一看，裡面的情景簡直是不堪入目。

只見藍人豪那廝正赤條條的坐在一把椅子上，手裡拿著一條鋼鞭，朝著對面的兩個年輕女子抽個不停。每抽一下，兩個女子就發出一聲痛苦的哀鳴，那藍人豪聽了卻如同打了雞血一樣笑起來，越發使力的朝兩個女人抽過去。

而他對面兩個女子脖子上都被戴上了一個鐵製的項圈，就如同兩條狗一樣被拴在兩條一米來長、手臂粗細的鐵鏈上。

此時，女子正被藍人豪那畜生逼著跪趴在地上，身上的皮肉已經被那畜生抽得沒有一處好地方。即便如此，也沒有滿足那廝變態的慾望，那畜生似乎還覺得不夠過癮，抽打了一陣後，又朝一旁的炭盆走了過去，似乎想去拿炭盆裡的鐵鉗子。

沐青霓見了這一幕，頓時渾身寒毛都豎了起來，整個人憤怒地發抖。

一直牽著她手的周瑾自然感覺到了妻子的憤怒，忙一邊握緊她的手掌表示安慰，一邊帶她朝那屋子的門口走去，打算趕緊破門救人。

雖然目前只有他們兩個人，但若是因為顧忌這個，置兩個女人的生死於不顧，周瑾覺得自己要是那麼做，一輩子心都難安，而且他媳婦恐怕也會看不起他吧？

就在兩人打算破門而入去救人的時候，屋裡一直站在藍人豪後面，一身儒衫打扮的中年男子突然先出聲阻止了他。

「世子，莫要著急嘛，那藥小的已經餵她們吃下去七、八個時辰了，應該是快要發作了，我們還是先看看那藥勁上來是什麼模樣吧？若這會兒就將她們給弄暈、弄死，豈不看不了那藥到底管不管用了？」

「好吧！既如此，那本世子就再等等，一會兒再跟她們好好玩玩……嘿嘿！」

那藍人豪聽了這才停了動作，又笑了幾聲，才重新回到他的專屬座位坐下。

周瑾夫婦聽了亦停住腳步，見那藍人豪不再施暴，就打算再看看。同時也都疑惑那儒衫男子到底給兩個女人用了什麼藥，居然讓藍人豪那般興奮，催情藥嗎？

等了大概就一炷香的時間，周瑾兩人發現，剛還因為受傷趴在地上的兩個女子突然就顯得焦躁不安，隨後整個人都蜷縮成一團，難受的喘息起來。

片刻後，甚至不顧自己身上的傷口了，都痛苦的朝自己身上撕撓，身體因此變得更加鮮血淋漓。

「哈哈哈，世子，來了！」

那儒衫男子見了立刻興奮起來，又等了一會兒，等到兩個女子越發的痛苦起來，才蹲到了兩人身旁，手中搖晃著一小包藥，笑問道：「妳們現在是不是很想再吃這藥？要是想吃，那就給我們世子磕幾個響頭，將我們世子哄高興了，自然會再施捨妳們一些……」

那兩個女子聽了，其中一個想都沒想，就朝一旁好奇的看著這一切的藍人豪磕起頭來。

「大爺，求大爺再給我點藥吃吧！求求您了！」

另一個又堅持了片刻，顯然心中恨急了藍人豪那畜生，並不想對他求饒。但最終實在忍不了體內那難忍的折磨，也顧不得臉面尊嚴了，亦朝藍人豪卑躬屈膝的苦求起來。

藍人豪頓時訝異了。

這藥也太好使了吧！若真用在他爹身上……

在窗外看著這一切的周瑾皺起了眉。

這兩個女人的反應，怎麼跟前世他在網上看過的，那些吸毒者毒癮犯了時的症狀那麼相似？

去。

正想著呢，突然手裡一鬆，就見一旁的沐青霓已經甩開他的手，朝那屋子的門口攻了過去。

沐青霓實在看不下去了，見兩個女子被藍人豪那畜生如同對待豬狗一樣羞辱、折磨，氣得一腳就踹開了那密室的大門，朝裡面攻了過去。

屋內的藍人豪正一臉興奮的看著兩個女子如同蛆蟲一般在他面前扭個不停，即使已經痛苦得整張臉都有些扭曲了，還要盡力揚起笑臉朝他拋送媚眼，甚至整個身子都靠了過來，任他予取予求，以求能再獲取些那藥粉。不禁又一次在心中感嘆那藥物的功效強大，竟讓兩個剛還痛罵他的貞潔烈女轉眼就拋卻尊嚴，變成了這般模樣。

同時，他也被兩個女人撩撥得興奮不已，恨不得立刻對那兩個女人折磨一番，好洩洩體內的火氣！

但，正當他想要拉過其中一個女子大行其道時，沐青霓卻一腳踹翻了密室的門，攻了進來。

藍人豪剛興起的火氣，頓時被她這一腳嚇得萎靡起來。

一雙因為興奮已經漲紅的眼睛立刻朝門口憤怒的看了過去，當看到門口站著的是兩個黑衣人時，心中大驚。剛想喝問對方是何人，就見其中一個黑衣人輕輕攔了踹門的那個黑衣人一下，然後他自己則一個飛躍，朝著他踹了過來。

藍人豪頓時嚇得睜大了眼。

周瑾見藍人豪那副噁心樣子，心中的氣早就到了嗓子眼，尤其是這畜生的醜態還被他媳婦給看了個正著後，更是不爽。

作為一個現代男性，周瑾自然不會去蒙住他媳婦的眼睛，喝止她不要看，因此只能將心中所有的氣都發洩在眼前這恬不知恥的畜生身上。

這一腳，他可是奔著廢了這貨去的！

與此同時，沐青霓也朝藍人豪身後的那個儒衫中年男子攻了過去。

第六十六章

藍人豪作為肅國公府世子，武將之家出身的嫡子，小時候也是練過幾天功夫的，只不過成年後，逐漸沈迷酒色後就漸漸給荒廢了，但到了這種要命的關頭，體內的本能立刻就爆發了。

見周瑾攻過來，藍人豪忙迅疾的往旁邊一閃，還聰明的將旁邊的女子提了起來，朝著攻來的周瑾推了過去。

周瑾見了，只能頓了頓，閃身避開被推過來的女子。為防止她一頭磕到一旁的牆上，撞出個好歹來，還輕扯了她的手腕一把，將她往一旁的地面輕輕推了過去。

但這麼一耽擱，那藍人豪已經朝密室的角落逃了過去，然後迅速打開一處機關，一個密室通道頓時又顯現了出來。

操！大意了，沒想到這屋子裡還有機關！

周瑾頓時心覺不妙，剛想追過去，突然又腳下一絆，才發現剛才被藍人豪羞辱的另一個女子，正激動地朝自己撲了過來，一把握住了他的腳腕子不說，整個人還朝他貼了過來，口中神志不清的喊著。「大爺行行好……」

周瑾急忙一手刀砍在女人的脖頸上，將她打暈了過去。

但這又一耽擱，等他又重新找到那處機關追過去時，那條密道裡哪裡還有藍人豪的影子？

因為周瑾夫婦在肅國公府的莊子裡找到了最近失蹤的婦人，還當場擒獲了肅國公世子藍人豪的幕僚，自然也驚動了大理寺。在接到周瑾等人報案的同時，大理寺就派人將肅國公府的這座莊子暫時封了起來。

隨後，大理寺的官員竟然在這座莊子飼養牲畜的院子裡挖出了四十多具女子的屍骨！經仵作驗證，正是最近幾年失蹤的大部分女子屍骨。

那些屍骨有的已經變成了森森白骨，有的卻還尚未腐爛，預示著殘害他們的元凶這幾年一直不停的作案。這場殘忍至極的案件不但引得全京都的百姓們譁然，還因為涉及到肅國公府，連承乾帝都給驚動了。

承乾帝特意下了諭令，嚴令大理寺盡快查明此案。

因此大理寺審理此案的時候，京都更是萬人空巷，大家都跑到了大理寺門外圍觀。

審理一開始，被周瑾夫婦救出的兩個倖存女子，都作證傷害她們的元凶並不是那幕僚，而是肅國公世子藍人豪本人。但藍人豪這邊自然是不承認，將一切罪責都推到他的那個幕僚身上，說都是幕僚背著他幹的事，他並不知情。

並且也找來了幾個證人，證明自己當時就在府裡，哪裡都沒有去，還反告那兩個女子誣陷他！

當時周瑾這方就提出可以查看當時現場留下的證據，比如藍人豪當時握的鋼鞭上就可能留有他的指紋，或者那間密室裡也可能留有他的腳印。

但大理寺負責查案的官員卻說，雖然在現場確實尋獲了周瑾等人所說的那條鋼鞭，但上面並沒有發現藍人豪的指紋，也沒有找到能證明藍人豪在現場的腳印等證據。

周瑾一方頓時陷入被動，因為沒有當場抓獲藍人豪，他們這邊除了人證，確實沒有能直接證明藍人豪是殺人犯的證據。但京都百姓又不是傻子，怎麼可能相信肅國公府的一個小小幕僚，竟然敢犯下如此大案？

因此輿論的方向都更傾向於藍人豪就是殺害那些女子的凶犯！那些被藍人豪虐殺的女子家屬們，更是聚集在肅國公府門前燒起紙錢來。

肅國公藍庭也因為莊子裡出了這等事，覺得沒臉，面對那些跑來府裡鬧事的家屬也只下令緊閉府門，不許家丁毆打驅趕。但對於兩個女子指認他兒子是元凶之事，肅國公卻是不信的，他覺得自己兒子即便再不堪，也幹不出這等禽獸不如的事來。

還因為周瑾是承乾帝最新提拔的親信，沐風又是承乾帝最信重的義子，甚至懷疑是承乾帝想要藉由此事迫使他交出軍權，指使周瑾夫婦將此事安在他兒子身上。

因此，與承乾帝君臣之間的嫌隙反倒因此事更深了一分。

這樁案子在大理寺審理了足足有半個月，但最終，因為那個幕僚自己供認，確實是自己夥同肅國公莊子裡的兩個管事，綁走了那些女子並殘忍姦殺的，與肅國公世子並無關係，而他指認的其中一個管事，不管是形態還是外貌都跟藍人豪頗為相似。

被周瑾夫婦救回的兩個女子裡，也有一個臨陣倒戈，說自己一開始因為太過恍惚，才認錯了人，將同案中那個與藍人豪相似的管事給錯認成他了。如今將那管事跟藍人豪一對比，才驚覺是自己認錯了人，欺辱她們的其實是那個管事。

所以，即使另一個女子堅稱殘害她們的就是藍人豪本人，又有周瑾夫婦從旁作證，說他們亦能肯定當時逃走的就是藍人豪本人，但因為空口無憑，大理寺最終還是因為證據不足宣判藍人豪無罪。他的那個幕僚和兩個管事則被判為凌遲處死，家產全部抄沒，以補償那些受害者家屬。

同時，肅國公府也因為監管奴僕不力，被判賠付那些受害者家屬，每家每戶五百兩。

至此，整個案子結案。

這樣的結果，自然讓周瑾等人氣憤不已，卻毫無辦法……

周瑾亦知道，那幕僚最後攬下所有罪責，那女子最後的反口，都應該是藍人豪那邊找人做了手腳。

「不能就這麼算了！我這就安排人繼續盯著藍人豪那廝，我就不信他以後都不會露出馬腳！」沐青霓簡直要氣炸了，在四人組在空間碰頭的時候，憤怒地狠拍桌子道。

「妳放心，就算律法最後還是不能將那畜生繩之以法，我也有辦法弄死他！到時候我們就將他施加在那些女子身上的酷刑都對那畜生使一次，再送他歸西，也好為那些無辜慘死的女子報仇。」

周瑾在一旁安慰沐青霓道，決定要是始終抓不住藍人豪的罪證，那他私下裡也得解決了他。

沐青霓聽了心中的怒氣這才小了些。

沒想到沐青霓這邊氣完，朱熙那邊又鬧開了。

朱熙和周瑜聽周瑾二人說起當時在密室看到的一切，又聽說了挖出的那些屍骨，想到因為藍人豪無辜慘死的那幾十名女子，也都氣得不輕。尤其朱熙，對方畢竟是他外祖母的親姪兒，竟然幹出這等事來，他臉上都覺得無光。

「沒想到舅公為大燕立下累累戰功，竟然養出這麼個畜生來，還甘願為了他失了一世英名，竟然動用人脈替他脫罪！」因為這個案子，前段時間，肅國公和朱熙之間也鬧得不太好了。

一個覺得對方沒有原則，竟然包庇自己兒子。

一個覺得對方娶了媳婦就忘了外家，竟然幫著大舅子一家對付他這個舅公。

「算了，都別提這事了，這麼一鬧，想來那畜生也能老實一陣，我會派人一直盯著他的，不會讓他再作惡。若是過段時間，我們還不能找到那畜生的罪證，我就和你大哥直接去解決了他！」

沐青霓第一個憤怒不已，卻又因為周瑾的話第一個想開了，覺得反正那畜生已經是個死人了，提他反而破壞心情，於是就率先換了話題，朝周瑜道：「阿瑜，我這次來還有一件事想請妳幫忙，就是那個被我們救回的，自始至終一直指認藍人豪那廝的那名女子，名喚晴娘的……」

周瑜一聽與受害者有關，便望向沐青霓示意她繼續說。

「她本來也是官宦之家的女兒，父親乃國子監司業，但此案結束後，大理寺報到她的家裡讓將她接回時，她家人卻嫌她丟了家族的名聲，說什麼也不肯承認有她這個女兒了。我實在看不過去，又佩服她的志氣，就想法子跟她的家人要了她的身契，先放到我身邊做了個丫頭，打算等這陣子風波過去，再問問她有何打算。可是因為那畜生給她服用的藥，從大理寺出來後，她還總是會時不時的難受，所以我就想讓妳給她去看看，有沒有能減輕她難受的法子？」

周瑜聽了，頓時皺起眉思索。

她哥已經跟她說過，那畜生的幕僚當時給那兩個女子服用的藥物，發作起來跟後世的毒品很像，若果真是那個，那戒起來可真是麻煩。

第二日，周瑜就在兩個嬤嬤的陪同下回了趟娘家，去看了那個叫晴娘的，然後肯定她應該就是沾染上了毒品。

「幸虧那藥妳只是被迫吃了一次，還沒有形成太大的依賴。妳又已經快二十天沒吃過那藥，只要再堅持下去，熬過這幾天，這種難受的情況就會消失，以後只要不再碰那藥，就會沒事了。」周瑜一邊給晴娘身子上藥，一邊安慰。

在大理寺時，晴娘的毒癮就已經發作過幾次，但她都一直強忍著，實在忍不住時就用指甲摳自己胳膊，此時胳膊上被她摳得都是傷口。

周瑜見了又對沐青霓道：「大嫂，若是晴娘毒發時太難受，妳就讓嬤嬤們將她手腳捆上，等她好些再放開，千萬莫讓她再自己傷害自己了。」

「嗯。」沐青霓應了一聲。

「王妃放心，我一定能堅持下去的！就算再難為，我也會活下去，且會好好活的！」那晴娘亦對著周瑜說道，與其說是跟她保證，倒不如說是在鼓勵自己。

「對！晴娘，妳這麼想很好，就應該這麼想！妳記著，妳經歷的那些本就錯不在妳，因此，妳也沒必要畏縮什麼，大可以大大方方立於人前。我們女子活在這世間，本就難得很，若是還要因為別人的錯去苛待自己，那可就真是太傻了。而且，我相信，這世間能明辨是非的人還是占大多數的，至於那些糊塗的，妳越怕他們，他們越會得寸進尺。」

周瑜握著晴娘的手溫聲鼓勵道，覺得經過這件事，晴娘不光是身體受到傷害，心理上更是，尤其是事後還被家族拋棄。

但，她能幫的依舊有限，以後心理的療傷多數還要靠她自己。好在晴娘雖看著柔弱，骨子裡倒是個堅強的。

而且，萬幸的是，她剛給晴娘檢查後發現，她雖然受盡屈辱、虐待，但因為她兄嫂救得及時，晴娘還是完璧之身。這對有著這時代價值觀的晴娘來說，應該也算是一種安慰吧。

「妳放心吧！我們都是女子，以後有什麼事，我們都會幫妳的。」沐青霓亦摟著晴娘的肩膀安慰道。

在兩人共同的安慰下，晴娘終於再也忍不住，摟著沐青霓嗚嗚哭了起來，越哭越止不住，恨不得將這些日子的惶恐、委屈、怨恨，全都哭出來……

五月初八，是鄭氏出嫁的日子，雖然沒有大擺宴席，但三書六禮、八抬大轎，所有明媒正娶的體面，周澤林都給了鄭氏。

鄭氏身著小女兒為她繡的嫁衣，頭戴大女兒送她的頭面首飾，由長子周瑾揹著，次子在身後扶著，被送上了嫁往周家的花轎。

從此以後，她雖然還是周瑾兄妹四個的娘親，也還是同樣被喚作周夫人，但再也不是那個曾經辜負她且又短命的周旺舉的夫人了。她的夫君是周澤林，一個雖然瘦弱，卻滿腹經綸且有擔當的男人！

鞭炮聲中，周瑾兄妹四個齊齊站在門口，含著眼淚、滿面笑容的送走了他們的娘親，然後都覺得有些悵然若失起來。

直到周珞拉著臉色青紅交加的他哥周珀，咧著大嘴哈哈笑著出現在他家院子裡，見眾人都出來了，就朝周瑾幾個大聲道：「哈哈，二哥，二嫂，大妹，大妹夫，小妹，四弟！今兒是咱爹、咱娘的洞房花燭，我和大哥不願意打攪他們兩位，就過來你們這兒擠擠啦！我們兄弟姊妹們也正好聚聚，哈哈哈！」

如果說今兒這場婚禮，最高興的是周澤林，那第二高興的就是周珞了。他早就想跟他們頭兒成為真正的兄弟了，那給他高興得嘴都合不上了！

周珀見周瑾幾個聽了他弟的話，都臉色欠佳起來，急忙又一次甩開被他弟拉住的手臂。

他實在不想與這貨為伍，他們又不是沒有家，就算不想打擾他爹他們，他們兄弟也大可以回自家的宅子住啊！偏偏這貨說什麼以後都是一家人了，合該一塊兒親熱親熱，重新論論齒序什麼的，還笑他以前跟周瑾兄弟倆連一個炕頭都睡過，這時候害什麼羞啊？再怎麼說也是他們爹娶了人家娘，怎麼算也是他們這邊占便宜，理應他們兄弟主動一些。

一番話說得竟讓極擅長詭辯的周珀都無從反駁，身不由己的被他拉了過來。

所有人看著周珞那張笑得賤兮兮的臉……突然都很想揍這貨怎麼辦？

那能怎麼辦？自然是揍他了！

周瑾率先帶頭衝了上去，然後是朱熙、周瑜、沐青霓和兩個小孩。

周珀則在周瑾等人衝過來時一把抱住了自己親弟弟的腰，讓他想跑都跑不了。然後，這群重新論過齒序的異父異母的兄弟姊妹們，就紛紛滾成了一堆，鬧成了一團。

這份快樂也延續到一旁看著這一幕的眾人身上，鄭老爺子一大家子中的鄭文、鄭武，鄭平、鄭安叔姪幾個，也紛紛拉著自己新娶不久的媳婦，加入了笑鬧的隊伍，跟著眾人打鬧起來。

鬧騰得累了，眾人就又聚在一起吃吃喝喝聊起天來。

一幫人鬧騰了半宿的後果，就是第二天都齊齊起晚了。

只有鄭老爺子夫妻倆昨兒早早就睡下，又因為年紀大了覺少，今兒又早早的就起來了。在自己屋裡吃過早飯後，兩老也沒叫孩子們，就自顧自的在外孫家的院子裡一前一後的閒逛著消食。逛著逛著，兩位老人就轉到了周瑾家的後花園，然後就碰到了兩個婆子圍著楊嬤嬤抱怨。

「楊嬤嬤，您快去看看吧！凌風閣那二位可太能折騰了，非要鬧著這時候出院子不可，我們怎麼攔都攔不住！」一個婆子道。

「可不是？那老太太還說什麼夫人都嫁出去了，已經不算我們家人，非得現在就搬到主院去，說他們身為少爺、少夫人的祖父祖母，在孫兒、孫兒媳婦忙於公事的時候，理應替他們在家裡坐鎮，以後來了作客的、送請柬的，他們也好幫著接待。」另一個婆子也氣哼哼的抱怨道。

這兩個老貨還真是越來越貪得無厭了。為了穩住他們，這些日子她可沒少給他們送好東西，就這還不知足？夫人才嫁出去一天，就想插手這個家裡的事了？當年他們是怎麼對她們姑爺一家的，難道竟都忘了？怎麼就這麼恬不知恥呢！

楊嬤嬤氣憤的想。

見兩個婆子越來越聒噪，圍著她抱怨個沒完，她又急著去前面伺候，因此就不耐煩道：「哎呀！妳們就再忍忍吧，他們要什麼就給他們去買什麼，不管妳們用什麼方法，怎麼哄著、供著，也要將這兩日給我撐過去，等將院子裡的賓客都送走，就好說了。」

他們姑爺、小姐忍了那二位這麼些天，就是想讓她們夫人踏踏實實的嫁出去。如今，再等親家一家子都回去，也就到了收拾那兩個老貨的時候。

那兩個婆子聽了，只得返回去，同其餘幾個守在凌風閣的婆子一起去攔人了。

誰知兩人剛要挪動腳步，楊嬤嬤也剛要轉身往前頭去，斜刺裡不遠處的樹後面，就突然衝出一個怒髮衝冠的老漢來，身後還跟著一個長得極秀氣的老太太，兩人似乎都氣得不輕。

尤其那老漢，氣得鬍子都抖了，呼呼喘著粗氣，還沒到近前，就朝她們喊道：「周瑞福和馮氏那對老不死的在哪兒呢？快帶我過去！」

兩個婆子因為最近一直在凌風閣看著周老爺子夫婦，並不怎麼往前面去，因此並不認得鄭老爺子夫婦倆，一時被鄭老爺子的大嗓門嚇得愣在那裡。

楊嬤嬤卻大驚失色，心道不妙，一邊暗自使眼色，讓旁邊的兩個婆子趕緊去前頭叫人，一邊上前一步，想先穩住鄭老爺子夫婦倆。

「唉唷！親家老爺子、老太太，您二位這是遛彎兒呢？呵呵，前頭不遠芍藥園的芍藥這會兒都開了，老奴陪您二老去看看？」

「楊嬤嬤，妳不用在這兒給我們打岔，我們剛可都聽見了，周瑞福兩口子就在這家裡住著呢！而且，到了這時候還不知悔改，吃著喝著我外孫、外孫媳婦的，還想仗著祖父、祖母的身分，欺負我外孫、外孫媳婦呢！孩子們礙於身分不敢對他們怎麼樣，我們老兩口可不怕！妳趕緊帶我們過去，看我不撕爛馮氏那老貨的臉皮！嗚嗚……我閨女這些年在她手裡遭的罪，我這當娘的這回都得給她找回來！」

向來文靜秀氣好脾氣的林氏這會兒也是臉色鐵青、眼圈通紅。

一想到閨女一家子差點因周瑞福兩口子死在流放的路上，忍不住就哽咽起來。

「這……」楊嬤嬤這見識豐富的都被兩個老人家嚇愣了，一時不知怎麼回應。

「行了，老婆子，她不帶我們去，我們自己也找得著！這院子聖上剛賜給瑾哥兒時我就來看過，記得那凌風閣好像就在後院那個水塘旁邊不遠，我們自己找去！」

鄭老爺子見楊嬤嬤支支吾吾的不肯說，就拉著林氏直朝著花園後面的水塘奔去，路上還四處尋摸，想找個棍子、石頭之類的，待會兒打起來更順手。

「楊嬤嬤，我們現在怎麼辦？」旁邊留下來的一個婆子見了就不知所措的問道。

「還能怎麼辦？去攔著唄！妳看看這事鬧的，可千萬別把親家老爺子、老太太給氣出個好歹來啊！」楊嬤嬤一邊說著，一邊忙朝鄭老爺子夫婦追了過去。

剩下的那嬤嬤眼珠子一轉。

聽楊嬤嬤這話裡意思，似乎只是怕親家二老給氣著，並不在乎凌風閣那兩位怎麼著，那待會兒打起來要攔著誰，她心裡就有數了。

第六十七章

周瑞福兩口子這會兒剛在幾個婆子的伺候下吃完早飯，吃飽喝足後又開始鬧騰了起來。

比起前段時間，兩人都長了不少肉，又因這凌風閣水氣充足，也養皮膚，兩個人如今的面色也好了很多。再加上身上穿的綾羅綢緞、戴的金銀珠寶、碧玉扳指這些，全然是富貴人家老太爺、老太太的標配，看著甚至比當年流放前還要富貴些。

因為楊嬤嬤什麼好東西都往他們屋子裡搬，將他們住的地方裝飾得富麗堂皇的，還派了五、六個婆子在兩人跟前伺候著，無論他們想要什麼，只要他們提，就想辦法給他們捧過來，讓本來還心懷忐忑，怕周瑾虐待他們的二人，心裡終於踏實下來。

因此，兩人也更加篤定周瑾是因為官大了，更在意名聲，為了做給別人看，才不敢不對他們好的。

所以，兩人就越發貪心起來，整天跟楊嬤嬤要這要那的，短短兩個多月，夫婦倆攢的那些東西，加一起就已經值個千八百兩了。

可兩人還不知足，這幾天，馮氏見周瑾夫婦整日忙得跟什麼似的，鄭氏又馬上要改嫁了，就算計著等鄭氏改嫁後，他們就搬到前面去，好將這府裡的大小事務給執掌起來。到時候她不但能接著撈錢，若是有什麼王公貴族的宴請，她也能藉著周瑾祖母的名頭去參加。

周老爺子也想藉著周瑾和沐青霓娘家的勢再做些生意，好多掙些銀子。而且，他也想出府去將最近攢的那些東西都變現，也好給他長孫周珠偷送一些過去。

在他看來，他長孫周珠若是像周璃那小子有足夠的銀子供著，以後一定能中舉、中進士，甚至……比周瑾還要有出息，畢竟自古以來都是文貴武賤嘛！

但周瑾那小子卻寧願將銀子花在那些斷胳膊斷腿的家將身上，寧願幾十兩、上百兩的給個丫頭片子買畫畫的顏料，也不肯幫扶他大堂兄一把。

周老爺子對此十分不理解，本想去找周瑾說說，都是自家兄弟，周珠若是起來了，於他不也是個助力嗎？

但周瑾卻直接將他給拒之門外了，連院子都沒讓他進。還讓人傳話給他，說他肯養著他們已經是讓步了，若是再逼著他養別人，他寧願官不做了，也得跟他們好好說道說道。

周老爺子是知道周瑾的脾氣的，怕逼他太緊，到時候真鬧個魚死網破，那他們老兩口的榮華富貴，使奴喚婢的日子怕也就到頭了。因此就只能暫時選擇了妥協，不敢再提此事了。

可也正因為這次在周瑾這兒碰了壁，讓周老爺子越發想親手培養出一個比他還優秀的孫子來。

周瑾兄弟倆終究還是跟他們這對祖父、祖母離了心的，他們老兩口就算能沾他們兄弟的光，也有限。就比如這會兒周瑾雖然不得不養著他們，但也從來不搭理他們，就跟府裡沒他們這兩個人似的。

要不是他媳婦是個有錢且又有見識的，知道被判忤逆有多嚴重，若都依著周瑾那小子，能給他們頓飽飯就不錯了。

若是他能培養出一個比周瑾強的孫子來，到時候也能替他出口氣，好好教訓總不將他這個祖父放在眼裡的孫子！

這會兒他自己手裡有了值錢的東西，就想偷著去典當了，給周珠送去一些，讓他能夠好好讀書，剩下的他自己再做些買賣，到時候他用自己掙的銀子供周珠讀書，周瑾那臭小子總說不出什麼了吧？

也因此，周老爺子這幾天就幾次三番的鬧著要出府去，但都被楊嬤嬤找藉口給攔了下來。

不是如今府裡正忙著鄭氏改嫁的事，人手不夠，跟著的人少了她不放心，就是車馬都被派出去了，他有什麼想買的可以讓小廝去買；要不就是周瑾在家呢，讓他自己去跟周瑾說。

周老爺子哪敢去跟周瑾說，他想拿著花他銀子買的東西去換錢啊！因此，出府的事就一拖再拖，拖到今日周老爺子就覺得有些不對勁起來。

若是說楊嬤嬤攔著他們搬去正院是因為鄭氏還沒搬走或者周瑾不同意，尚且還說得過去，但總攔著他出府卻是為何？

周老爺子也是這會兒才驚覺，他們住進周瑾府裡已經兩個來月了，平時除了在這後院園子裡轉轉，好像還從未出去過呢！

當然，前頭一個多月，他們也從未想過要出去，也沒出去的必要。他們想要什麼，都有人替他們去買了，就算想要親自挑選，那些賣金銀玉器的、做衣裳鞋襪的，也會帶著最時興的貨品前來，擺滿一屋子任他們隨便挑。

就連他們悶了，也不用去擠什麼戲樓茶館的，自有那唱大戲的、說書的、耍雜耍的，都在花園子旁的戲臺上擺開架勢，只演給他們夫妻二人看。他們想點什麼戲，就點什麼戲，一切都由他們說了算。

楊嬤嬤說這才是豪門貴冑府裡，老太爺、老太太的作派，有什麼事只需要開口就行。

還說她以前待的長公主府，光奴僕就有兩千多，可主子卻只有長公主一家八口，都估計要三百個奴僕伺候一個主子了。在這樣的人家，若是做主子的還要事事親力親為，只會顯得他們家沒有底蘊。

周老爺子最風光的時候，家裡也就只有七、八個僕人，就連他曾最羨慕的周閣老家，也不過才幾十個僕人而已。因此，他也鬧不準楊嬤嬤是真按著幾百幾千奴僕的豪門貴冑人家的標準在伺候他們，還是為了將他們困在府裡，故意這麼說的。

所以，這些日子，周老爺子兩個一直在鬧騰，就是想試探一下，想看看楊嬤嬤或是周瑾夫婦，對他們到底是什麼意思？可他也不敢鬧騰得太凶，怕將楊嬤嬤幾個徹底得罪，以後這優渥的待遇就沒有了……

唉！真是左右為難！

如今，周老爺子正帶著馮氏在淩風閣的院子裡鬧騰著，就見院門口突然衝進來一個手捧石塊、滿面憤怒的老漢來，進了院子就四下找尋起來。

完了！他怎麼到這裡來了？

周老爺子一眼瞅見他，頓時驚得不輕，嚇得趕緊就想跑。可他這一跑，讓本還沒有看見他的鄭老爺子立刻就發現了他，手裡的石塊立刻就朝他的腦袋砸了過來。

「周瑞福你個直娘賊！可算讓老子找到你了！今兒老子不將你揍個稀巴爛，難消老子心頭之恨！」鄭老爺子可是開鏢局出身的，武藝本就不弱，力氣也大，這一石頭砸過去，即使周老爺子躲了一下，依然沒躲過去，還是被砸了個頭破血流。

周老爺子疼得「唉唷」了一聲，捂著腦袋就癱坐在地上。

一旁的馮氏見周老爺子被砸得滿臉是血，嚇得頓時尖叫起來，立刻躲到了婆子們後面，不敢自己去攔著鄭老爺子，就指使院裡的幾個婆子去攔。

「快……快攔、住他！攔住……他！」

可幾個婆子還沒反應過來呢，鄭老爺子就已經又朝周老爺子撲了過去

周老爺子見了就掙扎著想爬起來，但又驚又怕之下，渾身一點力氣都沒有了。加上又被砸得頭暈腦脹的，爬了幾次都沒能爬起來，只能眼睜睜看著鄭老爺子斗大的拳頭又朝他砸了過來。

一旁的馮氏見了，叫得就更加歇斯底里了，急得用手揮打幾個婆子。「啊！打死人了！

妳們這群廢物，快攔住他啊！天啊，要出人命了啊！」

馮氏正叫著，突然感覺脖頸處一陣劇痛，轉頭一看，竟然是林氏不知道什麼時候潛到了她的身後，正用手中釵子狠命的扎她露在衣服外的嫩肉呢！

馮氏疼得啊啊亂叫，本能的想反抗，但平時看著柔弱的林氏，也不知怎的力氣竟然這樣大，馮氏本想將她推開躲一邊去，結果反倒被她給推倒在地，趴在了地上，還被林氏騎在身上，繼續狠扎起來。

手裡的釵子扎斷了，林氏就用指甲抓撓，邊抓還邊罵。「我讓妳個老貨欺負我閨女！我讓你們一家子狼心狗肺，收了我們的銀子，還想害我的外孫、外孫女！啊！我撓死妳個老不死的狗東西！」

馮氏最近幾個月養尊處優慣了，又被林氏占了先機騎在身上，想反抗也反抗不了。院裡的幾個婆子見周老爺子那邊已經被鄭老爺子揍得不行了，也怕真出了人命，都忙著去拉鄭老爺子，也沒人顧得上馮氏這邊。因此馮氏喊救命也沒有用，沒人能來幫她，她只能本能地將臉埋到胳膊裡，但渾身卻不知被林氏扎了多少個血窟窿、撓出了多少道血口子了。

馮氏疼得慘叫不已，但周老爺子那邊更慘，鄭老爺子幾拳下去，就將他砸了個滿臉花。面對和自己實力懸殊的鄭老爺子，周老爺子更沒有反抗之力，也只能用胳膊護住腦袋，別的地方想顧也顧不得。

鄭老爺子見打不到他的臉了，就又揮著拳頭直朝他後背上的肋骨砸去，想將這老小子的肋骨先給他弄斷幾根，疼死他拉倒！

幾個婆子見周老爺子被他砸得慘叫幾聲後就人事不省了，怕他真將周老爺子砸死，急忙都撲上來狠命的拉住他的胳膊，想阻止他。但幾個婆子好不容易制住了鄭老爺子的手臂，鄭老爺子抬腳又朝周老爺子踹了過去，也不換地方，還是直朝著周老爺子後背的肋骨踹。

趕來的楊嬤嬤和那個婆子，進門就見到這一幕，嚇得急忙上前攔鄭老爺子夫婦。

剛那個還想著拉偏架的婆子一邊死命抱住已經歇斯底里的林氏，一邊想，哪還用她拉什麼偏架啊？到了這會兒，別說讓她拉偏架了，她想攔著親家老太太都攔不住，胳膊上還被已經陷入半瘋魔狀態的林氏給誤傷，撓了她好幾個口子。

等周瑾等人趕到阻止的時候，這場親家間的對決都還沒有結束，鄭老爺子身上掛著四、五個婆子，依然虎虎生威的想接著踹已經昏死過去的周老爺子。林氏被楊嬤嬤和那個婆子從馮氏身上合力拉了下來，又被抱住了手臂不能再撓馮氏，乾脆趁兩人不備，一嘴咬在了馮氏的肩膀上，說什麼也不肯鬆口了。

半個時辰後，周瑜和周瑾兄妹從鄭老爺子夫婦倆的屋子裡走出來，周瑜就朝擔憂的眾人道：「外祖父沒什麼事，手上的傷也是因為太過用力自己蹭破的，我剛給他服用了一劑安神湯，這會兒已經睡著了。外祖母也只是因為用力過度和太過激動才暫時暈了過去，也沒有大礙，歇一會兒應該就會好了。反倒是她的手指，因為撓人撓得太猛，指甲都折斷了，有幾根還斷在了肉裡，可能需要養個幾天才能好。」

眾人聽了，才紛紛鬆一口氣，一顆心才放下來。

周璃就忍不住感嘆道：「嘖嘖！外祖母剛才也太厲害了，竟然將那位的肉都咬下來了！本來我還以為『母老虎』這個詞只能用來形容大嫂或者大姊這種女子呢，卻原來如外祖母這般溫柔的女子若是急了，也是有可能化身母老虎的。唉……看來這女子還真是有很多面的啊！將來我若是娶了媳婦，一定要切記不能將她惹急，該退一步時一定要退一步。」

這小子剛說她們是……母老虎？

沐青霓、周瑜聽了忍不住攥緊了拳頭。

其餘人看看摩拳擦掌的姑嫂倆，又看看依舊沈浸在女人是個多變物種，他以後可要如何分辨的焦慮中的周璃，什麼話也不敢說。

你小子的這番感悟是不是來得有點早，且十分不合時宜啊？

鄭老爺子夫婦倆這邊都沒什麼事，反而因出了胸中積壓多年的惡氣，又都睡了一覺，等醒來後，精神看著比以前還好些，但周老爺子夫婦那邊卻慘了。

馮氏整個後背、後脖頸、胳膊……沒一塊好地方了，被林氏扎撓得全是血窟窿、血口子，而周老爺子更慘，鼻梁骨、下巴、肋骨全斷了。

如今兩人都已經被治療過，渾身都被裹得如同蠶蛹一般。周老爺子也已經醒過來，因為後背的肋骨斷了，正趴在炕上，疼得齜牙咧嘴，哼哼唧唧的。

旁邊的屋子裡，周瑜正一臉擔心的問周瑾。

「哥，接下來你打算怎麼辦？這兩位的傷可不輕，尤其我們那個便宜祖父，沒個兩、三個月怕是好不了。」

周老爺子剛醒過來，就哼哼著要去大理寺告鄭老爺子，還嚷嚷著讓伺候的小廝去給周旺祖兄弟倆送信，讓他們來接他，說他是不敢在這府裡住了，要不什麼時候死的都不知道。

「唉！我不讓外祖父知道他們住在府裡就是因為這個，沒想到還是讓他們發現了。」周瑾苦笑。本來他都已經想好，等他娘嫁出去後就對付這兩位的，沒想到就出了這事。

「那現在怎麼辦？」

「沒事，問題不大，無非就是讓他們再多得意些日子。妳放心吧，哥自有辦法。」

見周瑜擔心，周瑾就笑著安慰。

這樣也好，等他好好部署，到時候將這群噁心東西一塊兒端了，來個一勞永逸，省得他們再時不時的冒出來噁心人。

周瑜聽她哥說不用她擔心，也就真的不擔心了。

周瑾又問她。「他們治好後會留疤嗎？能不能做到儘量別讓他們留疤？」

「嗯，我若是用些好藥，應該留不了什麼疤。」周瑜聽了就道。

「那就好。」周瑾點點頭，又朝周瑜道：「家裡接下來可能會亂一些，我和妳大嫂又經常不在家，小弟如今住在國子監裡，倒是不怕，可阿櫻一個人在家裡我卻不放心……娘又剛嫁過去，送去娘那裡也不太好，雖然澤林叔他們都不會說什麼，但街坊四鄰的難免要議論小妹是個拖油瓶。所以我就想著，讓她去妳那裡住些日子，有妳看著，我也能放心。」

周瑜知道，她哥讓她這時候接走小妹，應該是要動手對付便宜祖父一家子了，因此立刻笑著應了，當天晚上回宮的時候，就將周瓔給帶走了。

三天後，當周老爺子夫婦傷勢又好了些，又開始鬧騰著要去狀告鄭老爺子夫婦打人的時候，周瑾就裝作一副被逼無奈的樣子，親自去見了二人。

「你們說說吧，要我怎麼做，你們才肯同意讓這件事過去，不去告我外祖父他們？」

周老爺子一愣，一時沒回答。

說實話，他都沒想到周瑾竟然這麼快就妥協了，自然也沒想到要什麼。他還以為，最快也得等他再好一點，真去大理寺做做樣子，周瑾這小子才會知道害怕呢！

「你若是想讓我們就這麼算了，除非將你大堂兄接過來，讓他來伺候我們……以後你大堂兄讀書的費用也都由你出。」周老爺子試探著說道。

「行，我這就去安排。」周瑾板著臉點點頭，果斷的應了，然後轉身就要走。

「哎！我還沒說完呢！」周老爺子見了急忙喊道，見周瑾停住腳步，不耐煩地看過來，就又說道：「你還得同意以後我們和你大堂兄在這個府裡能出入自由，什麼時候想出府就能出府，你的人不能攔著！」

周瑾聽了就納悶道：「這是哪兒的話？除了我娘成婚的那幾天，怕你們碰上我外祖父一家子打起來，我囑咐過楊嬤嬤幾句，平時何曾說過不讓你們出門的話了？」

莫非真是他誤會了？那楊嬤嬤以前幾次，根本沒有攔著他們出門的意思？果真只是按那些高門大戶的規矩在照顧他們？

「聽你這意思，是不是楊嬤嬤私下對你們做過什麼？你們不滿意，要不我換了她？」周瑾見周老爺子面露疑惑，適時的問道。

「呃……不用不用！楊嬤嬤好著呢！既然你沒有這個意思，那就算了，剛才的話就當我沒說！」周老爺子急忙拒絕。

要是沒了楊嬤嬤，那誰還會像伺候長公主似的伺候他們啊？

周瑾聽了就又無可無不可的點了點頭，也要求道：「那好吧，你們愛怎麼樣就怎麼樣，不過雖然我從沒限制過你們出府，但我覺得現在這種情況，在你們傷徹底好前，還是暫時不要出去了，要不被人看見，豈不還是會知道你們受傷的事？」

周老爺子聽了心裡就又疑心起來，怕周瑾還是想關著他們，但聽了周瑾後面一句，又放下心來。

「到時候你們想要什麼，等周珠來了，可以讓周珠出去給你們買。除了這個，你們還有別的要求嗎？沒有我就先回去了，等明天我就派人去接了周珠過來。」周瑾答應了周老爺子接周珠過來的要求後，就又想走。

「我們還要搬到主院裡去，以後這府裡就由我當家！」一旁的馮氏見周瑾今兒這麼好說話，立刻也跟著開口，見周瑾當即臉就黑了，又忙找補道：「你……放心！祖母我當年也是當過幾十年家的，由我給你們掌著，肯定能替你們打算好。」

但周瑾聽了她的找補，臉色並沒有變好，可黑著臉愣了片刻後，最終還是點了點頭。

「好，由妳當家也不是不可以，但每月必須讓我的人查一次帳目，而且我母親的院子還要留著給她偶爾回來住。你們若是想搬，只能搬到旁邊的那個院子去。」

「那個院子比你娘的院子如何？」馮氏聽了立刻問道：「要是小了可不行！」

「哼哼！祖母還真是跟以前一樣，斤斤計較愛算計啊！」周瑾聞言就冷笑著諷刺道：「不過妳放心，我如今一天忙著呢，可沒心思在這些小事上再跟妳計較。我說的那個院子是府裡所有院子裡最大的，剛搬過來時本來是想讓我娘住的，但當時我娘覺得那院子太大，她一個人住太空曠了，才選了如今的院子。」

「呵呵，那就好，那就好！」馮氏只要那院子好就行，被周瑾諷刺了也不惱，又繼續笑道：「瑾哥兒，既然這府裡空著的院子這麼多，那不如讓你兩個伯父家也都搬過來好了。畢竟都是一家人，他們在大事上幫不了你，幫著管些小事還是可以的。」

周瑾一張臉頓時從漆黑變成了暴雨，顯然對馮氏一而再再而三的要求很不滿意，還因為憤怒，「砰」一聲就將旁邊的一個凳子給踢飛了。

「祖母是不是有些太過得寸進尺了？我現在忙於公務不願跟你們計較這些小事，才想著退一步息事寧人，可這並不代表我就是個好欺負的！既然你們的要求那麼多，不如我們現在就去大理寺好了！你們不是要告我外祖父嗎？那好！當年你們收了我外祖父家多少銀子，一路上又是怎麼對我們的，正好可以當著眾人說道說道！」

第六十八章

馮氏和周老爺子齊齊被周瑾踹翻椅子的動作嚇得一個激靈，頓時都牽動了各自的傷口，疼得齜牙咧嘴起來。

見周瑾真的急了，周老爺子可不想剛到手的好處就這麼丟了，急忙又跟他說起好話來。

「呵呵，瑾哥兒，你別跟你祖母一般計較，她就是太惦記你兩個伯父了，才會這麼說的。」說罷又狠瞪了馮氏一眼。

妳差不多得了！今兒能讓這小子應了妳管家，已經很不錯了！

但馮氏卻覺得既然自己馬上就要管家了，那總得有些自己的人手吧？這府裡的人她哪信得過啊！

她覺得還是自己的親兒子可靠，因此十分想將周旺祖兩兄弟也弄進來，就假裝沒看懂周老爺子眼神的意思，繼續朝周瑾央求道：「瑾哥兒，祖母保證就只有這最後一個要求了，以後都再沒有了！你如今財大氣粗，又娶了位侯門千金，想是也不在乎多幾張嘴吃飯，你就當行行好，以前的事就讓它過去吧……我們再怎麼說也是一家子，你看你這邊吃香喝辣，你兩個伯父家卻吃糠咽菜，對你的名聲也不好不是？」

周老爺子聽了就心覺不妙，沒想到馮氏這次竟然無視他的警告，還是說出這番話來。

周老爺子覺得，依周瑾的性子，肯定會翻臉，心裡咯噔一下，暗罵道：死老婆子！要是這次壞了他的事，他定饒不了她！

誰知，周瑾剛開始聽了馮氏的話，的確不為所動，甚至聽到周旺祖幾個的名字時表情還甚是憤怒嫌棄，但聽到馮氏說對他名聲有礙時卻猶豫了。

片刻後，他竟然道：「這可是妳說的，從此以後不會再提別的要求了？」

這話顯然是打算應了這件事的意思！

「你放心，肯定沒有別的要求了。」馮氏聽了急忙保證道。

「那好，那我就再退一步。」

在周老爺子的驚愕中，周瑾竟然真的點了頭，不過可能怕他們會再食言，又朝二人威脅道：「你們要的好處我已經能給的都給了，我也希望你們說到做到。只要你們老老實實的，以前的事我可以既往不咎，以後也自有你們的榮華富貴享。就像祖母剛才說的，不過是多養幾個閒人，我周瑾倒是也還養得起。但若是你們仗著我的名義，給我惹出什麼事來，或者插手你們不該插手的，那就別怪我翻臉無情了！尤其是……你們那兩個成事不足敗事有餘的兒子，可得給我看好了！」

周瑾一臉自傲，站在屋裡居高臨下的朝炕上的周老爺子兩個命令，命令完也不等兩人說話，就拂袖而去了。

這番看不起人，不拿他們當長輩看的態度，氣得周老爺子夫婦倆不約而同朝他的背影暗罵了一句小兔崽子，又朝他的背影吐了一口唾沫。

但吐完後，又因為今兒周瑾應了他們那麼多要求而興奮地搓起手來，都覺得前幾天的那頓打沒有白挨。

馮氏更是朝周老爺子得意道：「我就說吧？這孝道大於天！這小子如今做了大官，就更怕別人說他不孝順了。你看，我一嚇唬說對他名聲有礙，他就都應了吧？偏偏你總是怕他，整日裡謹小慎微的，若是早就這麼威逼他，他不聽話就說去大理寺告他忤逆，我這當家夫人，怕是早就當上了！」

周老爺子看著眼前得意洋洋的馮氏，難得的沒有敲打。

他確實沒想到周瑾對自己名聲會這麼在乎，甚至在乎得已經大過了對他們的嫌惡。不過想想也是，誰爬到上面去，還願意掉下來呢？一邊是自己的高官厚祿，一邊不過是捨些銀子，孰輕孰重，那小子那麼聰明，又怎麼會衡量不出來呢？

雖然周瑾這個孫子十分不合周老爺子的意，但對於他辦事的速度，周老爺子卻是很滿意的。第二日一早，周瑾就讓人將府中最大的院子嘉樂堂收拾了出來，將周老爺子夫婦挪了過去，同時也派人將周旺祖、周旺業兩家子都接了過來。

看見富麗堂皇，占地足足有十來畝大小的府邸，周旺祖等人都美得不行，不敢相信自己真的就這麼住進來了。

雖然周瑾給他們住的地方比起給周老爺子夫婦倆住的遜色了很多，但比起他們在城外租的院子已不知強了多少，甚至比沒流放前他們在家時住得還要好。

兩家子到後，自然先去看望了周老爺子夫婦，見兩人都傷得不輕，都驚愕不已，因為去接他們的小廝們可沒跟他們說周老爺子夫婦傷著了。

「爹，娘！你們這是怎麼了？」周旺業率先撲了過來，拉著馮氏的手哽咽起來。

其餘人見了，除了周環沒有動，也都紛紛奔過來跟著詢問。

馮氏這才將前幾日他們如何被鄭老爺子夫婦揍了，又如何因此事跟周瑾講的條件，都跟眾人一一說了。

聽馮氏說完來龍去脈後，周旺祖等人才知道原來他們能住進來，竟然是沾了父母被打的光。又聽馮氏因此事，還為自己換得了掌家的權力，兩家子人聽了，立刻都對馮氏極盡恭維起來，個個都化身成了二十四孝子，巴不得每日親嚐湯藥，端屎端尿的伺候起來。

對馮氏的那股巴結討好勁兒，甚至超過了對一旁的周老爺子，將馮氏這位新任掌家老夫人捧得簡直上了天，而馮氏立刻跟楊嬤嬤要這要那的，好賞給她的兒孫。

楊嬤嬤對她的要求依然是有求必應，除了說奉了周瑾的命令，不能直接給他們銀子，別的他們要什麼就給他們什麼。

因此，沒幾天工夫，周旺祖等人就也在府裡吆五喝六、穿金戴銀起來。

對於這一切，周瑾夫婦都充耳不聞，都交給了楊嬤嬤處置，日日忙得腳不沾地，就是回來也都是天黑以後才回，一早就又走了。

周旺祖等人巴不得他們不在府裡，才沒人挾制他們，因此也沒人打聽兩人到底在忙些什麼。只有周老爺子偶爾一次問起，楊嬤嬤便說兩人都是為了秋獮大典在忙。

自從承乾帝登基後，每隔三年都會帶著眾兵將大臣和那些未就藩的皇子、皇孫們，去南海子的林場狩獵一個月。因為每次去的時間都是在秋季的八、九月，大燕百姓就將皇族的這次狩獵活動稱為秋獮大典。

承乾帝此舉一是為了培養自己同眾兒孫之間的感情，二是通過每次的狩獵大典，來觀察眾兒孫的能力，好為將來重用誰，或將他們派往何處就藩，做到心中有數，也因此眾皇子、皇孫們都對這場關乎自己命運的狩獵大典分外重視。

因為去的皇子、皇孫眾多，又有承乾帝在，這隨行的護衛工作自然是重中之重。所以，楊嬤嬤口中的周瑾夫婦都忙得不行，也不全是忽悠周老爺子，周瑾和沐青霓這些天也確實為此事在忙。

周老爺子自然也是聽說過狩獵大典的，因此對楊嬤嬤的話倒也沒有懷疑。

因為家裡主人都不在，猴子就稱了霸王！

馮氏的傷勢比起周老爺子來輕了許多，不過半月就好起來，等傷一好，立刻就帶著兩個兒子和大兒媳，將管家的權力接了過去。為了顯示自己威風，母子幾個時常對家裡僕人頤指氣使的。

楊嬤嬤囑咐家裡僕人不要去招惹他們，刻意任他們作為，漸漸的，就更慣得他們不知天高地厚起來。

就這樣，周旺祖等人在周瑾家裡作威作福的住了兩個來月，已經全然不知道自己是誰，全都飄了。

周珠有了周瑾為他提供的專項學習資金，不但沒有刻苦攻讀，反而整日帶著楊嬤嬤給他配的兩個小廝去參加那些詩會酒局之類的聚會，打著交流學問的名義整日飲酒作樂。

周旺祖、周旺業兄弟倆也是原形畢露，整日沈迷於酒色之中，京都的花樓酒館幾乎都被他們逛遍了。周瑾不給他們銀子，他們就偷屋裡的擺設去賣，再不行，就去央求馮氏，跟她要錢。

馮氏雖然如今管著家，但府裡的銀子都有帳房管著，她也不能直接動用，不過……她可以間接動用啊！這些日子她可沒少安排給自己打頭面首飾，那些首飾隨便拿一樣出去，就能換個幾十兩回來。

如今馮氏手裡攢的那些頭面，至少也值個千兩以上，手裡有了錢，兒子們想要，馮氏就不像以前似的摳門兒了，多多少少都會給一點。

當然，也只是給一點，大頭兒她還要留著自己花呢！

馮氏自打有一次帶著大兒媳孫氏代表周瑾夫婦去參加了一次周瑾同僚的宴飲後，看了那些豪門太太使奴喚婢的作派，聽了那些奴僕對她一口一個老夫人的恭維，立刻就對參加宴飲這件事熱衷起來，連管家之事都不那麼盡心了。

如今她成日拉著大兒媳一塊兒琢磨，下次再去參加這種宴飲時要穿什麼衣裳、戴什麼首飾，才能將旁人比下去，自己出風頭。

殊不知，她們那副沒有見識的暴發戶嘴臉，早就被那些名門夫人當成了笑話，不過是看在周瑾夫婦的面子上沒有顯露出來罷了。

有位認得楊嬤嬤的老夫人，又是沐青霓的長輩，看眾人如同看耍猴似的看馮氏婆媳倆，也是好心，就私下裡叫了跟著她們的楊嬤嬤過去，勸道：「就算這兩位是你們府裡的老太太、大伯娘，妳也該告訴青霓丫頭，不要一味的只縱容著，她們出來丟人，丟的不也是你們府裡的人？」

楊嬤嬤就等著有人說這話呢，聽了立刻就長嘆了口氣，將周老爺子夫婦當年如何欺壓迫害鄭氏娘兒幾個，如今又如何藉由孝道在府裡作威作福的事都添油加醋的跟這位老夫人說了。

「唉！您老是不知道啊，但凡有一點不順心的，這位老太太就馬上叫起撞天屈來，尋死覓活的好不難纏！見我們夫人改嫁出去了，就立刻逼著我們姑爺讓她管家。不但如此，還非得讓我們姑爺將已經分家單過的兩個伯父家都接過來，花錢供養著。我們姑爺是個孝順的，想著畢竟是自己的家人，所謂打斷骨頭還連著筋……也就依了這位。我們小姐本就不耐煩這些內宅之事，又成日忙得很，就也沒跟她爭這管家的權力。

兩人都想著，不過多了七個人，一個月頂了天也就多費個四、五十兩……誰知自從這位管家後，一個月下來，比起以前夫人管家時，竟然平白多出了五百多兩的花銷來！」

「老天！就是天天拿人參燕窩當飯吃，也花不了這些啊！」那老夫人聽了大驚。她府裡連主帶僕三百多人，一個月在吃用上的花費也就百十兩而已。

「唉！可不是嗎？」楊嬤嬤又長嘆一口氣。「我們姑爺也說，這花銷太多了，想不讓她管了，可不讓她管，她就又尋死覓活的折騰，還威脅著若不讓她管家，他們老兩口就去大理寺告我們姑爺忤逆！唉！」

楊嬤嬤一臉愁容道：「我們大燕最重孝道，若真是讓他們去告了，那到時候，我們姑爺有嘴也說不清啊！沒奈何，只得我們小姐拿著嫁妝貼補些了。」

「唉！鄭家小子也是可憐，竟然攤上這麼一對沒臉沒皮的祖父母！」那老夫人聽了就罵道：「別人家當長輩的，哪個不是護著小輩們，盼著小輩們上進的？他們倒好，好不容易出了個出息孫子，竟然還只想著拖孩子後腿！」

「唉！誰說不是呢？」楊嬤嬤就又嘆道：「要是他們能有您老一絲見識，也斷幹不出這事來了……」

這次談話過後，周老爺子等人的惡行就在各家夫人中流傳起來，等馮氏婆媳再去參加宴飲時，眾人看她們的目光就不光是嫌棄了，都紛紛厭惡且避如蛇蠍起來。

跟這麼不要臉的白眼狼們，說句話她們都覺得噁心！

有一、兩個不明所以的，見了婆媳倆想招呼一聲，也被交好的拉到一邊，將自己從旁人那裡聽來的周家八卦，又傳給了她聽，那些人聽了，也立刻躲得遠遠的了。

馮氏婆媳對眾人的嫌棄一無所知，只是有些納悶，為何最近宴請周瑾夫婦的帖子少了很多？就是有，也只是邀請周瑾個人的，讓她們新置辦的首飾衣裳都沒有機會去炫耀了。

這天，周老爺子剛帶著周珠，將手裡東西當了七百多兩銀子，晚上正躺在炕上琢磨著接下來做什麼生意來錢快，突然，他們的屋子就被周大虎帶著十幾個家將給圍了。

隨後，周旺祖夫婦連同他們的兒子周珠，周旺業同周環父子倆也都在睡夢中，被螞蚱帶著人給捆了，如同扔死豬一般扔進了周老爺子夫婦倆的屋子。

夫婦倆大驚，剛想喝問怎麼回事，周瑾就噙著笑，好整以暇的走了進來。

「瑾哥兒，你這是什麼意思？」周老爺子還沒開口，馮氏就先滿面鐵青的問出來。

「什麼意思？自然是受夠了你們這群貪得無厭的爛人的意思！」周瑾冷笑道：「我當時就說過，讓我養著你們可以，但若是你們太過分，我定不會輕饒！可看看你們最近都做了些什麼？短短兩個月，你們這幾個人花用私藏了我府裡多少東西？你們當我是產銀子的啊?!竟然花得帳房上一丁點銀子都不剩，讓我不得不低下臉面跟我媳婦去借錢！你們知道我是怎麼巴結著才娶了這麼個好媳婦的嗎？又有能力，又有錢，又有貌的，竟然讓你們鬧得跟我生了氣，你們說說，我怎麼可能饒得了你們？」

周瑾噙著冷笑朝周老爺子一幫人罵道，也不等幾人開口，就命令一旁的周大虎，道：「去將他們手裡那些剩的東西都給我搜出來！然後將這個院子給我看好了，誰也不許放出去！」

命令完，周瑾就轉身走了，根本沒有聽周老爺子等人說話的意思。

隨後，周大虎就帶著人在眾人的眼皮子底下翻找起來，不管是周老爺子剛當的那七百多兩銀子，還是馮氏等人藏下的首飾，都被他們給翻出來拿走了。

整個嘉樂堂的東西擺設也被他們搬空了，除了給每人留了身被查過好幾遍的衣物，連被褥都沒給他們留下。

然後，整個嘉樂堂就被周大虎和螞蚱兩人帶著人看管起來。

除了每日按時按點的會過來幾個婆子，給他們送來飯菜、清理恭桶之類的，再沒有人過來服侍，就是飯菜，也沒有別的種類，只有兩樣，燉肉加米飯。

就這麼關了眾人幾天後，馮氏等人就受不了了，要求見周瑾又見不著，只得互相抱怨起來。什麼都是你花太多惹惱了他，什麼要不是你們搬進來，他斷不會這麼對我們老兩口！什麼都是你們貪得無厭，才耽誤了我的錦繡前程云云……

這天，兩個婆子照例過來收拾恭桶，可能見周圍沒有人，就抱怨了起來。

「嘖嘖，這也太能拉了！」

一個婆子用帕子掩著鼻子，一臉嫌棄道：「唉！這破差事什麼時候才是個完啊？」

「妳就再忍忍吧，螞蚱那小子私下跟我說了，等過幾天就讓那兩個老貨歸西，到時候我們也就解脫了。」另一個婆子聽了就看了看周圍，然後小聲跟第一個婆子說道。

「真的？」那婆子聽了頓時驚喜道，想要再問幾句。

第二個婆子到底怕被旁人聽見，就制止了她接下來的話，帶著她提著兩個恭桶出去了。等她們走後，一旁的陰影裡，正想著來方便的馮氏則腿軟的走了出來。

「老頭子！我們必須得想法子逃出去了，那小兔崽子要殺我們啊！」馮氏朝周老爺子顫聲道。

周老爺子聽了馮氏的話也是怕得很，但院子外面時時都有人看著，他們就算想逃，也逃不出去啊！

就在這時，這些日子一直做隱形人的周環突然站出來說道：「我這幾天看了，這個院子後院的那個角門就只有一個婆子看著，只要我們撬開那門，再將那婆子弄暈，沒準兒就能逃出去了！」

「你說得好聽，那婆子是在門外面看著的，我們只要一撬門她就會聽到去報信了，到時候還怎麼弄暈她啊？」一旁的周珠立刻對他呵斥道。

「你沒辦法，可不代表我沒辦法！」周環聽了也立刻反唇相譏道：「我可不跟你似的，屁的本事沒有，成日就知道捧著個書本裝模作樣！」

「你！」

「行了，都別吵了。」周老爺子聽了連忙喝止，又朝周環道：「你有什麼辦法？直說就是了！哪來那麼多廢話？」

「要我說可以，祖父得先答應我，若是以後你出去了，再得了銀子，得單給我一千兩！」

周環立刻提條件，他祖父若是出去，肯定會去大理寺狀告周瑾，好威脅他要好處的。

周老爺子自然不想給他，但這時候也只能先應了他。

周環自打住進來，就對周瑾不放心，尤其是知道他被逼著將管家權都讓了後。幾次著了周瑾道的周環，比誰都不相信周瑾是個肯受脅迫的，覺得他肯定會有後招。因此私下裡就找那些三教九流買了不少的毒粉、毒藥、蒙汗藥啥的，都藏在貼身穿的褻褲裡，那裡被他縫了個口袋，專門放這些東西。

這時候，他轉身從裡面掏了一包蒙汗藥出來，得意洋洋的道：「這藥只要一點，就能將人給弄暈了！到時候我們只要隔著門縫朝那婆子撒上一點……」

眾人見了都是眼睛一亮。

第六十九章

農曆七月半，據說是鬼門大開的日子，也是一年中陰氣最盛的一天，按習俗這天夜裡是不能外出的，說是容易招惹不乾淨的東西。

但就在這天夜裡行將破曉的時候，天還昏暗著，應天府門前卻奔來了一群男女老少，離著老遠就齊聲大喊著冤枉，直將應天府看門的幾個衙役給嚇得不輕。都還以為是出來逛的鬼魂在外面忘了時間，沒趕上回地府，給關在鬼門外了呢！

幾人嚇得將手中武器都舉了起來，等離近了拿燈籠一照，見幾人都有影子，才確定來的是人，看樣子，還像是一家人。

一詢問，原來這群人是來告狀的，告其孫子忤逆，囚禁、虐待他們！告的這人還是個大官，三品龍驤營指揮使——周瑾！

因為周老爺子夫婦要告的周瑾屬於三品大員，應天府在接了案子的當天就將此案又移交給頂頭上司大理寺處理。

七月十六日，大理寺正式開庭審理此案，自然又吸引了不少人過來觀看。倒不是京都百姓一天到晚沒事幹，整日看開堂審案當娛樂，而是在大燕，若被判忤逆，那可是輕則四十大板，重則流放砍頭的大罪。

而且，一旦真的被判忤逆，此人的人品、行事都會遭到質疑，別說為官，就是作為一個普通百姓在人群中行走，都會遭人唾棄。

加上被告的人，是承乾帝新提拔的新任龍驤營指揮使周瑾。這位新貴當初憑救駕之功連升三級，緊接著就迎娶了他們大燕第一女戰神，著實給京都百姓留下了深刻的印象。

去年，他迎娶沐將軍時的盛大婚禮眾人還歷歷在目，這才過了多久，竟然就被自己的親祖父、親祖母給告了？

眾人忍不住就想，難道此人是個驢糞蛋子表面光？外面看著還行，其內在卻是個忤逆不孝的玩意兒？

因此，這樁案子，成功的引起了周圍群眾的興趣，在審理的時候都趕過來觀看。

周瑾是被大理寺衙役從京郊大營直接傳喚過來的，但到堂後卻一言不發，只知道倔強的梗著脖子跪在那裡，當大理寺官員詢問時，既不認自己的罪過，也不為自己辯解。

眾人見了就更覺得奇怪了。

這位是傻了嗎？到了這時候，就算真有罪的人，也該為自己辯解幾句吧？難道他深知自己罪大惡極，覺得辯無可辯？

但周瑾此舉，卻更增強了周老爺子一方的囂張氣焰，周珠作為周老爺子方的訴訟代表，更是當庭拿出自己花了一天時間寫的訴狀。洋洋灑灑一大篇，借古論今，辭藻華麗，將周瑾如何忤逆不孝、如何藉著權勢欺壓他們，給一一列舉了個遍，最後又慷慨激昂的一頓總結陳詞。

圍觀的群眾即使有聽不太懂的，也大概聽出了他訴狀的意思。那就是雖然周瑾的惡行古今罕有，但他祖父母還是心懷悲憫，不忍心讓自己孫兒背負不孝之名，願意給他一個機會，只要周瑾當庭認罪並答應以後改過自新，那依然是他們的好孫兒。

但他這番話說完，主審官問周瑾意思時，周瑾卻依然一言不發，只是脖子上的青筋越發突起，牙齒也咬得咯咯直響，顯然被氣得不輕。

圍觀的人見了就更不明所以了，有些好心的忍不住還為他著急起來。

都這個情況了，可不是犯倔的時候啊！再怎麼著也得為自己說句話啊！要不然真被定了罪，那以後可就真完了……

就在這時，沐青霓帶著周珀到了。看周珀一副髮絲鬆散，緊趕慢趕的樣子，顯然是被沐將軍臨時抓來的。

也就是說，對於被自己祖父母狀告忤逆這件事，這周將軍兩口子根本很可能都沒料到，要不也不會臨時抓個訟師過來。

周珀一進大堂果然就不出所料的站在周瑾方訴訟的位置。他如今也已經是翰林院從五品的侍讀學士，因為流放前就已經中了舉，被承乾帝提拔為翰林院編修時也同時恢復了其舉人身分。

去年，周珀又在任職的同時，以舉人身分重新參加了會試，高中進士第三十五名，所以自然也是可以見官不跪的。

周珀的出現，讓周老爺子方的周珠立刻感覺到了巨大的壓力，面對這位曾經的周閣老嫡孫，比他優秀太多的周珀，他從來都是自殘形穢，不敢直視。

即使到了現在，這位也還是能憑實力吊打他！

周珀可沒周珠那般辭藻華麗的訴訟稿，他甚至都沒來得及寫稿子。進入大堂跟主審官行過禮後，就站在那兒直接問周珠。「剛才你的訴狀我雖沒聽到，但你們既然告周瑾忤逆，想來那上面也都是關於周瑾如何忤逆不孝的話了。那些我們先不談，我現在只想問問你，你這般幫著你祖父母狀告周瑾這個堂弟，那身為周家長孫，你這些年又是如何對你祖父母盡孝的呢？還有你親爹、二叔，都是如何做的？不妨你們先說說。」

「我們兩房一直隨侍祖父、祖母左右，難道這還不夠嗎？」周珠忙道。

「承歡膝下，讓父母得享天倫也的確是一種孝順。」周珀先是笑著肯定了他的話，隨後又道：「但據我所知，從你出生到現在，好像還從未掙過一文錢給你的祖父、祖母吧？而且在沒搬到周瑾府裡之前，你們還依靠古稀之年的祖父，挑著擔子走街串巷的做些小買賣以供養你們讀書吃飯，對吧？這……可算不上讓你的祖父、祖母得享天倫啊！」

「我那也是……為了考取功名，好、好振興家業！」周珠聽了忙狡辯道：「我如今已經中了秀才，等我中了舉，自然會好好孝順祖父、祖母的。反倒是周瑾，明明已經做了官，這幾年卻置祖父、祖母於不顧，從來不曾找尋過他們不說，如今還不孝，虐待、囚禁、喝罵，哪一點是身為孫子應該做的？」

周珠反駁道，想將話題引開，不願意周珀總拿他說事。

但周珀偏不，又問道：「那你這是承認，到現在你不但沒有孝敬過你祖父、祖母，還一直依賴著他們養你嘍？哪怕你比周瑾還大兩歲，是比他更應該奉養長輩的長孫？」

「周瑾現在有權有勢，又比我有錢，理所應當多孝敬祖父母一點！」

「呵呵，我活了這麼多年，還真沒見過有人如你這般，將自己的無能說得如此理直氣壯的，還真是——恬不知恥啊！你是不是還想說，周瑾既然有本事，那養著你們一家子也是理所應當啊？」

周珀冷笑著譏諷道，立刻引得門外看熱鬧的人一陣哄笑，周珠也被眾人的哄笑聲臊了個大紅臉。

周珀就頓了頓，等眾人的哄笑聲歇了，才又朝上面的主審官道：「回稟大人，早在幾年前，周瑾所在的三房就已經跟其餘兩房分了家！那分家文書我也帶來了。」

周珀邊說著邊從懷裡掏出一份文書來，恭敬的呈了上去，等大理寺的官員比對了手印，查明真偽後才又道：「大人，那文書上已經寫明，周瑾所在的三房一次性給周老爺子夫婦一百兩養老銀子，以後他二位的奉養問題都歸大房、二房，與三房再無關係。所以，周老爺子夫婦狀告周瑾置他們於不顧之事，根本無從談起！」

大理寺的主審官聽了就喝問周老爺子夫婦道：「既然周瑾所在的三房已經同你們分了

家，你們的奉養問題也已經說好，你等又緣何狀告於他？」
「回青天大老爺，那文書雖的確是草民所簽，但當時草民也是被逼無奈。那時候因為瑾哥兒的二伯娘起了害他們的心思，雖然他二伯娘已經因此而死，但瑾哥兒還是跟他大伯、二伯兩家起了嫌隙，非要鬧著分家不可。」
周老爺子裝模作樣地長長嘆息一聲，接著道：「那時候那孩子一副狠戾的模樣，為免他真幹出什麼來，草民也只得應了他，忍痛給他們分了家。當時草民憐惜他們一家子孤兒寡母的，恐他們以後生計艱難，才提議不讓他們一房給我們養老的。至於那一百兩養老銀，也只是瞎填上去的，當時我們全族都在流放途中，瑾哥兒娘兒幾個又怎麼可能有銀子給我？難道他們敢私藏嗎？」
關於那份文書，周老爺子早就想好了說辭，覺得不認帳不現實，但只要他認定沒有真的收那一百兩，那文書就是白紙一張，作不得數了。
大理寺的官員聽了，就又問周瑾方到底有沒有給這銀子。
「回大人，當時這銀子確實是當面付清的，我伯公周瑞全就是見證人，本官的父親當時亦在場，至於那一百兩銀子，乃是當時負責押送我等的衙役宋義借給周瑾的。宋義此時就在庭外等候，大人若是想查證，可以宣他上堂。」
周珀早就料到周老爺子會否認收了銀子，因此過來時就派人將宋義也給叫了過來。
周老爺子頓時愣住了。

因為宋義的作證，大理寺最終認定那份分家文書有效。

「就算如此，當初分家也是出於無奈，現在我祖父不想分，又有何不可？」周珠見了立刻又用孝道壓起人來。

周珀聽了就笑笑，他拿出分家文書來，也不過只是要證實周老爺子等人的不守承諾，僅此而已。果然，周珠的話音剛落，都沒等周珀說話，堂外的百姓中就有人看不慣，高呼了起來。

「既有分家文書，周將軍養你們是情分，不養你們是本分，你們怎麼還有臉告人家？」

「就是！人家不行時，你們將人分出去；如今人家行了，你們又說不分了，怎麼這麼不要臉皮啊?!」

門外群眾也都跟著議論紛紛起來。

「大人，還請您明鑒啊！這都是周瑾那小子的奸計，打著奉養我們的名義，實則一直在虐待我們啊！兩個月前，他還指使他外祖父、外祖母將我們倆打傷了！前幾日更是將我們都關起來，要不是我們逃出來，怕是如今已經遭了他的毒手了！」馮氏見大孫子沒話反駁，急忙又跳出來哭道。

周瑾依舊一句話不說，只周珀淡淡問道：「妳說這些可有證據？」

他們的傷都已經好了，連疤都沒有留一個，她哪裡還有什麼證據？

「哼哼，沒有證據就胡亂給人安罪名可是要被判誣陷之罪的！就算妳是周瑾的親祖母，也不能張口隨便胡說八道吧？據我所知，三個多月前你們二老就住進了周瑾府中，若是周瑾虐待你們，那為何一個月後，妳又讓周瑾將妳兒子他們也接進去自投羅網？若是周瑾囚禁你們，那為何妳還能替周瑾管家，還能代表他們夫婦出席宴飲？」

周珀緊盯著周老爺子夫婦說道，見馮氏剛想反駁，就轉身立刻朝審判官大聲道：「大人，我們這邊還有證據呈上！」

聽審判官說了一聲「可」，周珀就一揮手，楊嬤嬤就帶著幾個掌櫃模樣的女子，捧著帳冊走了進來。

「回大人，這是老奴剛從府裡找出來的老太爺、老夫人，大老爺、二老爺等人，被我們主子接進府裡後所花費的帳冊，還請您過目。」

馮氏見狀恨不能將那帳冊搶下，卻只能待著。

「老太爺、老太太進府後，在玲瓏坊共訂製頭面首飾十二套，共花費二千一百兩。文玩扇面共花費一千七百兩，在錦繡坊共訂製錦緞三十五疋，加上手工費用，共二百七十兩……大老爺、二老爺在豔春樓、新鳳院等處兩個月共花費一百七十二兩……大少爺藉著與同年聚會的名義，共從帳房支取了二百二十兩，大夫人……」

楊嬤嬤在堂審官傳喚她上堂後，就拿著手裡單子朗聲念著，最後總結道：「不算那些飲食玩樂等小的開銷，這兩個多月，老太爺等人共花費了近五千兩銀子，這些都是他們置辦的東西的票據，亦有各處掌櫃可以作證，證明老奴所言不虛。」

楊嬤嬤雙手高舉那些票據，跪倒在地稟道。

她身後的幾個女子也跟著紛紛跪倒在地道：「草民玲瓏坊／錦繡坊／豔春樓……掌櫃，可以作證！」

等衙役將那些票據交上去，上面查驗無誤後，門外的百姓們又轟一聲炸開了鍋。

老天！兩個月竟然就花了人家五千多兩！那可是五千多兩啊！他們兩個月花五兩都嫌多好嗎？

有些人同情，有些人就忍不住酸起來，覺得還是當官來錢快啊！

周家這才幾年工夫，就掙了這麼多銀錢了！若是他們沒記錯，他們家姑娘跟睿親王訂親的時候，這一家子還住在租的小院子裡呢！這銀子是怎麼來的呢？靠薪俸總不可能攢這麼多吧？

楊嬤嬤敏銳地察覺眾人反應變化，就立刻跪地哭了起來。

「大人，因為這花費實在太多了，月底各家鋪子來算帳的時候，我們主子就只好偷偷跟睿親王先借了三千兩，本想著老太爺、老夫人剛來，因此置辦的東西才多了些，以後就不會了。結果……第二個月帳上又是二千多兩的虧空，沒有辦法了，主子只好又跟我們小姐開了口，才將這窟窿給填上！」

外面的眾人聽了，這才又紛紛釋然了。

也對，人家周將軍沒錢，可人家妹夫和媳婦賊有錢啊！唉！這周將軍也是倒楣，竟攤上了這麼一家子，本來挺好的小日子，被這些人連累到竟然要四處借錢！

「大人明鑒啊，我們主子也是實在承受不住這巨額花費了，才忍不住說了老太爺、老太太幾句，沒想到卻惹惱了他們，不但在府裡大吵大鬧的，還揚言要告我們主子忤逆！我們主子被他們鬧得不行，就躲去了軍營……可沒想到他們竟然真的跑來告狀了！可、可青天大老爺啊！就算我們主子頂了他們二老幾句，是我們主子不對，但我們主子也是被逼無奈啊！將心比心，若是您的父母家人這般花錢，您養得起嗎？結果，我們主子只是勸了句，就被他們誣告忤逆……嗚嗚……」

養得起個屁啊！他一年才掙一百多兩，平時還得靠他爹娘貼補呢！

主審官這會兒跟門外的群眾想法高度一致，那就是，幸虧他沒碰上這麼一群祖宗！

「不是妳個老貨說你們這些高門大戶都是這般作派，上趕著給我們做的衣裳、添的首飾嗎？怎麼這會兒反倒咬我們一口？」

馮氏聽楊嬤嬤說完，立刻急了，忍不住就要上前抓撓她。

楊嬤嬤見她被衙役攔著，搆不著自己，急忙主動湊了上去，任由她抓住自己的頭髮一頓扯，然後在堂上衙役拉開她後，又頂著一頭亂髮哭道：「老太太啊，老奴的確是奉了主子的命令，在您二老來時給你們置辦了頭面衣裳，收拾了最大的屋子，可……那不更證明了我們主子是真的想孝順您二老嗎？」

「那就是妳主子的陰謀詭計！」

「冤啊！為了讓您二老順心，我們主子將家都讓您管了，您二老還要我們主子怎麼樣啊？嗚嗚……這全天下怕是也沒您二老這般偏心的吧？吃我們主子的，住我們主子的，卻還一心想著聯合妳大兒子、二兒子將我們府裡搬空！我們主子不過是勸您二位少花費些，你們竟然就來告我們主子忤逆！難道你們不知道這忤逆之罪有多嚴重嗎？難道你們非得逼著我們主子傾家蕩產，再為了你們貪污受賄才行嗎？」楊嬤嬤一臉悲痛的朝馮氏哭喊道。

一旁的周珀被楊嬤嬤精彩的表演震懾了。

好吧，似乎他今兒來不來的都作用不大，有這個嬤嬤在就什麼都夠了！

「你們是給我們置辦了不少東西，可那些東西都已經被你們拿回去了，我們根本就沒落著！何來搬空你們家之說？」一旁的孫氏見婆婆被楊嬤嬤壓制得毫無反抗之力，也急了，幫腔喊道。

「有沒有帶出來你們心中有數，那麼多東西，也不是你們想瞞就瞞得了的，只要官老爺去那些當鋪、金鋪子去查查，看你們有沒有偷著賣過我們家東西，不就都清楚了嗎？孫氏，老奴今兒敢將話撂這兒，若是查不出來，老奴的腦袋今兒就不要了！妳敢嗎？」

楊嬤嬤對馮氏還算禮貌，對著孫氏，可去她娘的吧！

一旁從始至終一句話沒說過的沐青霓，這時十分感激長公主送了她這麼一個嬤嬤。

最終的結果，大理寺自然是認定周老爺子等人屬於沒有證據的誣告。

但怎麼判卻犯了難，別人倒是好說，這兩人畢竟是周瑾親祖父母，總不能因為他們狀告孫子就判他們打板子坐牢吧？

就在主審官為難之際，半天沒說過話的周瑾突然開口了，朝他苦笑道：「大人不用為難了，本官這就去將官辭了，帶著祖父、祖母回遼東去，那裡我家還有一百畝地，足夠養活我們幾個了。」

說完又朝一直站在他旁邊的沐青霓道：「夫人，不如我們……」

「你別說了，我是不會和你和離的！你若決定去遼東，我也將官辭了，陪著你就是。你若不願用我的嫁妝，那我就將嫁妝都還給我爹娘，陪你去種地！」

第七十章

主審官與在旁看熱鬧的人們頓時鴉雀無聲。

……這是種不種地的事嗎？您倆將官都辭了跑去種地，今上饒得了我嗎？

於是，主審官立刻一拍驚堂木，怒道：「本官宣判，周瑞福、馮氏夫婦為老不尊、為長不慈，仗著自己長輩身分為所欲為，誣告其孫周瑾，現判周瑾所在周家三房徹底與其脫離關係！以後二人的生老病死，皆與周家三房無關，若是以後再上門糾纏，立刻發配三千里！

「周旺祖、周旺業等人，不思進取不說，還攛掇其父母誣告其姪，現每人罰五十大板，以儆效尤！周珠身負秀才功名，卻斯文掃地，不要臉皮，現判革去其秀才功名，罰五十大板！另，因幾人藉由馮氏替周瑾管家之際，中飽私囊，隨意揮霍，罰其每人賠付周瑾家五百兩，三月內還完，若還不完，再杖責五十，以此類推，直到還完為止！」

徹底打發了周老爺子一家，以後不會再有人跟蒼蠅似的過來噁心他們的生活，周瑾等人都覺得舒心了不少。

楊嬤嬤盤了盤帳，除了周旺祖兄弟倆和周珠花費的那些，外加一些雜七雜八的費用，周老爺子等人住在他們府裡的這幾個月，他們這邊差不多損失了四百多兩。

至於給他們的那些首飾、古董之類的，都已經收了回來，什麼也沒給他們留，就連當初給馮氏等人做的新衣裳，也都被楊嬤嬤派人送到當鋪裡換成了銀錢。

「還是便宜了他們啊！」周瑾聽了忍不住嘆道。

「可以了，用幾百兩銀子，換那幾個窩囊廢每三個月挨一頓板子，我覺得還是挺值的。」沐青霓笑吟吟的道：「再說，憑他們那貪得無厭，以後的日子也斷不可能過得好。」

「也是！」周瑾被她勸得心情立刻好了起來，也笑吟吟的朝她瞅去，目光炙熱得燙人。「那……我們慶祝慶祝？」

因為那群惹人厭的傢伙，他們都已經很久沒好好的一塊兒過了。

此時不做，更待何時？

沐青霓被他的目光燙得身上亦有些發軟，面上習慣性的挑了挑眉。

「好啊！」來就來！

轉眼到了八月，這天一大早周澤林就派了伺候的嬤嬤來報，說是鄭氏有喜了。

周瑾夫婦正好都在家，聽了都高興得不行，忙派人去給自己請了半日假，又叫人去通知了周瑜夫婦，這才帶著周瓔和大包小包的滋補品，去了周澤林和鄭氏如今住的宅子。

鄭氏見兒子、兒媳都來了，羞得不行。

這叫什麼事啊？自己的兒子、閨女都已經成家了，她這當娘的還在生孩子！唉！

周澤林卻高興極了，見周瑾夫婦過來，忙讓下人去置辦酒菜，非得拉著周瑾待會兒好好喝一杯，慶祝慶祝。

不一會兒，周珀兄弟倆和周瑜夫婦也拿著大包小包的禮品到了，也都高興得很。周瑜親自給她娘把了脈，確定是有了，且一切安好，眾人聞言就更高興了。

周珞還興奮的問周瑜能不能看出是男是女，並且表達了他想要個小妹妹的願望。

「我可不是不喜歡弟弟啊，就是……」他更想要一個跟小周瓔似的親妹妹。以前，每次見他們頭兒帶著小周瓔玩，他都羨慕得很。

只可惜，鄭氏的月分還太小，周瑜也摸不出來。

「你要是那麼喜歡閨女，趕緊成親自己生一個啊！」朱熙朝周珞調侃道，調侃完還不忘表表忠心。「反正我們阿瑜以後生什麼我都喜歡！」

也不知怎麼回事，周珀兩兄弟似乎都是事業型的，一個整日鑽研學問，一個整日鑽研生意，對成家似乎都不著急。

眾人就這麼笑鬧了一會兒，婆子來報，說飯菜備好了，問擺在哪兒。

周澤林就說將飯菜擺在廳堂的大桌子上，也不用再分什麼男女兩桌，就擺一大桌即可。

「自回京都後，你們都忙了起來，我們一家已經很少這麼聚過了，就算一塊兒吃飯，也都是男女兩桌分開的，雖然吃得精緻了不少，但我卻覺得沒有以前親熱了。這會兒又沒外人，我們也別管那些臭規矩了，就一家子坐一起樂呵呵的吃一頓好不好？」周澤林朝著眾人道。

他興致這麼高，大家哪有不應的？於是都高高興興的圍著桌子坐了。誰知，才剛上第一道葷菜，鄭氏聞了味道就忍不住乾嘔起來。

周瑜和沐青霓見了，急忙扶著她去後面的恭房。哪料片刻後，鄭氏沒吐出來，沐青霓卻先她一步給吐了。

最終，經周瑜診斷，沐青霓的確也有了，且懷孕時間可能比鄭氏還要早一些。

「妳這孩子，那事來沒來妳心裡都沒個數嗎？就算妳不注意，妳屋裡的嬤嬤怎麼也不注意著些啊？」一想到兒媳婦有了身子還整日騎馬跑來跑去的，鄭氏嚇得連孕吐都沒了，難得朝兒媳婦發了火。

「我的月事以前也常不準，這兩年被阿瑜調養才好了些，我還以為又跟以前一樣呢，也就沒在意……」

「娘，妳放心吧，大嫂的身體現在好著呢，不會有事的。」周瑜忙安慰道。

「那也不行，這生孩子於女人來說就跟過鬼門關一樣，可得注意些。要依著我，妳那差事還是先辭了吧，整日在馬上顛也不是個事，就算能坐轎子去，這以後身子越來越重，也不行啊！」

「是啊，大嫂，娘說得也有道理。妳現在月分還小，最忌顛簸，妳那差事又整日要四處巡查，的確對胎兒不太好。而且，要是不好好養著，將來萬一難產，可就麻煩了。」

周瑜也在一旁勸道，雖然萬一有情況，她也能給大嫂動剖腹產手術，但她覺得要是能順產還是順產，要不然，她怕真動起手術來把她娘給嚇死。

沐青霓聽了還是有些猶豫，門外的周瑾卻早就等不及了，直接掀簾子進來，替沐青霓決定道：「我這就去給妳遞辭呈，什麼也沒有妳的身體重要。」

說罷怕沐青霓不高興，又拉著她的手道：「妳放心，我不會要求妳跟旁的女子似的，守在後宅一輩子，等妳生了孩子，養好了身子，妳想做什麼我都支持妳。」

因為懷了孕，沐青霓只得被迫辭職，將防守四門的差事交出去，整日不是在家無聊，就是跑去陪著婆婆一起無聊。

轉眼，又一個月過去了，每三年一次的秋獮大典到了。

對於快到古稀之年的承乾帝來說，這次秋獮很可能是他有生之年的最後一次了，因此格外重視，不光召令眾未就藩的皇子、皇孫和眾十二歲以上的皇孫都隨行，連宮裡幾位受寵的妃嬪和眾皇孫家眷，眾三品以上的大臣和大臣的家眷都被恩准隨行。

連同伺候的太監宮女、小廝丫鬟們，浩浩蕩蕩足足有千百人之眾，護衛的軍隊更是多達萬人，周瑾帶領的一千龍驤營士兵也在其中。

九月初八，承乾帝就乘坐御輦，帶著秋獮隊伍向狩獵地出發了。

走了大概兩天路程，才到達目的地，那是一處集濕地、山林、草原於一體的巨大獵場。

朱熙夫婦的營帳被安排在承乾帝主營帳的左前方，離主營帳大概有一里左右。裡面的空間很大，各類生活用品準備得也很齊全，加上魏嬤嬤又提前帶人過來佈置了一番，等夫妻倆到後一看，都覺得甚是滿意。

結果夫妻倆這邊剛樂呵呵的安頓好，手拉著手打算出門去附近轉轉賞賞景時，二人身後卻傳來一道朱熙最討厭的聲音，沒有之一的那種！

「哈哈，五哥，幾年沒見，你還是這般沒出息啊！二哥說，你怕五嫂怕得連側妃都不敢立，原來是真的啊！」

周瑜轉頭一看，就見一個相貌英俊，眉眼飛揚，一身腱子肉的年輕男子，正與三皇孫朱熾一起朝他們走了過來，到了近前，就向她行了一禮，喊了句。「五嫂。」

然後兩隻眼睛就落在他們夫妻此時正拉在一起的手上，目光中滿是譏笑。

這是誰啊，長得挺陽光，嘴卻這麼損？

周瑜心中迷惑著，沒答話。

男子這時候也正在打量周瑜。這就是朱熙整日捧手裡當寶的王妃？長得倒是還挺好看，尤其是那對自信的眉眼，但遠沒到傾國傾城的地步吧？

朱熙見男子盯著周瑜打量個不停，立刻將周瑜拉到身後，朝他反唇相譏道：「呵呵，我怕自己媳婦那是心甘情願，不像某人，因為瞧不起女人，被青霓姊打得滿地找牙！」

「你放屁！老子那是一時大意，才著了沐青霓的道！」

男子聽了立即怒了，氣得渾身腱子肉都繃緊了起來，當年被沐青霓一腳就踹下了擂臺，乃他平生之恥，最忌別人提起。

可朱熙才不管他愛不愛聽，他和此人交鋒，向來不會婉轉，能直接戳其肺管子就不會間接戳，因此又譏笑道：「呵呵，嘴在你臉上，青霓姊又不在這兒，可不你愛怎麼說就怎麼說？」

「那也比你這個連隻兔子都打不著的倒數第一強！上次圍獵你跑遼東去不在，莫不是臊的吧？」

一旁的周瑜對這幼稚的吵架感到無語。

好吧，從這番對話中，她已經知道眼前的這位是誰了。就是朱熙從小的死對頭，朱熙四叔家的老二——八皇孫朱煦。

朱熙曾跟他說過，如果論討厭程度，韓妃母子加一起也不如朱煦一個討人厭。

「你才臊呢！小爺那是不屑跟你們這幫小孩玩，小爺在遼東跟青霓姊血戰複州城的時候，你還像個小娃子似的跟人玩木頭刀槍呢！有什麼意思？」

「你少在這兒吹牛！就憑你？還血戰韃子？打死老子都不信你有這本事！還不是沐青霓從小跟你關係好，給你硬安的功勞！」

朱煦之所以從小就看不上朱熙這個僅比自己大半歲的五堂兄，就是因為不管朱熙如何的躲懶、無用、不學無術，運氣卻總是比他好。

從身分上說，他是太子嫡子，從小集萬千寵愛於一身。在他還沒被皇祖父記住相貌名字的時候，這廝就已經被皇祖父抱在懷裡了。

後來太子伯父薨逝後，他們的身分倒是變得一樣了，可在皇祖父那兒，反而又因為長子的突然薨逝，對這廝更愧疚縱容起來。

然後，這廝又無比好運的碰上了複州被圍、胡相連同他二皇叔一起逼宮造反。明明在眾皇孫裡最無用的一個人，卻次次都能跟在旁人屁股後面撈上大功勞，成為眾皇孫中立功最多的人。讓皇祖父屢次當著眾人的面誇他至純至孝，看著紈袴，但內裡卻頗具他們老朱家血性。

朱煦對此嗤之以鼻，覺得他血性個屁！他明明就只是個不學無數的紈袴而已。論學識在眾皇孫中倒數，論武藝也還是倒數，除了長得比他略好些，其餘的論哪方面，自己都比他強，可偏偏自己就是沒有他的好運氣……

明明他才是眾皇孫中最勤奮、最優秀的那個，明明是他日日祈盼著能征戰沙場，為大燕守疆固土，為此他冬練三九，夏練三伏，從不曾荒廢過一日。可憑什麼這種好事從來不曾落到他身上？也因此，朱煦對朱熙一直都嫉恨不已！

「你也不用在這兒自吹自擂，有本事我們明兒個狩獵場上真刀真槍見真章！誰要是敗了，就當著皇祖父的面磕頭認輸！你敢不敢？」朱煦朝朱熙叫囂道。

朱熙想說不敢，但朱煦看他猶豫，馬上又加了一句。

「莫非你是不敢?!呵呵，那好吧，只要你當著我和二哥的面說句你不行，那做弟弟的就不為難你了。」

……你才不行！你全家都不行！

朱熙被人逼到了這境地，尤其還是當著周瑜的面，於是立刻血沖腦門，嘴快地就應了。

「比就比！當我怕你喔！」但話音剛落，朱熙就又開始後悔起來。

朱熙剛想再找補幾句，朱煦哪裡還容他反悔，立刻撂下一句。

「君子一言，駟馬難追！明天誰不去誰就是慫包軟蛋！」然後拉著朱熾就走了。

因為應了明日的比試，朱熙整個人都不好了，就連陪著周瑜閒逛都提不起精神來，他覺得，但凡朱煦是個哥哥或叔叔，那他輸了也就輸了，跪了也就跪了。偏偏他還是他堂弟，若是他跪了，那以後的面子往哪兒擱啊？唉！

「你們說的那個騎射比試，是怎麼個比法？」周瑜見朱熙陪她走了多遠就嘆了多久的氣，所有探索美景的好心情都被這貨給嘆沒了，忍不住停住腳步問道。

「就是眾人一塊兒去指定的林子裡打獵，一個時辰內，誰獵到的獵物多就算誰贏。」朱熙滿臉愁容的回道。

「就你們自己去，不讓人跟著？那你們的安全怎麼辦？」周瑜又問道。

「那片林子就是為了考驗我們這些皇子、皇孫們的騎射專設的，算不上真正的獵場，就是每人分一塊已經被圍好的林子，裡面也沒有特別危險的獵物，都是些兔子和鹿之類的。而且整個林子周邊，也是由護衛看著的，安全上倒是不用擔心……」

朱熙聽了忙回道。剛想跟周瑜商量，讓她明天不要跟著去看他出糗了，就又聽周瑜問道：「那照你這麼說，你們打獵的時候，是不會有人看見了？」

「嗯，大家都是在各自的林子裡打獵，自然沒人看見。」朱熙老實回道，心裡迷惑阿瑜問這麼詳細幹麼？

一抬眼，就見周瑜正笑咪咪的朝他挑眉，喜道：「阿瑜，妳有辦法？」

「嗯。」周瑜笑著點點頭。「難道你忘了，你媳婦除了醫術外，最擅長的是什麼了？只要你叫聲好聽的，那明兒的比試，我倒是可以幫幫你。」

朱熙當然知道周瑜善弓箭，但因為那些都是從別人嘴裡聽說的，他自己從未親眼見過周瑜拉弓射箭，因此一時就沒想起來。

但秉著他媳婦向來是最厲害的心理，朱熙對周瑜的話向來沒有懷疑。因此，立刻一把抱起周瑜，纏綿悱惻的叫道：「我的心肝兒、我的寶兒！妳就幫幫妳相公吧……」

這雖然是周瑜要求來的，但朱熙的肉麻樣讓她覺得有點噁，想後悔了。

因為答應了幫忙朱熙，到了第二日，周瑜就賴在帳篷裡裝起病來，將魏嬤嬤幾個伺候的也都打發了出去。說自己昨天沒睡好，頭疼，要好好睡一覺，朱熙回來前，誰也不許進來打攪她。

魏嬤嬤幾個此時也知道了他們王爺應了八皇孫比試的事，都以為王妃是因為此事才沒睡好，導致頭痛，因此都靜悄悄的退了出去。

同樣這樣想的還有承乾帝和眾大臣並那些王公貴族、皇家子弟們，承乾帝甚至已經琢磨起，一會兒等他五孫子輸了，怎麼給他找補找補，才能讓他少丟些人。

就在人們的擔心和幸災樂禍中，眾皇子、皇孫們的比試開始了。

承乾帝一聲令下，眾皇子、皇孫們就紛紛騎著駿馬，朝自己被分配的林子飛奔而去。

朱熙自然也在這群騎馬飛奔的人群中，也很快就到了自己被分配的林子，在裡頭又等了一會兒，一身黑衣，蒙著面的周瑜就出現在他身前。

「你只管負責騎馬，獵物交給我！」

周瑜剛通過空間過來，就立刻接過了朱熙揹的弓箭，朝朱熙說道。她邊說，邊隨手射出一箭，一隻野山雞就應聲倒地了！

朱熙見周瑜帥氣的模樣，不禁兩眼放光。

「你們這比試是只比數量嗎？打兔子和鹿都算一隻？」周瑜邊尋找獵物邊朝身後的朱熙問道。

「不是，一隻鹿可以抵五隻兔子或山雞。」朱熙忙說道。

「那就好，那我們就先儘量將鹿打完吧！」周瑜抬著弓自信的說道。

一個時辰後，當朱熙騎著馬一臉悠閒的走出林子時，朱煦見了他的樣子，心中就想：你就裝吧！看你還能裝多久！

然而，等侍衛進林子將眾人打的獵物抬出來時，朱晌卻震驚了。那一堆密密麻麻堆一起的，絲毫不亞於他的獵物，真的都是朱熙那廝打的？

眾人也都被朱熙打的獵物驚呆了！那般多的獵物，怕是只有十二皇子和八皇孫的，能和他一較高下了！

果不其然，等侍衛清點後。

十二皇子共打獵物六十九隻，其中麋鹿、羚羊各十隻，按以一抵五算，合算一百四十九隻。

八皇孫共打獵物五十七隻，其中鹿和羚羊、黃羊等共三十隻，按以一抵五算，共計一百七十七隻。

朱熙共打獵物四十九隻，但因為羚羊和鹿等獵物占了總數的大半，共三十八隻。因此，按以一抵五來算，雖然朱熙的數量最少，但換算出的總數卻最高，共二百零一隻！

朱晌傻了，承乾帝等眾人也不可置信。

最終，裁判官宣布，朱熙贏得了打獵比賽的頭名。

第七十一章

「怎麼可能？我不相信！」朱煦還沒有從震驚中緩過神來，聽了這結果忍不住就朝朱熙叫嚷道：「你一定是使詐了！我不相信你會勝過我，有本事咱倆再單獨比一次！」

「切！這麼多人看著呢，又有皇祖父在，我怎麼使詐？」朱熙立刻朝他嗤道：「昨天不是你說的？君子一言，駟馬難追！誰輸了誰當著皇祖父的面給對方磕頭認輸，怎麼？合著只你贏了才行，輸了就耍賴啊！」

「你……我……」朱煦還是不相信朱熙突然之間就變得這麼厲害，但說他使詐，自己也確實拿不出證據來，一時氣得都語塞起來。

承乾帝也覺得此事必有蹊蹺，但亦覺得在自己眼皮子底下，朱熙斷不敢使詐，因此就笑問道：「熙兒，你的騎射功夫怎麼突然變得這麼好了？」

朱熙聽了就按著昨晚他們兩口子商量的，對承乾帝說道：「回皇祖父，您難道忘了，您孫媳婦兒的箭術那可是頂頂好的。知道這次過來您肯定要考校我們的騎射功夫，幾個月前您孫媳婦兒就已經開始帶著我練習箭術了。加上今兒孫兒著實運氣好，淨是碰上大傢伙了，因此才僥倖贏了！」

原來如此！一時還真記不起他五孫媳婦會箭術了，他只記得那丫頭好像醫術不錯？

一旁的雲公公見了就小聲提醒他道：「陛下，您忘了，當初胡相之子的手臂，就是被睿王妃和沐將軍一塊兒打殘的。當時老奴記得，他的那條右胳膊都被射穿了！」

承乾帝這才恍然記起好像還真有這麼回事。

看來她這個孫媳婦兒還真是深藏不露啊！難怪他孫兒對她又怕又愛呢！唉……要是這兩口子能換一下該多好！那繼位人選就能……唉！

經過這幾年的反覆考慮，承乾帝已經決定將繼位人選定為四皇子朱林了，他這個兒子除了為人有些狠辣涼薄外，別的方面還是讓他很滿意的。

比起書呆子老三和生性懦弱的他二孫子，顯然老四更適合坐他的位置。而且，老四的兩個嫡子四皇孫和八皇孫，一個溫文爾雅品行良善，一個驍勇善戰堅韌不拔，也是讓承乾帝選擇他的原因之一。

「皇祖父，孫兒還是不服，請您恩准孫兒再跟五哥比試一場，若是孫兒輸了，以後五哥說什麼孫兒就做什麼！」朱煦還是不肯面對現實，因此又朝承乾帝求道。

一旁的朱熾聞言也立刻幫腔道：「是啊，皇祖父，既然五弟的箭術已經練得爐火純青，那不如您就讓他再跟八弟比一場吧？也好讓他心服口服。」

他這個二哥還真是一天不擠對他就渾身難受啊！

朱熙立刻不要臉的道：「呵呵，皇祖父，不是孫兒不想給二哥、八弟面子，只是孫兒剛才因為拉弓太猛，不小心扭了手腕，怕是三、五個月之內都不敢使勁了。」

我信你個鬼！承乾帝和朱熾爺兒倆有志一同地腹誹。

心中沒太多彎繞的朱煦倒是信了，卻還是不肯死心，想了想，又堅持道：「既然你比不了，那就讓五嫂替你比一場如何？她既是你的師傅，箭法應該比你還強吧？若是她贏了，弟弟以後也唯你們夫婦馬首是瞻！」

我們夫妻幹麼用你馬首是瞻？我們又不缺馬！

因此朱熙立刻又拒絕道：「你五嫂今兒病了，怕是來不……」

結果才剛開口，就看見周瑜領著魏嬤嬤幾個走了過來，朱熙一下子僵了。

朱熾見了立刻朝朱熙笑道：「咦？你剛不是說五弟妹病了，看樣子還挺好的啊？」意思直指剛才朱熙說謊。

朱熙懶怠搭理他，見周瑜過來了，急忙上前幾步攙住，笑問道：「剛不是說頭疼，想睡一覺嗎？怎麼這會兒又起來了？當心吹了風，又疼起來……」

周圍眾人頓時被他這副殷勤小意模樣給辣了眼睛，尤其在座的已婚男士紛紛摀臉。一個男人怕媳婦不可怕，可怕的是他不以為恥，反以為榮，簡直太丟他們男人的臉面了！可想而知，被他這一比，等今兒晚上回去，不知要有多少人的後院不得安寧……

承乾帝也是氣得不行，腹誹這貨對他都沒這麼殷勤伺候過！

周瑜也被朱熙一副伺候她如同伺候老奶奶的模樣，搞得有些不自在，紅著臉甩開了他攙扶自己的手，先上前給承乾帝等人見禮，才同朱熙道：「剛才睡了一會兒，感覺已經好多了，見你還沒回來，就忍不住想來看看你們比試的結果如何了？也不知你前些日子的苦練有沒有成效？」

「哈哈！阿瑜，多虧了妳，我今兒竟得了第一！」朱熙立刻朝周瑜一臉自得的道。

兩口子這一唱一和間，也將朱熙之所以會突然箭術大漲，全因周瑜在背後給他開小灶的說法坐實，大家自然也都相信了。

不然，朱熙打的獵物就在那兒堆著呢，斷沒有造假的可能，除此之外，也確實沒法解釋了！如今除了周瑾夫婦，還有誰能想到這兩位其實是有外掛呢？

「五嫂，既然妳身體無礙，那可否跟弟弟比一場？也好讓弟弟見識見識五嫂的箭法！」一旁的朱煦又上前一步要求道。

周瑜嫣然一笑。

「行啊！不過我覺得還是要一碼歸一碼，你先將昨兒的賭注付清了，當著皇祖父的面對著你五哥將頭給磕了，我再跟你比。」

朱煦頓時渾身一僵，在眾人都以為朱煦不會跪的時候，不想他真的給朱熙跪了，跪完就朝周瑜道：「五嫂，這回妳總該同意跟弟弟我比一場了吧！」

周瑜和八皇孫朱煦的比試，採用了最普通的方式，就是每人十箭，看誰射得最準。

朱煦率先射出一箭，直中靶心，立刻引來了一片叫好聲。

「五嫂，獻醜了！」朱煦立刻朝周瑜張揚地笑道。

周瑜並沒有因此被擾亂了心神，見他射完，立刻屏氣凝神，然後拉弓、瞄準，也射出了一箭。動作一氣呵成，乾淨俐落，準頭也是相當好，亦是砰一聲正中紅心！

「好！」旁邊的朱熙立刻化身啦啦隊，率先為媳婦兒叫起好來，那驕傲的模樣，跟箭是他射的一樣。

「姪媳婦兒，厲害啊！」十二皇子朱杉亦跟著讚揚道。

周瑜就在眾人的讚揚聲中，笑著朝朱煦抬了抬下巴，意思是該你了。

朱煦沒想到周瑜的箭法竟然好成這樣，且比他還囂張。生怕自己輸了，急忙也收了輕視之心，神色鄭重起來。然後，第二箭稍微偏右了一點，但依然很準，還是在靶心上。

周瑜緊接著也朝著自己的靶子射出了一箭，跟朱煦射出的位置差不多，也在靶心偏右一點的位置上。然後第三箭，朱煦的箭落在靶心偏上一點，周瑜的也隨之落在了靶心偏上一點。

旁觀眾人覺得似乎有些不對了。

怎麼會這麼巧？不會吧！

但接下來，朱煦的箭命中靶心，周瑜的也命中靶心，朱煦手一抖，箭落在八環上，她的也同樣落在八環上；幾乎是朱煦射到什麼位置，她就射在什麼位置。

我靠！這也太厲害了！

眾人都看傻了。而比賽的當事人朱煦已經開始懷疑人生。

這他娘不是真的！今天發生的一切都不是真的！

然後，在周瑜自信的微笑中，朱煦心態都崩了，最後的幾箭也是越射越偏，周瑜也跟著他越射越偏，最終，兩人以平局結束了比賽。

但誰都已經看出來，這個所謂的平局，乃是睿王妃有意營造的平局。不是她不能贏，也不是她想關照八皇孫，而是她故意的，惡趣味的就是不願意贏。

這結果，比直接贏了朱煦還讓他難堪。

比完這場，朱煦也的確臊得眼淚都要下來了，不過比起剛才輸給朱熙，這次輸給周瑜，他倒是心服口服。他一向尊敬強者，因此剛比完，評審官還沒開口誰勝誰敗，他就先朝周瑜跪了。

八尺高的男兒耷拉著腦袋，朝周瑜半跪在地，臊紅著臉道：「五嫂，小弟願賭服輸！以後但有驅使，莫敢不從！」

這般磊落的態度，倒是讓周瑜對他的印象好了不少。

因此就扶了他一把，也看著他開誠布公道：「其實我剛才次次跟你平手，除了想打壓你的囂張氣焰，為我夫君出口氣外，還因為我知道，若是論步射，或許你比不過我，但若是論騎射功夫，我卻也勝不過你。因此，你也不用妄自菲薄什麼，更不用履行什麼賭約，說什麼莫敢不從的話！」

朱煦一下子覺得被五嫂帥到了，更加服氣了。

「哈哈，煦兒！你五嫂這是教你做人切勿驕傲自滿呢，你不可記恨於她。」承乾帝適時的開口道，覺得今兒讓他八孫子連輸兩場也不是壞事，正好讓他明白人外有人、天外有天的道理。

「是，皇祖父教訓得是，孫兒此次輸得心服口服，以後斷不敢再驕傲自滿了！」朱煦跪地老實答道。

經此一事，朱煦也的確沈穩了很多，而且兩次都慘敗於女子之手，讓他以後再面對女子時，也不敢隨意輕視了。

以後的幾天，眾皇子、皇孫的圍獵活動仍在繼續，但朱熙卻以手傷為由，明目張膽的拒絕了所有他本應該參加的項目，專心致志的陪媳婦遊玩起來。

別人跟著過來都是想在承乾帝面前展示自己，從而尋找機會或者更進一步。而他倆就全然是來補蜜月的，搞得都已經來了獵場半個來月，除了第二天眾皇孫比試時承乾帝見過這夫婦倆一面，此後再沒見過二人蹤影。

這天，承乾帝又帶著眾兒孫臣子們打了一天的獵，覺得有些累了，加上肚子也略有些不舒服，因此被隨行的妃嬪伺候著喝了一碗熱湯後，就早早的歇下了。

誰知，半夜腹痛的感覺竟然越來越厲害，剛開始只是中上腹或臍周有疼痛感，後來右下腹也開始鈍痛起來。

雲公公急忙去宣了隨行太醫，但幾個太醫診治完，都面露難色起來。

承乾帝此時已經被這腹痛搞得面色慘白，坐臥難安，又見幾個太醫的神色，頓時心中咯噔一聲。

「朕到底是什麼病症？你們儘管說來，若有隱瞞，定斬不饒！」

幾個太醫此時腦門上的汗比承乾帝只多不少，面面相覷一番後，最有資歷的太醫院院正楊老太醫向前一步，匍匐在地道：「回陛下，經老臣幾個看來，您所患的病症乃是腸癰，老臣已經開了幾服藥，服用後或許會有些效果……」

腸癰嗎？承乾帝聽了心中又是一驚，當年他曾經有一位並肩作戰的兄弟就是死於此症，從發病到去世，只用了三天，而且是活活痛死的！那位兄弟是受多重的傷都不曾哭的漢子，臨死前竟然疼得哭爹喊娘。

「行了，朕知道了，你們先下去吧！」承乾帝閉了閉眼，朝楊太醫等人道。

幾位太醫忙誠惶誠恐的退了下去。

承乾帝就又朝一旁的雲公公道：「看好他們，速傳康王、沐風過來……」

第二天的清晨，整個狩獵營地的人都人心惶惶，因為大家發現，他們的營帳突然都被御林軍看管了起來。

正在眾人都不明所以時，承乾帝又突然傳令，所有人員即刻回京。還勒令回京途中，所有人都不准脫離隊伍，全部都要統一行動。

到了這時，即使朱熙再粗神經，也覺得肯定是出了事，而且他的直覺告訴他，多半是他祖父出了事。

但他幾次想去詢問，都被守著的御林軍給擋了回來，一時急得直在營帳裡轉起圈。

「皇祖父肯定是出事了……阿瑜，怎麼辦啊？看這架勢，皇祖父他老人家不會是要不行了吧？」

周瑜被他轉得直頭疼，見他口無遮攔，忙制止了他，悄聲安慰道：「你先別慌，昨晚我哥在空間給我留了信，說是他昨晚突然被沐將軍調去守衛內帳了，若是果真有什麼事，今天他一定會通過空間通知我們的。」

朱熙聽了，慌亂的情緒這才好了一些。

直到半個時辰後，眾人準備啟程時，承乾帝親率沐風等人出現在營帳門口，在雲公公的攙扶下，笑著登上回京的御輦時，朱熙的一顆心才徹底放了下來。

唉唷喂！可嚇死他了，剛才那架勢，他還以為祖父突然得了重病要死了呢！這會兒見他祖父好好的，朱熙就放心了。

因此，就樂呵呵的扶著周瑜也坐上了自家的馬車，跟在承乾帝車駕的後面，反倒是同樣看到承乾帝登車的周瑜有些擔憂起來。

因為她發現，承乾帝上車時不光臉色慘白，身子也微微的弓著。要知道，承乾帝平時走路可是腰板挺直，一點都不駝背的。而他的手，也似乎不自覺的壓在右腹上……

「阿瑜，妳怎麼了？」在跟周瑜說了好幾句話，她都沒有反應後，朱熙終於覺出些不對勁，忍不住問道。

「朱熙，我覺得皇祖父有些不對勁。」周瑜小聲說道：「剛才我發現他上車時似乎在強忍著疼痛……」

朱熙聽了，一下子又緊張了。

此時，承乾帝的御輦上，服用過楊太醫等人開的好幾服藥後，承乾帝還是沒見好轉，反而腹痛得越來越劇烈。

沐風等人都急得不行，只有承乾帝自己還算鎮定一些，甚至跟沐風安排起了自己的身後事來。

「我若是撐不過去，老四進京前，你們千萬要秘不發喪。切記要等他到了，再宣讀遺詔，也一定要注意藍庭動向，他與老四一項不睦，別讓他有機會搞出什麼事來……雖然熙兒根本無心跟他叔叔爭這個位置，但藍庭卻未必這麼想。」

承乾帝喘了幾口氣，又道：「等進了京，你就先派你的人，將熙兒、熾兒給送到封地去，別讓老四有機會對付他們。老四那孩子心太狠，朕就算給他留了遺詔，也怕他會對他們兄弟倆不利……」

沐風見他義父此時已經疼得滿頭大汗，還在為子孫考慮，早已經心疼得泣不成聲。「義父，您老人家一定不會有事的。等進了京，兒子立刻將京都所有醫者都找來，一定能治好您老人家的。」

承乾帝聽了忍不住心中哀嘆。

若是能治，他何嘗不想治好，但連楊太醫幾個都治不了的病，別人又如何能治？看來，他這次怕是真的要交代在這裡了……唉！死他倒是不怕，只是這疼痛太他娘的磨人了，簡直要疼煞他了！

而且，為了能讓遠在封地的四兒子能順利趕來繼位，他的病還不能讓任何人知道，只能就這麼孤零零的等待著死去。

身邊除了這個乾兒子，自己的親兒孫誰都不能見，更讓承乾帝傷心不已。

就在這時……御輦外騎馬跟隨的雲公公突然稟報，說睿親王夫婦有重要事情求見。

「讓他們上來吧。」

承乾帝聽見五孫子非得求見自己，到底忍不住想最後見一眼這個自己最疼愛的孫子的慾望，最終還是讓人將他們夫婦喚了過來。

朱熙一爬上御輦，看到榻上自己祖父那張慘白的臉，眼圈立刻就紅了。

原來阿瑜真的沒看錯，他祖父真的是病了！

「祖父，您老人家這是怎麼了？前兩天不還好好的嗎？嗚嗚……您怎麼不讓人告訴孫兒啊！」

「傻孩子，你怎麼過來了？」承乾帝強忍著疼痛，朝孫子溫和的問道。

「阿瑜剛看你登御輦時好像在忍著疼，孫兒不放心，就過來看看。祖父，讓阿瑜給你看看吧，她醫術很好的！」朱熙急忙說道。

周瑜則一進御輦，就詢問了一旁的沐風，承乾帝的病到底是怎麼回事。

沐風是知道周瑜會醫術的，因此就將楊太醫幾個診斷的結果都跟周瑜說了。

「突然之間就疼了起來，已經吃了好幾服藥，可還是越來越嚴重。但除了吃藥，楊太醫也沒有別的辦法了……」沐風低聲跟周瑜說道。

腸癰嗎？

周瑜皺起眉頭，忙上前詢問了承乾帝的症狀，聽他說疼痛部位剛開始是在臍周部和上腹部，如今的疼痛部位都集中在右腹部，已經可以初步斷定其患的確實就是腸癰，按現代的說法就是急性闌尾炎。

她忙又給承乾帝做了檢查，發現其右下腹有陣發性的壓痛和劇痛，按壓時疼痛明顯，所幸體溫還不高，右腹部也沒有發現明顯腫塊。

周瑜覺得按承乾帝的症狀來看，應該是化膿性急性闌尾炎，但好在還沒發展到穿孔和壞疽的地步，闌尾周圍也還沒有大的膿腫產生。但若是不盡快干預，再繼續任其發展下去，的確很可能會危及生命。

可……這如果放在現代，周瑜倒是不發愁，簡單手術就能解決。如今在這古代，她如果給承乾帝動手術，先不說沒有無菌環境手術的成功率，就是說服承乾帝接受讓她動手術都很難！

她若是直接說要給他老人家開膛破肚，他老人家會不會一氣之下先將她給開膛破肚了？

第七十二章

「阿瑜，我祖父的病情怎麼樣？還能……」

朱熙見周瑜診斷後久久不說話，忍不住擔心的問道。

「熙兒，別問你媳婦了。祖父知道，祖父這病多半是治不好了……趁著祖父這會兒還有時間，你聽我說。」

承乾帝制止了朱熙的詢問，拉著他的手說道：「你不是早就想要一塊肥美豐饒的大封地，好帶著你媳婦去就藩嗎？祖父已經給你們夫婦倆挑好了，就在雲南。等回了京都，你就趕緊去就藩，祖父已經給你安排好了，到時候你沐叔叔會帶兵護送你們過去，祖父已經封你沐叔叔為雲南布政司，以後他也會留在那裡幫你……」

「不行！祖父，你病還沒好，我是不會扔下你就走的！」

朱熙聽承乾帝一副交代遺言的模樣，倔脾氣也犯了，梗著脖子嚷嚷了起來。

見他祖父突然疼得整個人都弓了起來，頭上的汗珠比黃豆粒還要大，又嚇得哭出聲來，覺得他祖父真的要死了。

「嗚嗚……祖父！你別死好不好？我爹、娘和大哥都沒了，如今除了阿瑜，孫兒可就只有你一個親人了啊！」

承乾帝此時感覺那股劇烈的疼痛又襲了過來，忍不住痛呼出聲，整個人都蜷縮了起來，已經疼得顧不上回答朱熙的話了。

朱熙急得就又去拉周瑜，將周瑜當成了最後的救命稻草一般。

周瑜咬了咬牙，握住朱熙的手輕拍安撫，心中下了決定。

待承乾帝那陣劇烈的疼痛過去後，周瑜就蹲在承乾帝的榻前，朝著承乾帝溫聲問道：「皇祖父，我若是說我有七成的把握能治好你，但治療時只能有我和朱熙兩個在場，別人都不許進來，你能相信我，讓我給你治療嗎？」

承乾帝和一旁的沐風、朱熙都望向她。

「怎麼治？為何不能有旁人在場？」一旁的沐風忍不住問道。

「因為我的這種治療方法有些危險，不到萬不得已連我也不敢嘗試。而且，我也不想將此種方法告訴旁人。」周瑜只得找藉口，半真半假地解釋。

「妳真有七成把握？」承乾帝也問道。

「嗯。」周瑜肯定的點了點頭。

如果不是承乾帝已經快七十高齡，且如今的手術環境也只能將就，周瑜甚至有九成的把握，畢竟割闌尾的手術，說起來也沒什麼大的難度。

「皇祖父，你就讓阿瑜試試吧，阿瑜的醫術很高的，孫兒相信她一定能將你治好！」

朱熙聽周瑜說他祖父的病能治，立刻高興起來，根本沒在意她媳婦說的所謂的七成把握。阿瑜行醫時一向謹慎，她說七成，那她心裡就至少有九成的把握了。

「好，朕讓妳治。」承乾帝並沒有猶豫太久，很快就決定道。

他覺得與其活活疼死，倒不如放手試一試。

於是他又吩咐一旁的沐風道：「千萬別讓人知道是瑜丫頭醫治朕的。若是瑜丫頭將朕給醫死了，你就什麼也別管了，趕緊帶著朕的御旨和你手下的兵護送他們去藩地。」

周瑜沒想到承乾帝都沒問她怎麼治，就應了讓她治療，還如此替他們夫婦考慮。雖然知道他做的這一切多半是為了他孫子，但還是被他為子孫的用心感動了。

可能對於有些人來說，眼前的承乾帝弒殺、暴虐，喜歡用砍人腦袋來解決問題，但對於大燕百姓來說，他卻真的是個愛民如子的好皇帝，而對於他的子孫來說，他也真的是一位好父親、好祖父。

既然承乾帝應了讓她醫治，周瑜覺得事不宜遲，因此立刻就安排了起來。先讓雲公公以承乾帝嫌棄御輦太過雜亂為由，將御輦裡除了床榻和一張桌子外的所有東西都清了出去，並重新將各處都擦拭了一遍，儘量將御輦裡的環境變得與手術室差不多。

「沐叔叔，待會兒我需要停下御輦一個時辰，而且，兩個時辰內，誰都不能靠近御輦。」周瑜對沐風說道。

「好，妳放心，我親自帶人在外面守著，不會讓人靠近的。」沐風立刻回答，說完，就下去安排了。

等沐風帶人看好了御輦，雲公公也將一切都按她的吩咐安排好，帶著人出去，確保不會有人進來後，周瑜手術前的準備工作也正式開始了。

周瑜先讓朱熙幫承乾帝將衣物給褪了，並乘機吸引承乾帝的注意力，她自己則跑去御輦的角落，進了空間。先將手徹底消毒，然後又將所有的手術用品給準備了出來，也一一消了毒。

等出來後，周瑜就戴著口罩，對著榻上只蓋著一條布巾的承乾帝說道：「皇祖父，您不用緊張哈。現在您先閉上眼，我先給您扎一針，讓您能好好睡一覺，等您醒了，病就好了……」

周瑜笑咪咪的蠱惑，但，承乾帝卻不想閉眼。

「丫頭，妳想做什麼儘管做，閉什麼眼睛啊？不過是扎一針，妳皇祖父還會怕不成？」

我那是怕你害怕嗎？我那是怕你看見我的專業器材！

周瑜忍不住腹誹。

也不知這死老頭都疼成這樣了，還逞什麼能，裝什麼英雄好漢？

於是忙給一旁的朱熙使了個眼色，朱熙立刻默契的上前一把就捂住他祖父的眼睛。

「祖父，您現在是病人，阿瑜讓你幹麼你幹麼就是，哪兒那麼多話啊？」

看來還是這種簡單直接的方法更有效！

周瑜點點頭，於是就朝朱熙豎了豎大拇指，然後急忙拿出藏背後的針筒，將麻藥順著承乾帝的靜脈注射了進去。

「皇祖父，剛聽您說您給我們選了雲南作為封地，謝謝您啊！那地方可真不錯！」

周瑜給承乾帝注射完麻藥後，一邊讓朱熙趕緊去一旁的角落裡消毒洗手，換手術衣，一邊笑咪咪的跟承乾帝聊起天來。

「怎麼，妳去過雲南？」承乾帝聞言就問道。

嗯，看來麻藥還沒見效……

「沒去過，可我聽過啊！我還知道那裡四季如春，風景如畫，有洱海、有雪山、有瀘沽湖……」

「妳知道的還挺多，這些朕都不知道。」

「那是，等以後我們去了藩地，接您老過去玩啊？」周瑜一邊緊盯著承乾帝的反應，一邊笑道。

「好啊……」承乾帝感覺眼皮越來越沈，隨口應付道。

周瑜看承乾帝的眼神已經處於半閉合狀態，又聽承乾帝應了跟他們去封地，知道這是麻醉已經開始生效了。因為，要是清醒著的承乾帝，是絕不會應了跟他們去封地的。

趁承乾帝睡了過去，周瑜急忙先採了承乾帝兩滴血，給他驗了血型，見跟朱熙的一樣同樣都是AB型，是可以接受任何血型輸血的血型，也就放心了。

想著一會兒手術過程中萬一有什麼變故，必須要輸血，就可以先抽朱熙的血給承乾帝補上，反正工具人，得最大程度的利用上。

工具人朱熙當然不知道他媳婦心中給他的定位，他此時正盡力讓自己成為一個合格的他媳婦的助手，正小心翼翼的按著他媳婦的吩咐，給他祖父要手術的部位消毒，然後鋪上了無菌巾。

周瑜一邊換上手術衣，將手又重新清洗消毒、戴好了手套，一邊滿意的看著朱熙工作。這貨還挺細心，倒是很適合當護理師，幹得十分不錯！

等手術前的準備工作都做完，周瑜就半跪在承乾帝的榻前，朝一旁的朱熙問道：「準備好了嗎？手術要開始了！一會兒我要什麼，你就遞給我什麼。」

朱熙聽了就緊張的嚥了口唾沫，點了點頭。

雖然他並不知道周瑜說的手術是什麼意思，但看著周瑜手中鋒利的小刀，本能的覺得接下來的過程會很可怕。

果然，在他點完頭後，他媳婦就乾淨俐落的劃開了他祖父的肚子……

他還來得及說自己沒準備好嗎？

割闌尾的手術並不難，手術用時也很短。

周瑜切開承乾帝的腹部後，很快就順著盲腸找到闌尾的位置，用止血夾挾住了闌尾繫膜，隨後就將一小節帶著膿包的闌尾切除了下來。

「嘖嘖，你看你祖父這闌尾都快黑了，再晚一步很可能就要穿孔，到時候可就危險了！」周瑜用夾子挾著那個剛從承乾帝腸子上切下來的闌尾，朝朱熙感嘆。

朱熙完全是用意志撐著，才沒驚叫出聲。

闌尾割除後，周瑜又不慌不忙的給承乾帝清理了腹腔，確保闌尾殘端沒有明顯的出血後，才將傷口縫合上。

從切開腹部到縫合完成，整個手術也就用了兩刻多鐘的時間，但這兩刻多鐘對於朱熙來說，卻彷彿如同過了兩年般的漫長。

他親眼看著他媳婦兒將他祖父的肚子割開，然後從裡面將腸子拖出來，割下一段後，又給推了回去，然後又將肚子縫上。這體驗，可真是令朱熙終身難忘，嚇得他面色比一旁熟睡中的他祖父還要白。

這樣做，他祖父真的還能活嗎？

「別愣著了，趁著祖父還未醒，趕緊幫我將這些手術器材給收拾好啊！」周瑜見朱熙還愣在那裡，定定的看著她剛切下的那一小節闌尾發呆，忍不住催促。

朱熙總算回過神，哭喪著臉看向周瑜，嘴唇顫抖。

「阿瑜……不行了，我可能幫不了妳了……我有點暈！」

承乾帝覺得自己作了一個好長的夢，夢中他爹娘、兄弟、老伴、長子、長媳、長孫，都活得好好的，他也不再是一個帝王，就是一個普通的大地主，家裡足足有兩百畝地，比他們村裡最富的劉地主家的地還多。

因為地裡今年的收成很好，他老伴就給一家子燉了一大鍋肉，烙了他最愛吃的餅，然後，滿滿的捲了一張餅的肉，熱呼呼的捧到他面前，讓他快趁熱吃。

那張捲滿燉肉的餅，真香啊！香得承乾帝哈喇子都要出來了，急忙從老伴手裡接了過來，想著，這要是一口咬下去，舌頭不得都香下來啊？

結果，張嘴剛要咬，就聽見耳旁他五孫子在叫他。

「祖父！你快醒醒……快醒醒！」

然後，整個美夢都沒了。

承乾帝睜開眼，落入眼中的就是他五孫子那張漂亮得跟女娃娃似的臉！不禁納悶，他五孫子不是才剛兩歲，怎麼轉眼就長這麼大了？等稍微清醒了些才恍然明白過來，原來……這樣大的他五孫子才是對的，剛才的那個是個夢啊！唉！

「祖父，你感覺怎麼樣了？」朱熙見承乾帝醒了過來，忙溫聲問道。

「我有些冷。」蓋著被子還是有些冷。

「沒事，阿瑜說麻……過後有些冷是正常的，待會兒就好了，我這就再讓雲公公給你拿床被子來……」

朱熙聽了就忙出去，找雲公公要棉被了。

「我這是真的治好了？」

承乾帝驚愕的問一旁的周瑜，他現在就是覺得冷，卻一點都感覺不到那難忍的腹痛了。

「嗯，基本算是好了，不過現在您還不能動，先要平臥幾個時辰。您現在是用著止疼的藥呢，所以才感覺不到疼，等藥勁兒過了，可能還是會疼一些，但比起以前會輕很多。而且，您放心，我和朱熙都會留下來照顧您的，只要接下來的三天沒事，以後您就都會沒事了。」周瑜笑咪咪的說道。

他這還真是死裡逃生了？沒想到真的如這丫頭所說的，睡一覺就給他治好了？

接下來的幾天，承乾帝的照顧任務就都落在周瑜和朱熙身上，雲公公都靠了邊。為了更好的照顧祖父，朱熙甚至直接在承乾帝的御輦上打了個地鋪，住了下來。

因為不能輸液，每隔三個時辰，周瑜就會給承乾帝打一劑消炎針。當然，每次打的時候，朱熙都會將人支走，然後將他祖父的眼睛給捂起來。

承乾帝這回倒是沒反抗，十分配合的讓朱熙捂了眼。

主要是因為他覺得被孫媳婦兒在屁股上扎針，十分的尷尬。就算他孫子不捂著他的眼，他都想拿被子將自己的頭給捂了，來個眼不見心不煩。

而且他也十分不理解，為何給他治腸子，要往他屁股上扎針？就像他不理解，為何他孫媳婦兒給他治完病後，他肚子上居然多了個一手指長的傷口一樣。

他孫子笑著跟他說，那個傷口是因為他孫媳婦要將他疼的那節腸子給剜去，才割開的通肚子的口子。

但承乾帝根本不信，覺得肯定是他孫子又忽悠他呢，要是他真被剜了腸子，又怎麼可能還活著？

「既然您老不相信，那就別問了，反正就算阿瑜告訴您，您也聽不懂。而且，阿瑜說了，這個醫治的法子十分危險，那個讓您睡著感覺不到疼的藥也十分難尋，只有很遠很遠的海外才有，她也是機緣巧合下才得到幾粒，還都給您用了，以後恐怕都不會再有了。所以，以後再碰到您這種病，阿瑜也沒法子治了。所以等您好了，也千萬別告訴別人是阿瑜治好您的啊！隨便編一個什麼和尚道士的都隨您，只要別說是我們阿瑜就行。」

朱熙見實話實說他祖父都不信，心中竊喜，於是又瞎編道。

不過，他倒也不是全然說謊，他和阿瑜的確商量過了，以後能不用這樣的方法救人就不用了。倒不是他們捨不得那些珍貴的藥品，而是他很擔心就算阿瑜將她的那些藥都拿出來，再用這種方法救了人，怕是也會有人不領她的情，將她當成邪祟或妖魔鬼怪來看待……

並不是每個人都會跟他一樣，見她破開別人的肚子時還相信她在救人，大多數人都會以為那是邪術！就連他，從始至終看了那手術的全程，也還是不明白，缺了一節腸子的他祖父為何還能活著？

朱熙覺得，他的阿瑜會的那些東西太稀奇，不是他們這個地方的人能接受並相信的。

承乾帝聽完朱熙的話，就覺得莫非他這是受到上天眷顧了？老天知道才讓他這個五孫媳婦來救了他？要不怎麼就這麼巧，那麼稀有的藥，就正好被他孫媳婦找到了？

經過朱熙夫婦的妥善照顧，承乾帝恢復得很好。手術當天，就順利排了氣，能吃些流食了，到了晚上，就已經能在朱熙的攙扶下起來在御輦裡轉幾圈了。

第二天，除了肚子上的傷口還有些疼痛外，腹痛的狀況已經全沒有了。

第三天，等他們回到京都時，承乾帝已經能自己繞著御輦轉好幾圈，且不用人扶了。

不過，為了防止他動作過大，不小心將傷口撐開，在他下車時，周瑜還是讓人將他抬進了寢宮。

「瑜丫頭，朕大概多久才能正常吃東西啊?!」

承乾帝回宮後，又睡了半日。在醒來後，又一次不出所料的看到一小碗清湯爛麵條，而他旁邊，他孫兒正抱著一大碗排骨在啃。

承乾帝見朱熙吃得津津有味，立刻氣著了，忍不住問道。

可能是因為小時候總在挨餓，很少有能吃飽的時候，更別說吃肉了。所以，直到現在，承乾帝都覺得這世上最好吃的就是肉，甚至已經達到了無肉不歡的地步了！

「最少還要個三、四天，這幾天都只能吃半流食，一個月內，食物都要以軟爛為主，禁食辛辣油膩……而且依著您的年紀，就算您好了，以後飲食也要清淡一些，要多吃蔬菜，少吃肉。」

周瑜一邊看他們吃飯，一邊囑咐。

承乾帝聽了，就感覺手裡那碗爛麵條更難吃了。

兩日後，四皇子朱林晝夜兼程秘密的進了京都，就隱在京中的一處宅子裡，此時正在聽手下稟報。

「自從回宮後，聖上就下了旨，說是打獵累著了，要好好歇幾天再上朝，將朝政都交給了大臣們處理。而他的寢宮，就只有幾位老臣和睿親王夫婦被准許進入，其餘人誰都不讓進，屬下覺得……聖上怕是快要……」

「能肯定父王確實病入膏肓了嗎？這可不是小事，千萬穩妥要緊。」朱林打斷道。

「能！護衛營裡我們的人已經跟李太醫聯絡上了，能肯定聖上確實得的是腸癰，且已經很嚴重。李太醫說，最多也就還有五、六日的時間，而從他傳出消息到此時，已經過了有五日半了！」那名下屬立刻回稟道。

「哼！看來父王真是老糊塗了！這是真想將大位傳給朱熙那小子啊？也難怪，從小在他眼裡，也就大哥才是他的好兒子，我們這些人，都只配給他們一房做牛做馬！」朱林聽了就恨聲道。

一旁的一個幕僚就乘機上前勸道：「殿下，到了這時候，您得當機立斷啊！」

朱林聽了並未應聲，又問第一個屬下。「肅國公那邊如何了？」

「殿下放心，如今已經是我們讓他做什麼他就會做什麼了。」

朱林聽完，緊鎖的眉頭才舒展開一些，背著手在屋子裡轉起圈來。他手下的那些人都知道，每當要做重大決定時，他們殿下都會如此，因此都不敢再出聲，靜靜等待起來。

片刻後，朱林才停住腳步，朝他們道：「幹了！通知各處，明早按計劃行事！」

又囑咐一旁的那個幕僚。「煦兒那裡你親自去辦，那孩子一根筋，不要與他直說。」

「是！」那幕僚忙應聲道。

第七十三章

這天，是承乾帝接受手術後的第六天，比起前兩天，承乾帝的狀況又好了許多，已經不需要打消炎針了，周瑜查看他的傷口後也很滿意。

「傷口恢復得很好，明日應該就能拆線了。」

「那阿瑜，拆了線是否就無事了？」一旁的朱熙聽了就問道。

「嗯，只要不用力牽扯到傷口，基本上就無事了，再休養幾個月，就同常人無異了。」周瑜笑道。

眾人聽了就都高興起來。

承乾帝看朱熙這幾天因為照顧自己，累得臉上鬍碴都出來了，自己這會兒又沒什麼事，就讓他趕緊回寢宮去洗漱一番，再好好歇歇，等晚飯時再過來。

朱熙見他祖父也確實好多了，又有雲公公等人看著，就也沒反對，拉起媳婦就遛達著回了自己寢宮。洗漱過後，他正打算和媳婦好好溫存一番呢，就聽門外來報，說十二皇子同八皇孫一塊兒來了，要邀他一起去看馬。

朱熙不想去，他就想跟他媳婦待著，因此將他們請進來後，就想找個藉口推了。

「我待會兒還要去同皇祖父下棋，你們自己去吧……」

「得了吧你！不給面子就說不給面子，扯什麼謊啊！就你那臭棋簍子，皇祖父會找你下棋？他老人家又不傻，怎會如此給自己找不痛快？」八皇孫朱煦聽了立刻譏諷道。

「哈哈，就是，熙兒，這幾匹馬可是老八託他父王千辛萬苦才弄到的，特意送給你們夫婦一人一匹，也是為在獵場時小瞧了姪媳婦道歉。你可別不識抬舉，怎麼也得給老八這個面子。」一旁的十二皇子朱杉聽了，就故作長輩朝朱熙勸道。

今兒一早，朱煦就找到他，讓他幫著做個和事佬，想要藉著送馬之事和朱熙來個盡釋前嫌。朱杉聽了自然高興不已，在他看來，都是骨肉兄弟，當然是越團結越好，於是就高高興興的陪著朱煦來了。

「那好吧！看在老八這麼誠心悔過，又有十二叔在，我這個當哥哥的就給他一個面子好了。」

朱熙見他十二叔都這麼說了，朱煦又主動服了軟，就想著不過是去挑兩匹馬，又耽誤不了多大工夫，因此也就應了。

朱煦卻見他那一副自得樣兒，立刻後悔來這一趟了。

自己是怎麼覺得這貨也還行的？明明還是那般討厭啊！

朱煦忍不住就懟道：「我跟你誠心悔過？你作夢吧！別忘了，你贏我的那次我都已經磕頭認輸過了，咱倆早就扯平了。我這回來是因為五嫂贏了我，又沒讓我履行賭注，我這才想著送她一匹馬表示表示的。既送了五嫂，總不好不送你，你不過是沾了你媳婦的光罷了！」

「呵呵！既是沾我媳婦的光，那我也就不用知你的情了，等一會兒取了馬來，我就只謝謝我媳婦就好了。」朱熙立刻也不要臉的朝他冷笑道。

朱煦要跟朱熙比臉皮厚，還真的比不過，頓時無語了。

「好了，好了！快走吧！正好你們十二叔也缺匹好馬呢！這回我也沾沾姪媳婦的光，也挑匹好的。」朱杉見這哥兒倆幾句話又要打起來，忙一邊打岔，一邊一手攬著一個朝外走去。

宮裡養馬的御馬監就位於宮城的東北角，四皇子給朱煦送來的八匹駿馬就養在那裡。朱煦昨天已經去看過一次，因此行來的路上一直在跟十二皇子和朱熙描述那幾匹馬如何如何好，吹噓他父王如何疼他，知道他喜歡馬，竟然給他找了這麼多匹過來。

此時，正朝朱熙樂呵呵的建議道：「嘿嘿！那幾匹戰馬可都是正宗的西域馬，其中那匹我剛說過的棗紅色才一歲的母馬，我覺得十分適合五嫂，五哥倒是可以給五嫂挑了……」

但朱熙卻絲毫不領他的情，心道我媳婦的馬幹麼讓你挑，於是想都沒想就拒絕道：「謝了，不過我媳婦不喜歡棗紅色。」

「這樣啊，那要不給五嫂挑那匹白色的？」

「不用，我媳婦也不喜歡白色。」朱熙又拒絕道。

「那……要不挑匹黑的？」朱煦又道，見朱熙又要開口，直接先一步替他說了。「得，你是不是想說你媳婦也不喜歡黑色？那我看你還是別去了，我那些馬就這三個色，沒別的讓你挑了！等以後再來了什麼黃的、綠的，你再來給五嫂挑吧！」

朱熙好不容易坑朱煦一回，又馬上就要到御馬監了，哪肯空手回去？於是聽了就立刻改口道：「誰說我媳婦不喜歡黑色的，你剛不是說那裡面有一公一母一對黑色駿馬嗎？我們兩口子就要那個了，到時候正好一人一匹。」

一旁的朱杉聽了就一掌拍他後背上，笑罵道：「嘿！合著你挑的根本不是顏色，而是只看是不是一對唄？呵呵，你小子可真夠損的，明知道你叔叔我情路坎坷，老八也還單身呢，在這兒故意顯擺什麼啊！」

「就是，也不知五嫂怎麼就瞎了眼，看上了你！」一旁的朱煦也跟著嗤笑。

叔姪三個邊走邊互懟，很快就到了地方。御馬監掌印太監張振見他們幾位到了，急忙迎了出來，三人就跟著他朝馬廄走去。

但剛邁進養馬的院子，朱熙就覺出不對來，這院子裡也太安靜了些，平時餵馬吃草的那些太監們竟然一個都不見，於是急忙拉著他十二叔就往外跑。

那張振見了，立刻大喝一聲。「攔下他們！」

隨著他的這聲大喝，馬廄四周立刻跑出了幾十個手拿利刃的太監來，將御馬監的入口給圍了起來。

朱杉此時也已經反應過來，氣得一腳踹向一旁正一臉迷茫驚愕的朱煦。

「老八！你他娘坑我們！」

承乾帝在雲公公的攙扶下在屋子裡又遛達了幾圈，剛躺下，沐風就帶著康親王和鎮國公、蘇閣老等幾個老臣來了。

雲公公忙將幾人迎了進來，並親自守在外頭。

鎮國公和蘇閣老幾個都是沒有跟著去圍獵的，也是剛才從沐風口中知道承乾帝才大病過一場，因此一進承乾帝的寢室，看見躺在榻上的承乾帝，立刻圍著他老淚縱橫起來。

「陛下，您這是怎麼了啊？」鎮國公鼻涕眼淚流一臉，拉著承乾帝的手就哭嚎道。

「行了，老哥哥，你快請起吧，朕又沒死，你哭個什麼？你年紀也不小了，別回頭再給你哭出個好歹來。」承乾帝剛死裡逃生，初見一同出生入死的好兄弟，也是感慨萬千，忍不住也紅了眼。

但承乾帝卻又不想當著人掉淚，因此忙朝一旁的沐風道：「還不趕緊給你夏侯伯伯幾個搬椅子來？看他顫巍巍的，朕心裡都揪得慌，別朕沒死，他先給哭死嘍！」

沐風聽了，忙笑著搬了幾把矮杌子過來，給幾位老臣坐了。

承乾帝這才跟眾人說起正事來。

「這些日子朕想來想去，覺得朕的這些兒子裡，還是老四各方面都更得用些。前幾日朕已經派人去封地接老四過來了，按時間算，明後天應該就到了。朕當時本以為這次是熬不過去了，所以在獵場時就已經立了遺詔，打算傳位給老四。但如今朕的身體又好了起來，就想著，乾脆等老四到了，直接立他為太子，以後也別回去了。他的封地，就留給老十二好了，那小子這些年一直跟朕玩心眼，藏拙呢！但其實武功軍法都很不錯，心地也是他這些兄弟裡最寬厚的，好好培養幾年，對老四將來也是個助力。」

康王爺是知道承乾帝要立四皇子朱林為儲君的，當時那遺詔就是他親寫的，因此聽了就點頭道：「早定下來也好，到時您也能帶帶他……」

眾臣其實也是這麼想的，覺得立儲之事不能再拖了，承乾帝畢竟已經快七十高齡，萬一一個不好，就又是一場大亂，因此對承乾帝的決定都紛紛表示贊同。

只有蘇閣老在聽說承乾帝要立四皇子時，卻蹙了眉頭，覺得四皇子此人太過於窮兵黷武，比承乾帝還有過之而無不及。

雖然，為大燕拓土開疆沒什麼不好，但蘇閣老認為，此時的大燕、雲貴和遼東都剛穩定，西域也才剛收復，或許更適合一個像先太子那樣，懂得休養生息的皇帝。

不過，鑒於承乾帝已經做了決定，眾臣也都沒反對，一向秉持著和稀泥的蘇閣老也就沒敢說什麼，儘管他心裡其實有個更好的人選。

君臣幾個正說著呢，剛才一直守在門外的雲公公卻突然奔了進來。

「出了何事！」承乾帝見雲公公神情不對，立刻警覺了起來。

「回稟陛下，四殿下帶著御馬監的數千太監和御林軍的一部分人，突然將後宮給圍了，如今正在和十二殿下手下的護衛隊廝殺，恐怕很快就會攻過來了！」

「誰？圍宮？」

眾臣聽了都錯愕非常，覺得自己是不是聽錯了。剛才承乾帝不是已經決定將皇位傳給四皇子了嗎？四皇子這時候突然圍宮算什麼？

「糟！老四這他娘是以為朕要死了，怕朕傳位給旁人，坐不住了啊！」

承乾帝卻轉眼間就反應過來，他派出去宣他四兒子進京的人，就是再快馬加鞭，也不可能這麼快就跑個來回，最快也得明日才能到。

老四這時候出現在這裡，只能說明他先宣召官一步，已經提前到了京都！是什麼能讓一向謹慎的老四敢無召私自進京呢？除非是他在獵場得病的消息讓老四知道了，老四覺得他將死，所以急著要來爭他這個位置！

「臣去看看！」

一旁的沐風聽了，立刻想要出去查看情況，但他的話音剛落，乾清宮門外就傳來四皇子朱林的聲音。

「兒臣聽聞父皇病重，心急如焚，特來探望！」

誰信呢?!眾人聽了不禁腹誹。

片刻前的鍾粹宮。

朱熙幾人走後，周瑜就將伺候的嬤嬤宮女們全都打發出去，然後將床幔放下後，就進了空間，想去整理這幾天弄得有些散亂的藥品。結果進去一看，她哥和她嫂子也在裡面呢，此時正摟著坐在沙發上，給他們那未出世的孩子聽音樂。

見她進來，兩人早已見怪不怪，周瑾連摟著媳婦的手都沒鬆開，一邊繼續給他未來的孩子在電腦上找胎教音樂，一邊隨口問道：「今上的闌尾炎快好了嗎？」

因為這幾天周瑜時不時的要跑來空間拿藥，光跟她哥就碰過好幾次，所以，周瑾對承乾帝的病情亦是瞭若指掌。

「嗯，傷口都長好了，明天就能拆線了。」周瑜也對她哥兩口子當著她面秀恩愛視若無睹，見她大嫂也在，就沒急著整理藥品，先上前給她把了把脈，見一切良好，才問道：「娘這些日子怎麼樣了？我一直忙著照顧皇祖父，也沒空回去。」

「娘挺好的，現在吃飯可香了，如今肚子比我的還大。」沐青霓聽了就笑道：「妳哥昨天從軍營回來，看見娘，就非得讓我也多吃些，說我倆的孩子生下來就矮了一輩已經夠慘了，總不能又在個頭上輸給他小叔叔或小姑姑。」

「哈哈，你怎麼什麼都比？」周瑜聽了立刻對她哥嘲笑，又朝她大嫂囑咐道：「大嫂，妳可別聽他的，胎兒大了很危險的，容易難產不說，對胎兒本身也沒好處。你們回去記得告訴娘，可別一味的進補，只要葷素搭配著吃，營養均衡就好。」

「放心吧，其實根本不用我們說，妳上次回去交代的那些，公爹早就都記在了紙上，拿著當聖旨似的執行，照顧得別提多盡心了。」沐青霓安撫道。

周瑜聽了還是不放心，覺得她娘也算是高齡產婦了，就還想再囑咐幾句，一旁的周瑾卻不耐煩起來。

「行了，快忙妳的去吧，我好不容易才休沐一天，又好不容易找了個藉口擺脫了娘，就打算跟妳大嫂好好過一天二人世界，多給妳姪女放幾首胎教音樂呢！妳就別在這兒囉嗦了，免得影響了我閨女的心情。將來我閨女要是生出來隨了妳，不隨阿瓔，那可就完蛋了！」

周瑾見他妹囉嗦個沒完，幾次打斷他閨女聽音樂，煩得不行，忍不住就開口攆起人來。

周瑜聽了氣得直朝他翻了個大白眼，腹誹道：還用我影響？你已經完蛋了好嗎？就是聽再多音樂，也已經改變不了你將有個兒子的事實！

不過，鑒於她哥這般討厭，周瑜打算讓他再作久一點的美夢，那樣破滅起來才更殘酷。

見她哥嫌棄她，周瑜也不願再待在這兒礙眼，閃身就出去了。

但片刻後，她又閃了回來。

「哥！有人帶人將後宮給圍了！」

周瑾連播放鍵都還沒來得及點，嘴差點給氣歪。

周瑜剛從空間出去，就聽到鍾粹宮前院傳來兵卒闖入的聲音和院裡太監嬤嬤的驚呼聲，急忙將自己寢室的門給掩了，先進來空間跟她哥說一聲。

周瑜的話音剛落，幾人就聽到了空間外又傳來了更大的驚呼聲和靜逸太子妃的尖叫聲。

「老四有什麼權力代行御旨？他有什麼權力抓本太子妃？」

幾人聽了頓時大驚，原來帶人包圍後宮的竟然是四皇子朱林嗎？

「哎呀！不好！朱熙和十二皇叔剛才跟著朱煦去了御馬監，肯定也出事了！不行，我得去看看！」

聽聞包圍後宮的竟然是四皇子朱林，周瑜立刻大驚失色道。朱煦可是朱林的親兒子，在他爹圍宮前將朱熙帶走，能有什麼好事？

周瑾卻一把拉住了她。「妳先別著急！朱熙那裡交給我，妳先回妳寢宮裡等著，然後隨機應變！」說完，又對一旁的沐青霓道：「我先送妳回去。」

「好！」沐青霓點頭道：「我也馬上去內城衙門看看，四皇子敢圍宮，沒有足夠的兵力，他斷不敢這麼幹。」

上次沐青霓請辭後，承乾帝並沒有委任其他人接任她的職位，而是將她的職責分給了她的幾個下屬分管，又讓她父親沐風幫她時不時去照看著些，說等她生產完，還將內城防衛的職責交給她。因此，內城防禦的控制權其實還在沐青霓手裡。

周瑾當然不想自己媳婦此時去犯險，尤其她還懷著身子，但看著他媳婦那張堅毅的臉，卻又不得不應了她。

或許在他們兄妹這對外來者眼裡，如今這大燕誰做皇帝，或者這個大燕朝有沒有都無所謂。但在他媳婦心裡，忠於大燕，忠於承乾帝，似乎已經刻在了她的骨子裡。

周瑾覺得自己對此無權置評，因此只能道了聲。「好！妳自己小心。」

御馬監這邊，朱熙和十二皇子朱杉叔姪倆被張振帶人圍住後，一個一副儒生打扮的中年男子就從馬廏後面走了出來，一旁正不知所措的八皇孫朱煦見了此人，立刻驚呼。

「榮叔！」

到了此時，他還有什麼不明白的？原來，這幾日一直教導他要和朱熙打好關係的這位他父王的幕僚，其實一直在利用他，為的就是將朱熙引誘出來……

「榮叔！難道父王真的想要造反？」朱煦不敢置信的朝楊榮質問道，還是不相信他父王能幹出逼宮這等大逆不道的事來。

「殿下說錯了，不是王爺要造反，而是睿王私自瞞下了聖上病重的消息，想要矯詔篡位！您父王不得已之下，只能先發制人！」

「什麼？皇祖父病重了？」

朱煦聽了就更震驚了。不光是他，連一旁的朱杉都震驚起來。

「你少聽他放屁！皇祖父今兒早上還吃了一大碗麵條呢！」朱熙聽了立刻反駁，轉瞬又恍然大悟道：「噢！我知道了，四叔這是以為皇祖父要不行了，才要造反的？」

「呵呵，今上有沒有病重，到底誰在說謊，我們等會兒就能知道了。張振，趕緊動手！王爺說了，生死不論！」

楊榮可不想將時間浪費在跟朱熙對質，他們王爺交給他和張振的任務是在眾臣反應過來之前，先將這位今上最可能傳位於他的睿親王幹掉，到時候就算今上已經立下遺詔，確定要傳給這位，人都死了，那遺詔也就是廢紙一張了。

因此楊榮一下令，張振就立刻帶著手下眾太監朝兩人圍了過來。

朱杉見了，立刻擋在朱熙面前，同眾太監交起手來。

雖然張振手底下的太監人數不少，但因為朱杉武藝太高，朱熙如今也不弱，眾人想要立時拿下二人也不容易。

那楊榮怎麼也沒想到十二皇子竟然如此厲害，見他全力施展開來，甚至能以一當十，瞬間就砍翻了四、五個人，從他們的人手中搶過去的大刀更是舞得虎虎生風，將朱熙護得密不透風。

他們的人若想除掉朱熙必定要先過他這一關！

楊榮見此，立刻朝朱杉喊話道：「十二殿下，您跟我們王爺一向兄弟情深，此時又何必為了朱熙如此拚命，蹚這渾水呢？要知道，聖上病重的事，朱熙可不光瞞了我們王爺，也瞞了您啊！我們王爺對您一直欣賞有加，不如……」

「不如你娘不如！」朱杉一邊砍翻一個攻過來的太監，一邊朝楊榮罵道：「皇位是父皇的，他老人家想傳給誰就傳給誰！就算他病重私召了老五過去，想要傳位給他又如何？只要老五有遺詔，老子就認！反倒是四哥，不但無召進京，還想對老五痛下殺手，他想幹麼才是其意昭昭！想讓我朱杉奉這麼一個想要謀權篡位之人為主？作夢！就算他是老子親哥也不行！」

「既然十二殿下執意如此，那微臣也只能送您和睿親王一塊兒上路了！」

楊榮見時間都已經過了一刻多鐘，苦勸朱杉無果，為防有變，只能心下一狠，乾脆一不做二不休，將這十二皇子也一塊兒弄死得了。

於是又一揮手，馬廄四周的圍牆上，七、八個弓弩手就冒了出來，瞬間七、八枝箭矢就朝著朱杉叔姪倆射了過來。

第七十四章

與此同時，乾清宮這邊，四皇子朱林已經帶兵闖進了乾清宮的院子裡，此時就跪在乾清宮門外，請求覲見承乾帝。

沐風手持一把長槍，帶著承乾帝的十幾名暗衛和乾清宮的十幾個太監，出現在乾清宮的門口，朝朱林一臉沈痛的質問道：「四哥！你身披盔甲，帶兵闖宮，意欲何為？」

「沐風，你快別在這兒裝模作樣了，從小你就向著大哥，如今又同朱熙那小子一起合謀隱瞞父皇病重的消息，意圖矯詔登基，當我不知道嗎？」

朱林看見沐風，登時也不跪了，站起來朝他譏笑道：「到了這個時候，你還妄圖螳臂擋車，簡直作夢！」

說完，不等沐風開口，立刻命令手下道：「沐風和睿親王合謀軟禁聖上，都隨我衝進去解救父皇！」

說完，就抽出攜帶的長刀，率先朝沐風殺了過去。

朱林帶的手下足足有數千，手下的幾員大將也都跟著他過來了，沐風這邊卻只有幾十人，儘管個個武藝不弱，但面對十倍於自己的人，最終也是寡不敵眾。眼看就要敗下陣來，就在這時，乾清宮的宮門突然開了。

隨後，康王爺和蘇閣老一人一邊扶著承乾帝走了出來。

朱林登時不可置信地瞪大眼。

朱熙這邊，叔姪倆左支右擋才躲過了那幾個弓弩手射過來的箭矢，但轉瞬間第二波箭矢又射了過來。朱杉急忙拉起旁邊一個太監擋在了兩人面前，才險之又險的避過了第二波羽箭的攻擊。

「這樣下去不行！老五，你趕快往門邊跑，看能不能逃出去？這裡叔給你擋著！」

朱杉一邊抵擋著箭矢的攻擊，一邊急得不行。

「十二叔，門邊早就被他們堵死了，已經無處可跑了！他們要殺的是我，你趕緊讓開吧！真沒必要陪著我一塊兒死！」

朱熙幾次想將朱杉推開，都推不動，只得一邊避讓那些箭矢，一邊朝他大吼。

此時的朱熙都要後悔死了！早知道此行會中埋伏，他就讓阿瑜跟來了，要是有阿瑜在，這時候早就將他們給弄空間裡去了……偏偏，他嫌老八總是一副崇拜樣地看他媳婦兒，一時吃醋，就沒讓阿瑜跟來……結果，就落到了這田地。

他恐怕要跟他媳婦天人永隔了！

他們那個一塊兒建造封地的約定恐怕也注定不能實現了。

朱熙不禁黯然地想。見此時多半是逃不過去了，就想著能少死一個就少死一個。

因此，見他十二叔執意不肯自己逃命，又見一枝箭矢直朝著他十二叔後背射了過來，他十二叔已經躲不開時，急忙一個飛躍擋在了他的前面，心想著若是他死了，他四叔應該就會放過他十二叔了吧？

朱熙覺得自己這次是死定了，只能無奈且惶恐的等待那箭矢射入肉中的劇痛襲來，卻沒想到，就在那箭矢快要射進他胸膛的一瞬間，卻突然被一根長棍挑開了。

然後，朱熙就見剛才一直在愣神的朱眴不知從哪兒撿了根棍子，擋在他面前。

這下，眾人全都驚了！馬廄上的弓箭手也不敢再射箭了。

朱熙叔姪兩個也終於得以喘了口氣。

「殿下，這時候您可不能添亂啊！若是此時放過了朱熙，那接下來倒楣的可就是您父王了！」楊榮見了立刻大驚道。

已經累得氣喘吁吁的朱杉卻極高興地讚了朱眴一聲。「老八！好樣的！」

「榮叔，我不知道父王為何如此，但我覺得十二叔說得對，這天下原本就是皇祖父打下來的，皇祖父想將這天下交給誰，自有他老人家的考量和決斷！何況，就算父王想爭那位置，也不是非要殺了朱熙和十二叔不可啊！反正，我是不可能讓你們從我眼皮子底下殺了他們的！」

朱眴繃著一張臉朝楊榮倔強道，他此時也不知道自己這麼做對不對，但他就是不能眼睜睜的看著從小一起長大的親叔叔和親堂哥被這麼殺死，尤其還是他將他們給引到這裡來的，就算他真的很討厭他堂哥也不行！

「哎呀！殿下你好糊塗啊！」楊榮聽了頓時跺腳，但不管他怎麼勸，朱煦都不肯讓開。沒奈何，楊榮只能吩咐手下，儘量在不傷到朱煦的同時，又對朱熙兩人發起進攻來。

可就在此時，他們身後不遠處堆放稻草的幾處屋棚卻突然燃起大火來，隨後，十幾個馬廄的馬也突然都跑了出來，被那大火一嚇，頓時都嘶鳴著在院子裡橫衝直撞，一時間走避不及的太監們皆是人仰馬翻。

此時的乾清宮，承乾帝正站在臺階上，瞇眼朝四皇子朱林喝問。

「老四！你不是說朕快不行了嗎？如今朕就好好的站在這裡，你是否可以退兵了？還是……你想弒父？」

儘管承乾帝年近古稀，但幾十年皇位坐下來，身上的王者之氣，還是將朱林和他的手下都嚇得不輕，忍不住都匍匐在地上。

「兒臣不敢！」

朱林怎麼也沒想到，自己這邊的情報竟然會出錯。明明他們探聽到的消息是他父皇就算沒有薨逝，也早已病入膏肓了啊！也因此他才敢孤注一擲的……可此時，為何他父皇不但沒有死，還能如此中氣十足的質問他？

朱林被嚇得當即就腿一軟地跪下了！但又一想，自己都已經走到了這一步，就算他跪地求饒，恐怕父皇也不會放過他，最好的結局也就是落個跟他二哥一樣，被圈禁終身的下場。

朱林可不想如豬狗一般被關在四面圍牆裡一輩子。弒父他的確不敢，若是他敢弒父，就算能暫時登上皇位，他父皇的那些心腹將領也絕不會饒他，早晚也是要被趕下來。

但……他此時卻可以逼迫父皇禪位於他，反正他如今已經將這後宮團團圍住，整個京都也在他控制之中。

「父皇，兒子觀您老身體實在欠安，不如就讓兒子替您代行公事吧！」片刻後，猶豫過後的朱林最終還是選擇抬起了頭，直視承乾帝道。

見四兒子最終還是選擇了逼宮，承乾帝見了，心裡就跟澆了盆涼水似的涼透了。

本來，他剛才在屋裡已經決定，若是這小子肯退兵，那他就既往不咎，還會將自己的大位傳給他……但現在，他朱崇武這一輩子，就沒怕過別人的威脅……何況眼前這貨還是自己生出來的！

「你小子夠狠，不錯！想要坐你老子位置是吧？行，從你老子的屍體上踏過去！」

承乾帝直接坐在乾清宮的臺階上，一邊捂著肚子上的傷口，一邊朝跪在地上直視他的四兒子說道。

「父皇說的哪裡話，既然您老人家不肯，那就算了……」朱林聽了，又將腦袋給低下來，一副順從的樣子，但接下來說出的話卻狠戾非常。

「兒子這些年一直身處封地，都好久沒跟兄弟姪兒們團聚了，有的都已經認不得了，正好趁此機會，大家聚一聚，父皇覺得可好？」

承乾帝自然聽出了他話裡意思，咬牙道：「你敢！」

「父皇說的哪裡話，不過是大夥兒一起聚聚，有什麼敢不敢的？」

朱林一邊笑，一邊朝身後手下使了個眼色。片刻後，宮裡的幾位成年皇子、皇孫，連同他們的家眷子女都被押了上來，周瑜自然也在其中。

「你到底要幹麼？」

看著自己的兒孫都被捉了，此時都驚恐非常，承乾帝滿臉的青筋都冒了出來。又見人群裡只有周瑜，卻不見朱熙，身為侍衛統領的他小兒子也不在，心下就更慌亂了。

但承乾帝面上卻沒敢露出來，因為他此時也鬧不清朱熙叔姪倆是藏起來了還是已經遇害了，也不敢去看人群中的周瑜，生怕引起朱林的注意。

因此，只能眼睜睜看著朱林的手下們，先從人群中將他二孫子朱熾一家給扯了出來。

「我要幹麼，父皇心裡比誰都清楚，又何必明知故問呢？」

朱林一邊說一邊站起來，笑著用手裡的刀朝著被扯出來的朱熾臉蛋上拍了拍，道：「好久不見了，二姪子。」

朱熾頓時被他嚇得整個身子都哆嗦起來。

「你快放開我兒子！你要幹麼？」

一旁的靜逸太子妃見朱林抓了自己兒子，立刻尖叫起來，抓撓著想要朝朱林撲過去。結果，被朱林的一個手下直接一巴掌給搧在臉上，整個人都被搧得往後摔去，連同身後扶著她的史嬤嬤一同滾倒在地上，頓時爬不起來了。

一旁的朱熾見了，腿更軟了，忍不住撲通一聲就跪倒在地，朝朱林求饒起來。

「四叔饒命！四叔饒命！」

朱林卻看都不看他，又朝承乾帝直視了過去。「父皇？」

御馬監的幾個柴草棚子都突然起了大火，馬匹們也都被放了出來，四處亂竄，瞬間整個御馬監都亂了起來。

朱熙覺得能這般神不知鬼不覺搞出這麼多動作的，除了他媳婦和他大舅哥再沒旁人了！立刻明白這是他媳婦來救他，頓時大喜，一掃剛才的頹唐之色，整個人都信心大增起來。

一旁的十二皇子朱杉也覺得機會來了，叔姪倆對視一眼，急忙趁亂往門邊撤了過去。

朱熙等人所在的御馬監旁邊不遠就是司禮監，司禮監的掌印太監就是承乾帝身邊的雲公公，他手底下亦統管著數千太監。

周瑾放的幾把火，很快就引起了旁邊司禮監的注意，雲公公的乾兒子小李公公急忙帶著手下跑來救火。

但過來後，卻發現御馬監的大門緊閉，裡面還發出了打鬥的聲音，小李公公立刻察覺出不對來。

周瑾此時正隱在牆頭，拿著一把剛解決那幾個弓弩手時撿的弓弩，正緊盯著朱熙這邊，以防朱熙兩個遭遇不測時出手相救，居高臨下的看見司禮監的人終於來了，才鬆了一口氣。

急忙裝成太監的尖細嗓音朝小李公公那邊喊了一嗓子。「御馬監的人要殺睿親王和十二皇子，快救人啊！」

小李公公一聽是睿親王和十二皇子遇險，知道他乾爹一向與這兩位交情不錯，頓時也顧不得是誰喊的這話了，急忙招呼手下扔了水桶，回去拿了兵刃、繩梯這些，朝著御馬監攻了過來。

御馬監此時留下對付朱熙兩個的也就三十多人，其餘的都被四皇子帶走了，而小李公公這邊卻有數千人，眼看著大門就要守不住。

一旁的楊榮立刻急了，急忙招呼埋伏的幾個弓弩手。「別管八殿下了，趕緊給我射箭！先將睿親王給我射死！」

結果楊榮喊了半天，埋伏的幾個弓弩手卻都沒有動靜。

乾清宮這邊，承乾帝還在同四皇子朱林僵持著。

朱林覺得這樣下去肯定不行，不動點真格的他父皇是不會被威脅的。朱熾的身分在那裡，要留著最後再說，因此，隨手就要扯過朱熾身旁正哆哆嗦嗦的鄧氏，就要將她的脖子給抹了，來個殺雞儆猴。

鄧氏身邊的人此時都嚇得不敢動彈，別說阻止了，甚至都在暗自慶幸朱林抓的不是自己，包括鄧氏的丈夫朱熾都鬆了口氣。

周瑜一眼看見，忙推了鄧氏一把，擋在她的身前，隨即就被朱林抓了過去。

這丫頭這會兒逞什麼能？

承乾帝見了頓時一驚，比起他都不認得的鄧氏，承乾帝當然更在意這個救了自己命的孫媳婦兒的性命。但就在他看向周瑜的時候，卻見周瑜朝他使了個眼色，這……似乎是讓他配合她的意思？

「瑜丫頭！」承乾帝立刻假裝震驚的站了起來，朝周瑜喊道。

而此時，朱林旁邊的心腹，也已經告訴他周瑜的身分。

朱林聽了就譏笑出聲，朝承乾帝道：「父皇還真是對您這嫡孫、嫡孫媳婦疼愛得緊啊！呵呵，那好，既然我這姪媳婦一心求死，我就成全她好了，也省得我那姪兒在黃泉路上一個人寂寞得慌！」

說完，朱林就將刀架在了周瑜的脖子上。

「你說你將熙兒怎麼了？你他娘怎麼敢！那可是你親姪兒啊！」

若是說剛才的震怒是三分真七分假，那此時聽四兒子說自己的孫兒已經死了，承乾帝就是真的震怒了。急怒之下，他一口老血就噴了出來，噴得院中的地面紅了一灘。

朱林也沒想到承乾帝會這麼大反應，他逼宮也只是想讓承乾帝禪位給他，可沒想真的將他爹給氣死啊！

因此，朱林心裡一慌，動作也一頓。

周瑜就趁著他這一分神，頭往後仰，右手中藏著的刀子乘機就劃向了朱林拿刀的手腕，左手同時往後，朝他的胯下拍了過去。

這一招還是她大嫂為了跟她交換她研製的藥粉，特意傳授給她的幾招防身術之一，知道她力弱，這幾招用的都是巧勁。

周瑜既知道是朱林的人圍宮，又怎麼可能不做些準備？她右手中的刀子就是她提前藏好的，只有巴掌大，藏起來時一點都看不出來。

朱林一時不防，不但手腕處被她的刀子給劃破了，胯下也被擊了個正著。手腕的傷他還能忍，但胯下的疼痛卻哪裡忍得住？立刻疼得整個人什麼都顧不得了，兩手同時捂著某處，蜷縮著身子慘叫出聲。

「啊！」

與此同時，周瑜也擺脫了他的控制，直朝著承乾帝這邊撲了過去，同時將懷裡的藥粉掏出來，朝身後一撒。

就在周瑜擺脫朱林控制的同時，一直站在承乾帝身邊看起來顫顫巍巍的鎮國公突然如同猛虎一般，撲向了正彎腰捂著某處的朱林，將他一把給扯到了他們這邊，扔到一旁的沐風懷裡。

迷茫的鎮國公朝著剛奔過來的周瑜問了句。「妳剛撒的那是什麼啊？」

然後，兩眼一翻，就暈了過去。

隨後，剛才站在朱林身邊的人，也嘩啦啦的暈倒在地，包括剛被鎮國公捉過來的朱林。

沐風見了，急忙也同樣將刀架在已經暈過去的朱林脖子上。

朝著朱林那些還站著的手下們威脅道：「我看你們誰敢動！」

等朱杉、朱熙叔姪在小李公公的幫助下，將御馬監的楊榮、張振等人都解決了，帶著眾人過來乾清宮的時候，看到的就是這一幕。

嘴角還掛著鮮血的承乾帝看到自己小兒子和孫子都安然無恙時，也是感慨萬千，大悲大喜之下，忍不住喜極而泣，老淚縱橫起來。

半個時辰後，四皇子朱林製造的這場叛亂被平定。承乾帝也被周瑜看過，說他吐的那口血不但於身體無礙，還將他體內的邪熱給發散了出來，反而對身體有好處。

眾人剛放下心，就聽宮外來報，說是藍庭之子藍人豪帶著藍庭手下的三萬兵卒已經在一個時辰前突然闖進京都外城，此時正在攻打內城西門，沐將軍此時正帶兵抵抗中。

承乾帝這才終於明白過來，難怪他四兒子敢這麼明目張膽的逼宮，原來是因為得到了藍庭的支持啊！可藍庭一向與朱林不睦，又一直是站在他五孫子這邊的，怎麼會突然和朱林聯手呢？

承乾帝百思不解，但此時可不是讓他想這個的時候，京都周圍的軍隊除了三大營之外，就只有一直駐紮在京都周邊山中的幾萬兵卒了，而那裡的兵將卻有一大部分都是藍庭的人！

這也是承乾帝在藍庭卸任後還一直忌憚他的原因。

四皇子朱林製造的這場逼宮之所以差點就成功了，還是勝在一個出其不意上。

原來幾年前，御馬監掌印太監張振和護衛軍的一個小將領就已經被他給收買了，成為他的同盟，這兩人的背叛也足以證明四皇子在幾年前，就已經暗自培養自己的勢力了。

因為朱林帶人直接從後宮內部殺了出來，宮中各處根本就沒有防備。再加上朱林的人事先就將十二皇子朱杉這個護衛軍統領給困住，幾百護衛軍一時群龍無首，又不清楚發生了何事，不敢擅動，猝不及防之下，才讓朱林等人有了可乘之機，很快就將後宮控制住了。

因此，等後宮的這場動亂被平定，外城的御林軍都還不知道發生了何事呢。

其實不光御林軍，就連跟御馬監緊挨著的司禮監，若不是周瑾放的那把火，裡面的小李公公等人也都對這場動亂一無所知。要不是那把火，沒準兒等他們知道了，這大燕都已經易主了。

小李公公此時一邊接收著他乾爹雲公公滿意的目光，一邊打心眼裡感謝那場火，沒有那場火，他哪能救得了睿親王和十二皇子？更別提又隨著二人立下救駕的大功了。

同樣感謝那場火的還有朱杉和朱熙叔姪，不過有所不同是，他們一個到現在都不明白那場火是誰放的，為何事後那人也不肯現身？一個則是在那場火起來的時候就什麼都明白了。

朱杉自然看出了那場及時火是有人故意放的，要不也不可能幾處堆放草料的棚子會同時起火，而且事後他們還發現那幾個難纏的弓弩手也已經被人給事先解決了，但那人到底是誰？為何救了他們卻不肯現身？這可是救駕有功啊！

朱杉怎麼也想不明白。

「十二，將御林軍和護衛隊的人都給朕集結起來，朕要親自去看看！」承乾帝聽聞藍庭的人帶兵攻打內城後，立刻朝底下的朱杉命令，想要親自帶兵去內城城門督戰。

此舉立刻引起了屋子裡所有人的反對，尤其周瑜，因為剛才她檢查之後發現，承乾帝一時急火攻心吐的那口血倒是無礙，但經剛才那麼一折騰，本來明天就能拆線的傷口卻又被他折騰得裂開了。

見他還不肯好好躺著，周瑜立刻板起臉，不客氣地說道：「您老人家若是想接著在榻上躺一、兩個月，那就儘管去吧！」

「父皇，還是兒臣帶人過去吧！您老人家還是好好養病要緊。」一旁的朱杉雖然不知承乾帝到底生了何病，但見周瑜說得那麼嚴重，立刻著急的跟著勸道。

又有蘇閣老等人在一旁苦勸，承乾帝最終也只能老實的待在宮裡了，不過他還是擔心沐青霓手底下的那幾千兵，怕是擋不住藍庭手下的那些人，因此又朝一旁的沐風吩咐道：「如今三大營怕是還不知京中的動靜，你趕緊多派斥候出城，去三大營調兵過來平叛。」

「陛下放心，您當初交代臣留意肅國公手下的動向，臣回京後已經將此事交給心腹去辦。肅國公鬧出這麼大動靜，他們不可能發現不了，此時應該已經去通知三大營了。」見承乾帝著急，一旁的沐風急忙回稟道。

承乾帝聽了這才放下心，願意好好待著了。

第七十五章

片刻後，前去支援沐青霓的十二皇子朱杉果然派兵來報，說虎賁營、龍驤營和鷹揚營已經派兵合力圍剿叛軍，內城也在沐青霓帶兵堅守下完好無損，並未被攻破。

一眾大臣們才終於放了心。

半日後，叛軍果然就被鎮壓住了，帶頭的幾個將領也都被捉了起來，大部分都是藍庭的義子或心腹。

但帶頭的藍庭之子藍人豪卻不在其中，藍庭本人更是不知所蹤。據被捉的藍庭幾個義子供述，他們並不知此次攻城乃是謀反，而是因為接到了肅國公的將令，說湘王聯合平西侯謀反，才帶兵進京平叛的。

他們幾人被捉住後都被關在不同的地方審問，因此並不存在串供的可能，手中又都有將令作證，似乎說的也都是實情。

等審問過後，一切證據都似乎表明，此次叛亂可能只是肅國公聯合了四皇子，旁人並未參與其中。

「我不相信舅公會謀反，尤其是和四叔一起謀反！」

朱熙聽完這一切後忍不住開口道，雖然這幾個月他同這位舅公因為藍人豪之事鬧得極不愉快，舅公也確實曾有過扶他上位的心思，但即使最後一次碰面時，舅公都還在提醒他防備他四叔，又怎麼可能突然同他四叔聯合起來呢？

承乾帝也對此點十分疑惑，但要證實這點，總得先找到藍庭父子再說。因此立刻命人將京都周邊的要道都封鎖起來，並委派周瑾帶人四處搜查肅國公父子的下落。

三日後，周瑾接到周玳派人傳來的消息，稱他們的人在京郊的一片荒山上發現了疑似藍人豪的蹤跡，急忙帶人追過去，最後在一處狹窄的山洞裡抓住了衣衫襤褸的藍人豪。

又根據他的交代，在京郊一處莊子裡的地窖中，找到了被他關起來的肅國公。

原來，早在三個月前，肅國公就發現發生在他們莊子的虐殺案的確與藍人豪有關，一氣之下不但將藍人豪打得半死，還想奪了他的世子之位，將他關押起來。

卻沒想到肅國公還沒動手，藍人豪就先一步從肅國公的一個義子那裡，知道了這一消息。

肅國公的那個義子因為一直不受肅國公重用，早在幾年前就暗自投靠了四皇子。

在肅國公那個義子的出謀劃策下，藍人豪在清醒過來的第二天清晨，就由媳婦、孩子扶著，跪倒在肅國公的院子外頭，痛哭流涕地哭求老父親再給他一次機會，還說他可以不要世子之位，只求能守著老父盡孝即可。

那頭磕得砰砰作響，幾欲要磕死的勁頭，把肅國公打動了。

肅國公對這個兒子本就有愧，覺得他如今變成這樣，自己也有很大責任。他年輕時只知道帶兵征戰、建功立業，卻對自己這個唯一的嫡子疏於管教，只知道縱容，才導致了他如今的任意妄為。

見他似乎是真的想要悔改，又有自己的孫兒跟著哭求，最終肅國公還是心軟了，答應了暫時讓他先留在府裡，等他養好傷再說。

此後，藍人豪似乎就跟真的變了個人似的，不但處處謹言慎行，輕易不出府一步，聽說肅國公舊疾犯了，還親自服侍左右，衣不解帶的照顧著，知道京中太醫對他父親的舊傷也束手無策，便派人四處去尋醫問藥，想要解除老父的病痛。

最後，還真被他找到一種「良藥」，肅國公服用後覺得效果極好，不但身上的疼痛沒有了，每次服用過後都還感覺極為舒適，漸漸就對這種藥物依賴起來，每日不服用都抓心撓肝般的難受。

幾天前，也就是朱林逼宮的前兩天，肅國公又一次想服藥時，藍人豪卻突然就跟他索要起他所持的將軍令符來。

肅國公雖賦閒在家許久，但他那些義子們都還是活躍在軍中的，且只對他手中軍符馬首是瞻。肅國公自然明白自己手中軍符的重要性，那可是連承乾帝都忌憚的東西，怎能輕易交出？他自然不答應。

卻沒想到他兒子見他不肯交出令符，就真的停了他的藥。

本來肅國公還忍著，可戒斷的副作用加上舊疾的痛苦疊加，加上藍人豪時時在前以藥誘惑，整整一天過後，實在受不了這非人折磨的肅國公到底還是將那令符拿了出來。

為免肅國公事後後悔，去通風報信，藍人豪還以肅國公要出府遊玩為由，將他帶出了府外，關到朱林安排的一處莊子裡，打算事成後再放他出來。

周瑜夫婦在聽周瑾說了事情的來龍去脈後，就請示了承乾帝，親自去牢裡看了肅國公。果然見他如同他們猜想的那般有了毒癮，此時正處於毒癮的發作期，整個人被獄卒裹得如同蠶蛹一般都還在不停的掙扎嚎叫、痛苦不安，見了朱熙立刻哭求他趕緊弄些藥來。

朱熙見短短幾個月，他這位曾經被稱為大燕第一戰神的舅公就被折磨得面目全非，甚至對任何人都不顧尊嚴的搖尾乞憐，只為了能得到一點點藥物，心酸之餘，對他媳婦所說的這種藥物的危害重視了起來。

而對藍人豪那畜生的冷血無情，也越發的厭惡。

要說製造這藥物的人害人不淺，藍人豪那廝明知道這藥物的霸道，還對自己的親生父親下此毒手，簡直不是人！

毒品的危害，前世的時候周瑜已經在教科書上學得不能再多，知道得不能再知道了！所以，就更有責任不讓此藥流傳開來，否則不知道要殘害多少人。

因此一回去，周瑜夫婦就跟承乾帝稟報了此事，並將此物的危害跟承乾帝一一言明。

承乾帝聽聞肅國公那麼悍不畏死的人都被此種藥物折磨得讓他幹麼就幹麼，當即也重視起來。立刻派人去拷問了朱林手下的人，最終得知此藥全都出自一名道士之手，就趕緊派重兵將那個道士給緝拿歸案了。

經拷問後得知，原來那名道士曾隨船出過海，在一個小島上，發現當地居民常用一種花卉入藥，服用後有安神、安眠、鎮痛、止瀉、忘憂的功效，當地人稱其為「阿片」，那道士見了就將此花的種子帶回一些，種植了起來。

後來他又在無意中發現，這種花提煉的藥物竟然能讓人上癮，因此，就打起用此藥發財的主意來。知道了毒品的來源，周瑜急忙親自帶人去了那道士種植罌粟的地點，又親自看人將那些植株都徹底銷毀後才放下心。

隨著藍人豪的最終落網，四皇子朱林帶兵逼宮一事也終於查清了，跟隨朱林的那些將領也受到了嚴懲，殺頭的殺頭，流放的流放，一時間又是一大批人頭落地。

朱林最終也落了個同他二哥一樣，被圈禁一生的下場。其子八皇孫朱煦在關鍵時刻並未支持其反叛，還拚死救下了十二皇子朱杉和朱熙，加上經調查後得知，其長子四皇孫也並未參與其中。最終，四皇子朱林的這次圈禁，也只圈禁了其夫妻二人，罷免了其親王爵位，其兩個嫡子則都被赦免，依舊能享受皇孫的待遇。

同樣被貶為庶人的還有肅國公藍庭。本來承乾帝是想殺了他的，但鄂國公夫人親自進京求情，朱熙在一旁又據理力爭，說他舅公受藥物迫害，就算有罪，其為大燕立下累累戰功，也足夠功過相抵，換其一命。

最終，看在自己孫兒和鄂國公夫人這個親家的面上，承乾帝還是決定饒了他們一家一命……除了藍人豪！

在刑部、大理寺、都察院的三堂會審之下，受了重刑的藍人豪不但交代了他聯合四皇子朱林意圖謀反的罪證，在朱林手下的指認下，也不得不承認了其虐殺幾十女子的罪行。

其罪行已經罄竹難書，最終被判凌遲處死，三日後在菜市口當眾行刑。

在藍人豪行刑的前兩天，鄂國公夫人就悄悄的帶著肅國公一家回了老家，免得讓一家人因為他被京都的百姓唾棄。

三日後，是藍人豪的處刑日。

京中百姓無不奔走相告，其場面甚至超過了朱熙大婚時的熱鬧。那些被他虐殺的女子家屬，更是帶著紙錢、靈牌，一邊看藍人豪受刑，一邊搶了他被割下的皮肉，當眾供在被他虐殺的女子靈前，其號哭聲簡直震天動地！

即便如此，有一位母親猶不解恨，竟然闖上了行刑臺，非要親自割藍人豪一刀不可，好報女兒慘死之仇。

此次的監刑官正是當初審理那些女子被虐殺案的大理寺官員，對藍人豪殺死幾十個無辜女子的罪行亦是深惡痛絕，見這位母親甚是淒慘，竟然真的允了她的要求。

那位母親接過刀子後，便咬著牙極其緩慢的將藍人豪胸口處的一塊皮肉慢慢割下，見藍人豪疼得齜牙咧嘴，叫得撕心裂肺，頓時痛快地哈哈狂笑了起來，可那陣陣笑聲聽起來，卻比哭聲還讓人覺得淒慘，引人鼻頭發酸。

那位母親邊笑邊朝藍人豪大罵道：「你個畜生竟然也會知道疼？你害我女兒時，可曾想到你也會有今天?!」

笑著笑著她又哭了起來，然後拎起自己剛割下的那塊皮肉就塞進嘴裡，當著藍人豪的面大嚼起來，邊嚼邊哭道：「蘭兒，娘給妳報仇了！我的女兒啊，娘終於替妳出氣了！」

其哭聲頓時引得周圍跟她同樣遭遇的母親也一同號哭了起來，令其餘觀刑的百姓們也都紛紛掉了眼淚。

藍人豪的凌遲之刑一共行了三天，共割了三千三百五十七刀，京都的百姓也跟著看了三天。當然，其第二天就已經堅持不住嚥了氣，但行刑官在其死後依然堅持割完所有刀數。

他的這般死法，也終於讓那些失去女兒的母親們略略覺得解了些氣，至於以後怎麼去緩解失去孩子的悲傷，也只能交給時間了。

就這樣，在時間的長河裡，總是會有人死去，但也總是有人新生。

時光荏苒，如白駒過隙，很快半年就過去了，京都也早已恢復以前的平靜。

這年的四月初一，沐青霓率先發動，僅僅一個時辰後，就給周瑾生了個六斤半的白胖小子，讓準備了一屋子女娃娃衣服的周瑾甚是「欣喜」。

緊接著四月初六，鄭氏也順利的生下了一個兒子，讓一直想要個妹妹的周珀兄弟倆，和同樣又期待著有個妹妹來彌補自己沒生女兒遺憾的周瑾都失望了。

但兩個奶娃娃才不管他們的想法，該吃吃該睡睡，不過十來天就從皺巴巴的小猴子長成了兩個白團子模樣，大家都喜歡得跟什麼似的。尤其周瑜，看著如棉花糖般的兩個胖娃娃，突然有了想自己生一個的念頭。

朱熙那般漂亮，不生幾個孩子，還真是浪費了他那般好的基因了。

沐青霓在產後的第三個月，就重新回了工作崗位，將自己的兒子直接丟給婆婆教養。反正她兒子和她小叔就差五天，就跟一對雙生子似的，她婆婆一個也是養，兩個也是帶。

此舉直接導致一年後，兩個孩子都開始學說話時，她兒子見了他們夫妻倆，直接跟她小叔一起喊了他們「大哥、大嫂」。

當然這都是後話了。

這年的九月，承乾帝終於在蘇閣老等人的建議下，決定立十二皇子朱杉為太子。朱杉在幾次推託都不成後，苦著臉拉著朱熙喝了一晚上酒，說千算萬算也沒想到這位置會落到自己頭上，他還以為自己能當個太平王爺云云……

朱熙就笑嘻嘻道：「所謂能者多勞，十二叔你坐這個位置，姪兒第一個服氣！」

三個月後，當新的一年又到來時，承乾帝宣布退位，成為了大燕第一位太上皇。

十二皇子正式繼位，成為了大燕第二位君主，年號隆和。

同年三月，在參加完隆和帝的登基典禮後，朱熙夫婦正式遷往藩地雲南。

除了遊山玩水外，夫妻倆還在當地大力發展起如甘蔗、茶葉、中草藥等特色農作物的種植。

幾年後，原本還被稱為半蠻荒之地的雲南就變得繁榮起來，其出產的糖類、普洱茶，中草藥如三七、天麻、石斛，等已經銷往全國各地，且被人高度認可了。

不但實現了自給自足，還能高額的完成朝廷派發的稅收任務。

與此同時，隆和帝也在整個大燕範圍內發展起了洋芋的種植，這種高產的作物一經推出，立刻受到底層百姓的高度歡迎，短短幾年，就成為了繼水稻、小麥後的第三大糧食作物，大燕自建國後一直頗受困擾的糧食危機終於解決。

隆和帝上任後，不但注重經濟的發展，對人才的培養也分外重視。

在周珀、周瑾等人的倡議下，又在四書五經的基礎上加入了算學、工程學、外語學等，並將其融入到科舉考試中。

隆和二年，蘇閣老的姪孫蘇墨成為新科舉制度下的首位狀元。三年後，年僅十九歲的周璃，繼蘇墨後塵，也登上了狀元的寶座，並在同年迎娶了蘇墨之妹蘇晴。

隆和七年，傳來消息，西域被羅剎占領，隆和帝封周瑾為大將，燕王也就是八皇孫朱煦為副將，正式征討羅剎。

隆和八年初，經過將近一年的爭鬥，周瑾等人終於將羅剎人趕出了大燕國土，並乘機奪回前朝時被羅剎占領的伊犁、蒲黎等地，正式將其劃入大燕版圖。

同年九月，七十九歲高齡的承乾帝於睡夢中辭世，結束了其英武偉烈的一生。

隆和九年，因剛收復的西域各部族之間爭鬥頻發，周瑾被隆和帝封為武安侯，兼任西域節度使，正式帶兵駐守西域。沐青霓也被隆和帝封為永寧郡主，並升其為昭武將軍，准其帶著自己同周瑾的兩個兒子同周瑾一起上任。

因此，沐青霓成了大燕史上唯一一個不用靠著夫君掙誥命，就官職和爵位都比其夫君還要高的侯夫人。

不過，隆和帝雖然允了周瑾夫婦帶孩子前往西域，但因為兩口子都不是愛管孩子的人，最終還是決定將兩個兒子留下來交給鄭氏撫養。

在京都，不光有鄭氏和周澤林這對祖父、祖母，還有周珀、周珞、周璃、周瓔這些叔叔、姑姑，兩個孩子能得到比跟著他們夫妻倆更好的教育和照顧。

周澤林雖然嚴重懷疑周瑾這是「重女輕男」，不稀罕自己的兩個兒子，才懶得將兒子帶著，但最終還是承擔了替他們教養孩子的重任。

說實話，養了兩個孩子這麼些年，突然就要走了，他們夫妻也捨不得……

但周澤林也不是一味嬌慣孩子的人，就想著，等家裡的七個孩子都大了些，再將他們一起或丟到西域周瑾那裡，或扔到雲南周瑜那裡，好讓他們去歷練歷練。

為何是七個孩子呢？

那就得從周珞算起。周珞在前年也不知怎的，突然跟一直留在府裡幫沐青霓照顧孩子的晴娘看對了眼，成婚一年後就生了一對雙胞胎兒子。

而周珀在其二十八歲高齡突然跟大家宣布，他要迎娶剛跟夫君和離，從福建搬回京都居住的臨川侯鄧羽之女鄧歆然，並對鄧歆然和離後堅持帶回撫養的年僅三歲的女兒視若己出。

兩人成婚後一年，鄧歆然又為周珀生了個兒子。

所以除了周瑾的兩個兒子，周澤林和鄭氏生的小兒子外，還有周珀家的一對兒女、周珞家的一對雙生子，這些瓜娃子全都一天到晚的往周澤林這裡跑，且一來就住個三四五六天，都不願意回家了。

秋去冬來，轉眼又是一年，這已經是兄妹倆來到這個世界的第十七個年頭了。

她在雲南的日子也依然忙忙碌碌，儘管身分不同過往，可這肌膚卻一直白不到哪兒去，不說跟一些夫人、閨秀站一處，光是跟白肉底的朱熙站一起，那差異就很明顯了。

與哥哥見面時，偶爾哥哥會嘴賤地調侃她，就似上輩子那樣笑鬧。她倒是不介意，反倒是最初喚她黑丫頭的朱熙，總為此和她哥槓上，然後再三表明。「我就喜歡阿瑜這個樣子！」

這天，身在異地的兩對夫妻又再一次在露營車空間相聚時，周瑜突然發現，她哥眼角竟然有了細紋。這才驚覺，原來他們兄妹倆已經在這個世界生活這麼久了！

那上輩子所經歷的殘酷，彷彿已經離他們好遠好遠。

「哥，這平白多出的一輩子真好啊！」

周瑜依偎在朱熙懷裡，撫著自己微微隆起的小腹，突然感慨道。

在前世沒怎麼享受到的親情、愛情，還有為人父母後的喜悅之情，在這輩子他們兄妹都享受到了。

周瑾沒那麼多細膩心思，只豪爽的同自己媳婦乾了一杯，又豪爽的回了他妹一句。

「嗨！這才哪兒到哪兒啊？以後我們的好日子還長著呢！」又眼饞地看向周瑜的肚子道：「等妳生了這個，總能讓我將兩個外甥女接到身邊養兩年了吧？」

一旁的朱熙立刻瞪起眼睛拒絕。「憑啥？我閨女我還沒稀罕夠呢！你還是養你自己的兒子去吧！」

見自家丈夫跟哥哥大眼瞪小眼地鬥起來，周瑜與嫂子對上眼，齊齊笑了。

——全書完

2022年11月出版

掌勺千金

文創風 1120～1121

十指不沾陽春水的嬌嬌女，
變身熱愛美食的料理達人！
不論街邊小吃，還是辦桌筵席，通通難不倒她！
千金變大廚，舞鍋弄鏟，十里飄香——

點食成金／江遙

突然穿越到小說世界裡當個千金小姐，江挽雲有點懵。
家財萬貫，貌美如花，又有個超寵她的富爹爹，
聽起來這新的人生好像不賴對吧？才怪哩——
因為她這角色，是個腦袋空空的炮灰配角呀！
爹爹死後，她被繼母剋扣嫁妝，嫁給怪病纏身的窮書生，
受不了苦日子，丟下丈夫跟人跑了，卻被騙財騙色，悽慘一生。
江挽雲畢竟是看完小說的人，自然不會讓自己落入悲慘結局，
要知道那個被拋棄的病書生陸予風，就是小說男主角，
他以後會高中狀元，飛黃騰達的呀！
所以在男女主角正式相遇前，她會做好原配夫人的角色，
照料臥病在床的男主角，以免他掛點，導致故事提早結局。
靠著一手好廚藝，她先收服陸家人的胃，再收服全家的心，
一家人齊心努力上街賣美食，脫離負債，前進富裕——
目標推廣美食！努力賺錢！爭取舒舒服服過日子！

人生若只如初見，何事秋風悲畫扇／不繫舟

2022年10月出版

一妻當關

一賠二十的賭注，她是唯二押了六元及第的人，
另一個是她閨密，看她面子意思意思押了一百兩而已，
為什麼她敢玩這麼大？因為她下注的那人是她夫婿啊！
自個兒的男人她不挺，誰挺？
更何況，他的實力她是知道的，那是妥妥的殿試一甲啊！

文創風 1111 1

要不要這麼驚險刺激啊？沈驚春才穿來，就面臨再度領便當的逃命大戲！
原來原身是宣平侯府的假千金，當年被抱錯了，與正牌大小姐交換了身分，
如今真千金回府認親了，她這個本來就不得侯夫人疼愛的狸貓只得滾蛋，
不料那個送她返回沈家的侯府護衛，在途中竟想對她來個先姦後殺！
想當初她一路廝殺，連喪屍都不怕，而今又怎會怕他區區一個人類？
沒想到順利返家還沒認親呢，一進門就先看見她一家子被其他房的人欺凌，
而那被壓在地上打得鼻青臉腫的男人，竟跟她末世的親哥長得一模一樣！
親哥當年為了救她而喪命，莫非也早她一步穿來了？但……穿成個傻子是？

文創風 1112 2

老實說，沈家這些便宜親人她幾乎都不認識，要說多有愛那是睜眼說瞎話，
但打誰都行，獨獨要打她沈驚春的哥哥，得先問過她的拳頭！
如今的當務之急是想辦法攢錢治好傻哥哥，確認他和末世的親哥是不是同一人？
不過一下子拿出許多這世間沒有的種子太惹眼了，先種玉米就好，
待玉米豐收後，她又種起了辣椒，沒辦法，她這人嗜辣成癮、無辣不歡啊！
之後還有關乎百姓穿得暖的棉花、讓貴族們求之不可得的茶葉要種，
想想她一個農村姑娘卻擁有種啥皆可長得無比厲害的木系異能，
這不就是老天賞飯吃，要讓她妥妥地邁向致富之路嗎？

文創風 1113 3

這日，力大無窮的沈驚春上山想尋找些珍貴木材好砍回家做木工活，
哪知樹沒找到多少，卻在一座孤墳前撿了個發燒昏迷的漂亮男子回家，
經沈母一說，她才知道男子叫陳淮，是個身世坎坷、孤苦無依的讀書人，
留他在家養病的日子，他可能感受到了家庭的溫暖，竟自願嫁她當上門女婿！
但婚後她意外發現他身上明明有錢啊，那幹麼把自己過得這麼窮苦潦倒？
一個才學過人、顏值沒話說、身上又有錢的男子，為何甘願當贅婿？
莫非……他對她一見鍾情？嗯，這倒也不是不可能，
畢竟她這人雖貌美如花又武力值極高，偏偏腦子還挺好使的，誰能不愛呢？

文創風 1114 4 完

世上人無奇不有，比如這位嘉慧郡主就是奇葩中的奇葩、瘋子中的瘋子，
仗著皇帝外祖父的寵愛，即便死了兩任丈夫就沒再嫁人，宅中卻養了極多面首，
本來嘛，人家脾氣驕縱又貪戀男色跟她沈驚春也沒啥關係，
但壞就壞在瘋郡主這回瞧上了她家陳淮，丟出十萬兩要她主動和離啊！
先不說陳淮是個妻奴，更是妥妥的殿試一甲，未來官路亨通、前途無量，
光說她自己那就是臺印鈔機啊，才十萬兩而已，她自己隨便賺就有了！
不就是背後有靠山才敢這麼囂張嘛，她後頭撐腰的人來頭可也不小好嗎？
有她這個妻子當關，任何覬覦她夫婿美色的鶯鶯燕燕都別想越雷池一步！

風 文創
1150

天才醫女有點黑 3 完

國家圖書館出版品預行編目資料

天才醫女有點黑 / 荔枝拿鐵著. --
初版. -- 臺北市 : 狗屋出版社有限公司, 2023.03
冊 ; 公分. --（文創風 ; 1148-1150）
ISBN 978-986-509-411-9（第3冊 : 平裝）. --

857.7　　112001156

著作者　荔枝拿鐵
編輯　林俐君
校對　黃薇霓
發行所　狗屋出版社有限公司
地址　台北市104中山區龍江路71巷15號1樓
電話　02-2776-5889～0
發行字號　局版台業字845號
法律顧問　蕭雄淋律師
總經銷　知遠文化事業有限公司
電話　02-2664-8800
初版　2023年3月
國際書碼　ISBN-13　978-986-509-411-9

本著作物由北京晉江原創網絡科技有限公司授權出版

定價280元
狗屋劃撥帳號：19001626
網址：love.doghouse.com.tw　E-mail：love@doghouse.com.tw